天喜文化

从声音到文字，分享人类磁碟

[美] 曹操 —— 著
冯未 —— 译

金宫案

天地出版社 | TIANDI PRESS

白鹿
© Bailu Studio

献给李之茵[1]

---

[1] 李之茵为作者曹操的妻子。

人物表

刁　菊——汉人，遇害的婕妤。

纳谋鲁取——女真人，太监，原为金国细作，现任禁城察事厅统领，负责禁城要案侦办。

皇　帝——女真人，十七岁，登基刚满四年。

韩宗成——汉人，金国皇城司统领，负责军情刺探及两年一度的殿试。

库布明——女真人，金国机要处执事，负责反间及保密工作。

柯德阁——女真人，一度身居要位，现为禁城勘察处的头目，负责证据检验。

牙梨哈——女真人，金国刑讯处执事。

索　罗——意大利人，探险家，被金国皇帝任命为内卫司统领，负责禁城安防。

太　后——女真人，垂帘听政的权力核心。

老　寇——女真人，原为职业刺客，现在禁城秘书监文馆负责典籍管理。

虚静无事,以暗见疵。

——《韩非子·主道》

解释:保持虚静无为的状态,往往会从隐蔽的角度得知他的行为漏洞。

一

死去的婕妤正指着自己的下体。

这并非故意，只是她倒下时恰巧形成了这个姿势。然而据最终的结案总结，死者所指之处或许并非其下体，而是其中蕴含的物事。毕竟这是世间万物生发之气的必由之路，从而也成为这桩离奇复杂的案件的关窍所在。

尸体是一个擦地宫女于巳时发现的。其时雪还未停。粉末状的雪渣斑斑点点地洒落在青石地面上，松一阵紧一阵地飘落在皇宫高墙外环绕的街衢上。好在前厅还算暖和，宫女又给自己找了块有阳光的地方。她跪在地上，正仔细清理青石地板缝隙中的红色尘土，突然看到一只苍蝇。这东西深宫内并不常见，因为有一队人，旁的一律不做，专事打苍蝇。然而现下这苍蝇却出现了。宫女颇有先见之明地想到，倘若被旁人看到，必会怪罪到自己头上，于是便起身去打苍蝇，也就看见了尸体。

宫女立刻尖叫起来，不仅因惊吓和本能的恐惧，亦是出于担忧，害怕扯上干系。

附近的侍卫立刻打开两侧落锁的房门冲进前厅，确认了情势，转身便奔回岗位汇报给了班头。班头闻讯立刻朝营房飞奔而去，片刻之后营房便发出警讯。是谋逆作乱，南人刺客行刺，还是南宋岳家军派来的细作所为？禁城立刻进入戒备状态。

警讯由信使送至御前侍卫营房，侍卫们沿着昏暗的雕花长廊一路疾奔，从武备库中取出尘封的重型武器。禁城封锁，固若金汤——高大的侍卫站在紧锁的城门外守卫关卡，余者则手持出鞘的近战利刃，守在城内的工事中。重型武器也都架设停当，一触即发。

与此同时，束鞍紧镫的快马已在骑手的驱策下驰出宫门，奔上禁城外的道路，轻雪覆盖的坚硬石路上立刻撒下一串串清晰的深色蹄印。骑手们分别从皇城的不同出口冲到人流如织的大路上。街道拥挤，他们却毫不迟疑。铁蹄硬生生地在人流中刨出一条通道。厚重的柚木城门大开，铁骑绝尘而去。

尽管圣上为这座城市起了一个颇为体面的名字，城外风光却乏善可陈。平坦干涸的大地上覆盖着灰暗贫瘠的农田，零星的几棵杨树也都布满了风沙蚀刻的伤痕。

骑手们的目的地均在百里之外，须狂奔一个时辰。骏马到达壁垒森严的驻军关卡前，余势不减，在原地嘶鸣打转，铁蹄掀起的尘土和积雪与其身上的热气搅作一团。骑手们凭密令上加封的御印进入营地，将密令面呈驻军长官。各处驻军营地长官收到的密令内容一字不差："即刻部署，疑有逆动。"

最后一项部署迅捷而隐秘：宫内一些毫不惹眼的人找借口离岗。太监、先生，甚至还有一个正在为即将举行的殿试擦洗地面的杂役，都不动声色地溜出宫门进入外城，在凛冽的晨风中混入街上的人流之中，在热马奶和肉包子散发出的白汽掩护下，踩着坑洼不平的砖路，钻进一条条幽暗窄巷，又穿过外城城门,最后风尘仆仆地来到那些接到圣谕的驻军营地附近。然后,他们便通过虚掩的小门、暂时离岗的哨位与农田中的小道,纷纷溜进各自的目标营地。

营地的无人角落中,这些人趁着士兵部署的混乱间隙,接到了圣上的口谕密令,内容却与营地长官接到的手谕截然不同:"倘若部队进军皇城,立即诛杀主将并另立将官,确保部队效忠圣上。"

能够在卫戍营地执掌将印者自然不傻,无不争先恐后地展示自己的赤胆忠心。事后,数位主将中仅有一位被刺客诛杀,然而误杀忠臣的刺客却并未因此受到惩处。刺客所为被认定为尽忠职守,同时还有杀鸡骇猴之效,令其他将官明白皇帝虽远在宫内,龙爪却一直扼在自己的喉咙上,随时可以将自己掐死。

如此,不到一个时辰,一场巨大的风暴便从这间狭小的前厅卷起,不断蔓延开来。倘若此刻转头回溯,穿过剑拔弩张的兵团,越过雪泥覆盖的驿路,掠过皲裂荒凉的大地,通过厚重的赭红城门,钻过街上拥挤的人流,进入巨大的禁城大门,再沿着萦绕着喁喁细语的走廊回到这场轩然大波的起点,便会在这间斗室中看到禁城察事厅统领、大太监纳谋鲁取正站在尸体旁俯身查看。

纳谋鲁取是金人,已经年近半百。他身材高大,却瘦得异乎寻常;两腮深陷,经年的寒风在脸上烙下了两块通红的印记。此时,他苦着脸,嚼着槟榔,早被槟榔汁染成深棕色的牙齿间浸淫着猩红色的唾液,仿若鲜血。

纳谋鲁取心中琢磨的,不仅有这死去的婕妤,还有她的死所引发的这场风暴。

他暗忖:"气运失衡,凶多吉少。"

二

纳谋鲁取明白，房间中这些人面对的问题其实都一样——时间。眼下必须立即解决的问题并非谁是凶手，而是谁不是。纳谋鲁取打量着这间自己从未涉足过的前厅。这是一块禁地，平日仅后宫官员和嫔妃可涉足。房间狭长，宽度不过两庹，长度却四倍于宽度。本是走廊大小的地方硬是盖上了一间房。石墁的地板上铺了地毯，墙上挂着画，窄长的气窗上糊着窗纸。房间一端摆着一张镶着螺钿的红木桌子，桌下便是那个死去的婕妤。尸体四周挤满了人，宫中的仵作、勘察连同长官约二十人，摩肩接踵。纳谋鲁取走到擦地宫女发现尸体时的位置站定，望向尸体，看不到。他又缓缓躬身，视线与宫女双眼高度齐平时，尸体出现了。宫女没撒谎。

纳谋鲁取见皇城司统领离开随从朝自己走来。他叫韩宗成，是个叛变到金国的南人。韩宗成脸上皱纹如斧凿刀刻，双眼眯成细线观望着整个房间，令人看不透他在打什么主意。当然，能做到统领这样的高位，尤其是一个南人，自不会将心思挂在脸上。老狐狸早有准备，已然穿上了朝服，显然是算准了还有后戏。

纳谋鲁取依朝中礼法站直身体，双手交叠于身前，挺胸抬头,表明金尊南卑的种族次序,尽管韩宗成官阶更高。

"是个南人。"韩宗成嗓音略带沙哑。

纳谋鲁取点了点头。

"可有干系?"

"总不会没有。"纳谋鲁取道。

韩宗成无语。纳谋鲁取便静候他开腔。

"三日之后便要殿试。"韩宗成道。

"说的是。"

"你以为凶手是何人?"

"下官还不清楚。"纳谋鲁取道。

"可有凶嫌?"

"下官与大人一般,才到此处。"

"看情形是否为刺客行刺?"

"下官以为不似。"

"何以见得?"

"这……",纳谋鲁取思考片刻,道,"场面太小。刺客闯入,却只伤了个婕妤便罢手,不合情理。"

"你的经验之谈?"

"下官经验之谈。"

韩宗成默立半晌,又问道:"柯德阁与牙梨哈有何想法?"

"他们与大人不谋而合。"

"我有何想法?"

纳谋鲁取摊开手掌,咬着嘴里的槟榔道:"大人明知故问了。"

"你又作何想法?"韩宗成追问。

"下官并无确证,却不敢苟同。"

"怎见得？"

纳谋鲁取又思忖片刻，道："一般道理，只是感觉不似而已。"

"如何不似？"

"日上三竿时分，死者本应在做何事？此时死者早该离去，却偏偏不曾离去，何故？各处疑点重重，颇不合理。"

"多谢察事厅统领赐教。本官再与勘察处柯德阁、刑讯官牙梨哈商议。"韩宗成说着，转身走向自己的随从。纳谋鲁取转身来到房间对侧尸体近前，慢慢单膝跪下，开始查验尸体。他那异于常人的修长四肢，令他的动作小心翼翼，如履薄冰。

尸体腹部有处很深的刺伤，小臂内侧还有一道很长的割伤。伤处血色深红，流出的血玷污了青石地板上的地毯。死者身穿的厚实的红绸衣裳，是杭州织造厂的作品。除血渍外衣服上并无其他污渍，想必置办不久。头面的品阶是婕妤，虽不算高，但至少可以每月承恩一次，且按律可延续龙种，也算得大金国三百万女人中位列前二百的拔尖人物了。

纳谋鲁取仔细检查了死者头颈，寻找扼杀痕迹，却未见明显异常。他断定死者是南人，因其形貌似南人而非金人。金人黑色的弯眉和高耸的鼻梁与汉人姑娘扁平柔和的面部特征差异明显。死者年约十九。

怪异之处在于，她长得非常漂亮。

尽管听来不可思议，因为百姓多以为皇帝后宫佳丽都有羞花闭月之容，事实却远非如此。皇帝选妃程序不仅复杂，而且充满仪式，更须遵循一套实证理论。

入选皇妃者须满足两个条件，首先便是聪明。当时人们已发现智力来自先天传承，甚至还曾有人专门研究这种现象。尽管最后仍不甚了了，这一事实却已得到公认。

其次便是幸运。三夫人与九嫔必须出身于为数不多的特定家族。在帝国错综复杂的权力角逐中，她注定只是博弈中的一枚筹码。

因此，死者的出众姿色绝非寻常。

"谁杀的她？"

纳谋鲁取循声抬头，见内卫司统领索罗正居高临下地瞪着自己，一双深陷在眼窝中的异族蓝眼闪烁着狐疑的光芒。纳谋鲁取站直身体，膝盖在长腿的杠杆作用下嘎嘎作响。索罗抓挠着浓密乌黑的虬髯怒目而视，用他那听不出语调的古怪口音和颠三倒四的句法盘问。

"还不清楚。"纳谋鲁取应道。

"外人还是内人？"

"大人想问下官想法？"

"你要有事实，就告诉我；要没有，给我你的想法。"

"下官以为是外人所为，与朝政无关。"

"为什么？"

"感觉如此而已。"

"你觉得不是他干的？"

"不是。"

索罗两只深井般的眼睛盯着纳谋鲁取，眼中满是质疑。

"案子你会办，对吧？"

"下官还不清楚，一个时辰后圣上与太后自有圣裁。"

"太后管？"

"太后派人侦办。"

"那大概就派你，对吧？"

"大人知道常例如何。"

"如果，派了你，你咋办？"

"有人死去未必便是谋杀。"

索罗按照一贯作风不予回应，只是瞪着一双怒目在纳谋鲁取脸上搜寻谎言的痕迹，半晌才转身朝自己的侍卫走去。

所有这些机锋的原因，亦即他们所寻求的，是某种确定性。这次命案虽然使他们面临艰难的选择，但也是一次良机。鉴于死者的身份和现场的位置，无论谁赢得案件的侦办权都可以理所当然地扩大权力，征用其他部司的人力物力。而官场中权力一旦易手，往往便会固化，很难再物归原主。侦办权对于长于此道的老手如同一柄长剑，然而剑柄却极易打滑。

首席勘察官柯德阁正带领手下蹲在门口，以一种极其低调的方式默默地查验着门锁，寻找撬拨痕迹。纳谋鲁取轻轻挥手，不失礼数地请他过来。

纳谋鲁取恭敬地站着，等待这位身大体沉的巨人笨拙地挪过来。他官阶虽然高过柯德阁，但两人一样，都是金人。

"刑案？"纳谋鲁取问道。

柯德阁探身过来，道："大人，尸身上有两处外伤。腹部一处，手臂一处，后者似为抵挡所致。依下官所见，死者中刀的情形……"柯德阁后退一步，演示了一个腰部撩刺的动作，"死者多半是见这一刀刺来，便闪向一侧，手臂向下格挡……"柯德阁挥动粗壮的手臂，毫无章法地向下格挡，"这便是手臂上的割伤。"

"何时断气？"

"大人容禀，死亡时间一向难以确定，但下官以为至少已有六个时辰。"

"何以见得?"

"鲜血大半凝结且色转深红,大致需要这么长时间。"

纳谋鲁取慢慢地嚼着槟榔,品味着柯德阁的话。柯德阁的话证实他与索罗、韩宗成的担忧不谋而合,不过他还是决定谨慎为上。

纳谋鲁取问道:"依你之见,死者从何处入室?"

柯德阁早有防备,因为这正是他想要回避的问题。

"大人明鉴,依宫中规例,无论何时,这两道门中至少有一道必须落锁。"

"此话何意?"

"案发时两门均已落锁。"

"擦地宫女是被锁在里面的?"

"不是。"

"那她又如何进去?"

"有人开启外门放她进来。"

"然后?"

"内门却一直紧锁。故此宫女到来之时,两道门都是锁着的。"

"侍卫可曾见有异常?"

"下官职责所限,未敢询问侍卫。"

纳谋鲁取明白,柯德阁只能言尽于此。

"请问尸体勘验呈报何时可以备妥?"

"此间事务一毕,下官立即着手。大人可于今晚垂询,无论何时,卑职自当恭候。"

"有劳大人。"

"不敢,下官告退。"

柯德阁说完,慢慢转过身,几乎是蹑手蹑脚地挪回尸体旁。

纳谋鲁取小心地绕过尸体,出门走入通向外宫的长廊。柯德阁和他的手下正趴在地板上,研究外门周围的木屑,却故意避开了对面的内门。

廊道很长,中间还有一处转弯。青石地板上铺着粗毡地毯,砖墙上则装饰着竹片和绸布。除前厅外,长廊另有六个出入口,其中四个分别通往附属的食品储藏室、香料检验室、皇家更衣室、带后厨的餐厅,余下两个则通向户外,一个花园和一个夹在内外宫之间的小露台。作为一道御敌防线,长廊建得狭窄而坚固。通往前厅的木制外门十分厚重,上面有一把巨大而沉重的挂锁。

长廊一角,刑讯处执事牙梨哈正大马金刀地蹲在那名最先发出警讯的侍卫面前。侍卫早已吓得魂不附体。崭新的袍子、油光的发辫,牙梨哈一如既往地光彩照人。形象不仅体面,简直完美,以至于纳谋鲁取怀疑他在故意用自己的光鲜暗中贬损他人。此时,牙梨哈一脸夸张而尖酸的惊讶表情。

"后生,"牙梨哈对战战兢兢的侍卫道,"别给爷编了,以为爷听不出来?"

"没……我没编……真没编。"

"还编。你一编爷就知道,你这种货爷见多了。"

"真的不曾有人过去。"

"后生,爷是个厚道人。你给爷听好,你就是个杂碎。乡下崽子进了城,忘了自己姓甚了!仗着给皇上当差到处睡姑娘,对吗?给你说句实话,你个杂碎现下不从实招来,爷让你后悔从娘肚子里爬出来。你抬头看看爷，是不是诈唬你嘞？你个杂碎早晚是个招，爷说的是'现下'，你现下不招，误了侦办，让爷面皮难堪，爷保证把十八般大刑好生伺候到你身上，不断气不给你消停，然后把你那糟蹋城里姑娘的玩意儿割下来捎给你娘，告诉她你个崽子是啥下场。"

"可是……可是，爷，俺真的不曾胡说，确实不曾有人过去。"

"行啊，后生嘴硬，等着大刑伺候吧。"

见纳谋鲁取走近，牙梨哈跳起身来，大摇大摆地迎上去。他长得并不英俊，只是在他显赫的家族财富和地位的照耀下，显得英俊而已。

"背运后生，赶上昨晚当值。"牙梨哈道。

"说的是实话？"纳谋鲁取问道。

"八成。"

"当值一共几人？"

"两道门一边一个。"

"对面内门侍卫呢？"

"不在我手里。"

"死了？"

"在内卫司，索罗按着不放。"

纳谋鲁取打量着这个侍卫。倘若牙梨哈的大刑无法让他改变口供，且韩宗成和索罗也得到了同样的口供，那他们势必会得出同样的结论。纳谋鲁取想不出有何情况能阻止韩宗成和索罗讯问这个侍卫。

杀气弥漫在这场迫在眉睫的朝会前，而杀机所在，正是众人心照不宣的凶嫌。

011

索罗与韩宗成都看到了显而易见的事实：死者身份、尸体位置——行刺的可能性微乎其微，于是两人自然疑心当今圣上手刃了自己的妃子。无论出于何故，圣上杀人自然都合理合法。有些细枝末节眼下看来虽有些离奇——落锁的房门、内门侍卫所在位置及案发时间，不过两人估计总能给出合理解释。

　　倘若果真如此，有司侦办时自然凶多吉少。尽管一国之君凌驾于法律之上，真相却难免伤及圣颜，尤其是而今这桩案子已经引发了一场声势浩大的战备动员。有司侦办虽不是绝无机会从这摊浑水中全身而退甚至建功立勋，但绝非易事，且一旦失手，下场不堪设想。

　　没时间了。纳谋鲁取见索罗和韩宗成正准备开溜，二人的随从也心怀鬼胎地悄悄跟在主子身后，便知道自己也该撤了。

三

"朕现下要钦点此案之有司侦办。"皇帝道。

皇帝很年轻，年方十七，身登大宝刚满四年。皇帝坐姿颇为特别，令人一望便知必定有个厉害老子。他狂傲的外表下不经意间流露出一丝心虚。

坐在他身后的是他母亲，中间隔了一道珠帘。纳谋鲁取与太后并不熟稔，甚至连她的故事也所知甚少，但他知道这位太后不仅在先帝驾崩后的权力角逐中毫发无损地脱颖而出，还拉来一票人马将自己扶上儿子背后的摄政交椅。幸运、机智、狠辣，三点缺一不可。

太后隔着珠帘对儿子耳语几句。这珠帘既是母子间的分界线，又是二人联结的纽带，将权力的所有者和操控者联结成一个共同体。

"禁城察事厅统领上前答话。"皇帝再次开口。

大殿宽敞而昏暗，一排粗如孩童手臂的巨烛沿墙而立。朝臣们分两列匍匐，仿佛地面隆起无数丘陵。丘陵中间是一条狭长的沟壑。纳谋鲁取便从这条沟壑中膝行到皇帝脚下，然后在冰冷彻骨的石板地面上叩首七次。

"吾皇威武，德比尧舜，奴才纳谋鲁取愿为吾皇效犬马之劳。"

珠帘后又传来一阵耳语。

"朕要你举荐此案有司侦办。"皇帝稚嫩的声音传来。

纳谋鲁取当然不敢犯上直视，不过却可以听到幼帝的声音，其中毫无恐惧之迹。皇帝固无须忌惮法律惩处，但毕竟少不更事，倘若真的杀了人，难免会对自己的处境感到陌生而手足无措。凶器是刀，凶手必曾与死者近身搏命，故难免心旌摇荡。然而皇帝的声音却不曾出现这般迹象，因此现下便到了决断时刻：无论何人侦办此案，生存都将成为其首要目标，而非真相。作为察事厅统领，他将是首当其冲的替罪羊，因此将侦办权抢在自己手中方为上策——至少可以控制局势，免得成为此案的牺牲品。

"奴才恳请吾皇恩准第四部下属禁城察事厅主持侦办此案。"

珠帘窸窣，夹杂着太后的柔婉耳语，却杳不可闻。

"你有何理由。"皇帝道。

"奴才诚惶诚恐，恭呈以下事实请吾皇圣裁：此案发于禁宫之内，依先皇恩例，侦办此等凶案为我司分内之责，此其一；此案乃凶案，而一切凶案均应由专司机构侦办，以免借案干政，此其二；死者乃皇亲帝胄，此其三；死者虽为南人，先皇却有恩示，宫内人命损伤无论族系均比照我族侦办，此其四。因此，奴才恳请吾皇恩准我第四部下属禁城察事厅主持侦办此案。"

纳谋鲁取感觉自己的这番话恰到好处。过于振振有词会令韩宗成和索罗疑心自己得悉了他人所不知的密情，过于言不由衷，则圣上未必肯将此案交给自己侦办。

"朕自当斟酌，你可退下。"

沿着朝臣间的"沟壑",纳谋鲁取膝行退回原位,暗忖旁边的韩宗成和索罗会对自己那番话作何想法。只有这种案子他才有机会先于这二人开口,其他事情只能往后站。现在二人想必已经盯上了自己,不过即便自己不占先,也一定会被盯上。两害相权,他还是乐意去占这个先机的。

皇帝稚嫩的嗓音再次响起:"内卫司统领索罗何在?"

纳谋鲁取匍匐在地板上,偷眼望着索罗朝前爬去,看他作何举动。

"吾皇英明,堪比尧舜。奴才我,内卫司统领,案子侦办有话要说。"索罗的金国话本来不错,但对面圣时的繁文缛节仍力有不逮。

"朕在听。"皇帝道。

"我们是内卫司,吾皇安全是我们管。出事了我们要搞明白。死人的地方离吾皇很近,所以案子乃是吾皇安全的事情。"

纳谋鲁取听着索罗的话,看他下一步迈向何方。

"所以我们内卫司的意思,吾皇必须让内卫司侦办这个案子。"

这就是了,索罗终于迈出了这一步——口误。面圣时竟未使用"唯愿吾皇""恭请圣裁"等谦辞,却用了"必须"这等命令式白话,圣上断然不会容忍此等冒犯,仅凭其失礼之举便足以驳回此等请求。明日,索罗自然会呈上一篇谢罪长文,为自己的不当措辞而惶恐痛悔,恳请圣上念他来自异域,宽恕其无礼之罪。如此,圣上自然不会计较其无心口误——毕竟他是个番人,而此案的侦办权则早已花落别家。这样一来,他便跳出了这摊浑水。

纳谋鲁取继续想下去。他知道索罗对杀人并不陌生,自己杀过人，也见过旁人杀人，明白杀人的感觉。因此，索罗自然也能如纳谋鲁取一般从皇帝的言行中做出同样判断。然而，他仍然决定从案件中彻底抽身。

"内卫统领索罗，"皇帝道，"你的奏请朕听到了，你可退下。皇城司统领韩宗成上前答话。"

韩宗成爬过灰色的青石地板。这把年纪趴在冰冷的石板上显然颇为痛苦。韩宗成叩首三次，由于其出身南人，便用了更为卑微的五体投地姿势。

珠帘窸窣，耳语咕嗫。

"韩爱卿一向忠心耿耿，朕愿闻你对此案侦办的高见。"

"吾皇正大光明，怀夏商圣君之德，拥孔孟诸子之智。经微臣细查此案证据，现已查实确有枉法之事，且已确定所为者何人。"

纳谋鲁取瞥见索罗趴在地板上大吃一惊，连眼睛也不由自主地抬了一下。

"枉法者何人？"

"吾皇圣明，枉法者正是罪臣。大金国皇城司本职乃广集军机秘要，无论巨细遐迩，恭呈吾皇览阅。然我司却疏于职守，未能提前探知此等要情。皇城司虽有千人之众，大小事务却皆由罪臣主持。因此，罪臣渎职枉法，百死莫赎。而此案之侦办，必将抽丝剥茧，将罪臣之失察之处层层昭示。因此，罪臣自当回避此案侦办，不然以戴罪之身自证其罪，又焉能秉公执法、全力以赴？古之圣贤如周公、吕祖当此境地，亦难免文过饰非，轻其罪而脱其咎。臣非圣贤，不敢挟一己之私当此要任，遗祸社稷。罪臣伏惟吾皇英明圣断，恩准罪臣及所隶部司回避此案侦办。罪臣当以戴罪之身，专心致志，从速公正主持殿试。"

纳谋鲁取盯着地板陷入沉思，看来韩宗成也做了同样的选择，所以侦办权算是定下来了。

然而此刻变故突生，韩宗成居然又开口了。

"鉴于此，罪臣恳请圣上恩准罪臣监督办理此案。有司侦办需每日将侦办纪要详呈罪臣所隶部司，以便罪臣以此为鉴，拨乱反正，亡羊补牢。"

纳谋鲁取大吃一惊。因为此话虽不无道理，却不合情理——倘若他只图脱身，则其前述理由已足以达成目的，然而如今他兜了个圈子竟又转了回来。

"朕已知悉，你可退下。"

韩宗成再度叩首，膝行退回索罗身边。韩宗成、纳谋鲁取和索罗三人伏在地上，静候皇帝发话。

"朕当仔细斟酌，少顷自有裁断示下。"

皇帝起身隐入帐后。

三人伏地静候，耳中听到圣上的随身书记文员起身鱼贯而出，下摆擦过地板，沙沙作响。纳谋鲁取和索罗依礼法等候韩宗成起身，索罗随后，纳谋鲁取最后才用瘦长的四肢嘎吱作响地撑起身体。

"无论圣裁如何，本官都将有幸与有司侦办通力协作，揭开我部失察之漏洞所在。"韩宗成说完又对纳谋鲁取道，"呈报以便捷为宜，你我当交换派驻得力文书专司此事，方便我部便宜行事。"

"谨遵大人指教。"

"索罗大人，告辞。"韩宗成转身离去。

"告辞告辞。"

韩宗成走出大殿。索罗依礼法静候片刻,也转身离去。最后只剩下纳谋鲁取独自走出大殿。

纳谋鲁取揣摩着韩宗成的想法。他目的何在?这番话又如何能令他得偿所愿?他本已脱身事外,却又要求纳谋鲁取随时向他汇报侦办内情,想必是意欲操控侦办的某些环节。韩宗成有这种想法不足为奇。他在宫中行走多年,所牵涉的恩怨情仇错综复杂,无论侦办哪桩案子,都难免会触动他的痛脚。

纳谋鲁取一面沉思,一面沿着大殿边廊缓缓而行。边廊昏暗,纳谋鲁取看到转角处的索罗时,两人几乎撞在一处。

"纳谋鲁大人。"

"索罗大人。"

"可能我们要一起工作,好事情。"

"说的是,"纳谋鲁取道,"此案扑朔迷离,委实需要各部通力协作。"

"也许,我想你可能不需要。"

"不会,我还要请各位施以援手。"

"嗯,也许吧。"

"倘若圣上指派大人为有司侦办,卑职定当倾全司之力帮助大人。"

"嗯。但可能还是你更合适,哈哈。"

"大人过奖。"

"嗯。"

"此案侦办从何入手,不知大人有何高见?"

"这案子太复杂,涉及太多。"

"卑职明白。"

"但也许我能帮你。我们可以面聊？"

"何处？"

"你来我的书房。"

"卑职一定前往。"

"你一个人来。"

"可以。"

索罗用他那对蓝幽幽的眼睛再次盯在纳谋鲁取脸上，搜索着背叛的迹象。半晌，索罗脸上绽开笑容。

"我回家。累了，政务太多。"

"大人请便。"

索罗转身离去，迈着沉重而又安静的步伐消失在长廊尽头。

纳谋鲁取默默伫立在黑暗中。安全感正如退潮时的潮水般离他远去。侦办不力会被刽子手以精巧手法处决自不必说，更复杂的问题是对于这宗凶嫌疑为当今圣上的命案，究竟如何才算侦办不力？纳谋鲁取自问这桩案子是否正变得更为扑朔迷离，旋即又断定不会，毕竟自己还在，凶手也还在，总会有一条道路将自己引领到凶手面前，而其他的至多不过是路上的几块绊脚石而已。

他迈开修长的双腿沿着长廊快步走远，丝绸朝服在青石地板上摩擦出轻微的沙沙声。

四

牙梨哈的正常一直令纳谋鲁取费解。他了解那些专司刑讯的人，因为他不仅曾与其共事，早年的黑暗岁月中甚至还曾落入其手。这些人往往十分古怪，令人一看便心中发毛。牙梨哈却是例外。此人要么已学会对他人的磨难麻木不仁，要么便是装作如此。然而纳谋鲁取却无法断定是哪种情况，这也正是牙梨哈第二个令他费解之处。纳谋鲁取能活到今日，全凭一双能看透人心的眼睛，可他却看不透牙梨哈。

因此，当纳谋鲁取品味着新鲜槟榔带来的些微眩晕感步入刑讯处时，他一如往常地带着几分戒心。

看门的是个年轻后生，满身的实权衙门中差人的狂傲之气，显然还不曾吃过苦头。

"执事可在？"

"你是何人？"

"禁城察事厅纳谋鲁取，不知上下如何称呼？"

"赫兰族艾驰恩。"后生挺着胸自报家门。

"阁下家世显赫。"

"好说。"

"刑讯执事牙梨哈有阁下襄助，幸莫大焉。"

"有幸与牙梨哈家族次子共事，荣耀万分。"

"有幸与二位共事，实是荣幸之至。"

"好说。"

"牙梨哈执事可在？"

"执事方才接手一宗案件。"

"我正为此案而来。"

"腿子！"艾驰恩朝后院大喊一声。转瞬间一个南人老头迈着小碎步跑到艾驰恩面前，跪倒施礼。

"速去禀报执事书记，有回话速来禀报。"

老头领命，又迈着小碎步跑远。纳谋鲁取趁这片刻清闲嚼着槟榔，琢磨着这位对自己与察事厅一无所知的后生。任何一处部司中的不称职者总是最危险的，其能力低下程度也显示着其家族将其塞入官场的能力。然而这后生是否会在被碾得粉身碎骨前学会夹起尾巴做人？纳谋鲁取估计他有五成机会。显赫的家族或许能帮他逃过几次劫难，让他学乖，否则便无须再学了。

南人老头跑了回来，将一纸手令捧给艾驰恩。

"跟他走。"艾驰恩道。

南人老头引领纳谋鲁取朝刑讯处深处走去。从大门到后院办事区有两条通道。一条通道沿西墙而行，与刑房、牢房相隔甚远，专供文员和访客使用。除了个别"天赋异禀"的人，常人见了刑讯场面难免会感到不悦与不安，认为自己与受刑人的苦难多少有些干系。所谓"君子远庖厨"，与鱼肉隔离开来的刀俎多少能心安一些。

而另一条通道则恰好由刑房、牢房的中央穿过,这便是设计用意。帝国庞大,不乏以身试法者,刑讯处自然难得清闲,于是这条通道便成了一种工具,即刑讯的第一关。随后,失去自由的嫌犯便只能任由无形的爪牙慢慢掐入肌肤骨骼,撕碎五脏六腑。这一套刑讯方法纳谋鲁取深有体会。

纳谋鲁取被引入第二条通道。他不知道这是老头的无心之失,还是艾驰恩的有意羞辱,或者是牙梨哈的旁敲侧击。他不动声色地穿过悲鸣与啜泣,同时将这一猜测记在心里。

两人终于来到刑讯处执事牙梨哈的书房门前。老头上前叩门,一位面色苍白的年轻南人书记领两人入房。正在书桌前伏案工作的牙梨哈见到纳谋鲁取,立刻笑容满面地迎接过来,一副老友重逢的样子。

"牙梨哈执事。"

"老兄!"

"可否叨扰执事片刻?"

"你来啥都好说。来来来,咱后面聊。你俩,"牙梨哈转头对南人书记和带路老头道,"滚。"

牙梨哈和纳谋鲁取走进套间,盘腿坐在榻上,背后掖上靠枕。牙梨哈又拿出瓷杯,斟满两杯热腾腾的酸马奶。

"朝会如何?案子让谁办?"

"我。"

"定了?"

"尚未公布,但估计八九成。"

"恭喜恭喜。"

"我要那个侍卫。"

"抱歉，刑讯可是咱的差事。"

"话虽如此……"

"你听我一言，这差事咱熟，现下不比你当年，又多了许多新家伙什儿。"

"我须拿到此人。"

"为啥？"

"有话要问。"

"咱都不曾问出甚来，你能？"

"牙梨哈大人，现下我要此人自有原因。此案关乎禁宫安危，诸多内情你现下不知，将来可能亦不会知。圣裁一时三刻间便要颁布，届时我凭圣谕再来要人也是一般。你我素来交好，我才此刻前来。你将人与我，一则将来圣上知晓必定嘉许你晓事，二则免我凭圣谕领人时面皮尴尬。我来并非为难于你，是替你早做计较。"

牙梨哈倚在靠枕上，垂头沉思片刻。他虽年轻却并不糊涂，片刻便拿定了主意。

"本官不给你用刑。"纳谋鲁取对惊魂未定的南人侍卫道。侍卫的一只眼睛已肿成桃子，嘴里少了两枚牙齿，背上深达肌理的鞭痕纵横交错。二人此刻已回到纳谋鲁取的书房。纳谋鲁取又道："本官问你，你须实话实说。本官知道你以为我等作好作歹要弄于你，其实并非如此。本官非但不会搬出牙梨哈来唬你，还会想方设法将你留下。本官颇有些办法，问话一毕，便吩咐太医替你疗伤，若有问题再去问你。若非情势紧急，本官须不必现下问你。这些你可曾听清？"

"听……清了。"

"好。你从昨日讲起,一直到那宫女发现主子尸体。先说昨日晚上有何异常之事。"

"没……没有。"

"你将那位主子的一举一动细细讲述一番。"

"傍……傍晚,她……"

"她便是那位主子?"

"傍晚那位主子……"

"何日傍晚?"

"昨日傍晚。"

"几时?"

"申末,天色还早,主子出门时在俺们岗亭签的字。"

"你与主子可有言语?"

"就说请主子签字来。"

"主子有何言语?"

"没……没有。主子们都不和俺们讲话。"

"你看主子是否有不安之态?与平日有何不同?"

"没有。"

"好生想。神色是否慌张?眼神是否正常?衣着打扮与平素有何不同?"

侍卫想了想,似乎有话要说,却又咽了回去。

"你想起什么了?"

"只是……"

"随便说,不打紧。"

"若是非说主子有啥不同,若是俺非说不可,主子平日都是一般模样，可这位主子，好像有些……有些得意的模样。"

"得意？"

"像是有啥好事等着她了。她有点儿着急要走，可又不像平日那般对俺们很凶。"

纳谋鲁取停下来想了想。不对，现下还说不通。

"然后便又如何？"纳谋鲁取继续问。

"主子去了一个多时辰，又签字回宫。"

"具体几时？"

"记不准了，簿子上有。因为殿试的事，叫俺们来顶班的。"

"你这里出入签字规例如何？"

"进……进来便要签字。"

"进来何处？"

"前……前厅。"

"由外宫进来前厅？"

"对。"

"前厅通往内宫？"

"对。"

"主子们进门均须签字？"

"对。"

"签的是什么？"

"那个……卷轴。"

"本官问主子们签字都写些什么！"

"写……写名字。"

"卷轴放在何处？"

"现下？"

"不,平素放在何处?"

"俺们拿着。"

"拿在何处?"

"拿……俺们便是拿在手中,主子要签时便放在桌上。"

"你站在何处?"

"门口。"

"门里还是门外?"

"门外,俺们……站在外宫这边门口。"

"不在前厅中?"

"对,不在屋里……在屋外。"

"可曾进去前厅?"

"不曾……不敢!不许进去!"

"为何?"

"便是不许进去。"

"我问为何不许进去!"

"那……那便不知道了。"

"可曾见过旁的侍卫?"

"见过,换班时候便见了嘛。"

"不是,本官说内宫那边侍卫。"

"皇上那边的?"

"对。"

"没有。"

"为何?"

"不是……不是一个长官管。从来不曾见过。"

"平素你便站在门外,手中拿着卷轴,门上可有落锁?"

"对。"

"总是落锁?"

"自然!"

"开锁有何规例?"

"只有名册上的人方可进门。"

"有个名册?"

"对。"

"名册是写好的?你拿在手中?"

"对。"

"两边的侍卫都有这份名册?"

"对。"

"名册可会变化?"

"会。若是变了,他们便拿个新的过来给俺们。"

"近日可曾变化?"

"不曾。"

"那主子也在名册上?"

"主子们大多都在。"

"也有主子不在?"

"有。"

"为何?"

"俺说不来。"

"三夫人?"

"不在。"

"不在?"

"大主子走中厅。"

"不走你把守的这门？"

"从来不走。"

"好，便说现下有个主子来了，你如何措置？"

"主子签过字，俺便打开门锁。主子进了门，俺便将门落锁。"

"锁在你们这边？"

"对。"

"另一边什么样子？"

"门另一边？"

"对。"

"啥也没有。"

"啥也没有？"

"是。"

"把手也无？"

"对，只是个光溜门板。"

"如此人如何能出来？"

"主子敲门，俺们这边开锁，将门打开。"

"对面内门也是如此？主子进门，敲对面内门，内门外侍卫听了便从外面开门？"

"俺说不来。"

"你不知道？"

"俺们不许进去。"

"你不曾有朋友在对面当值？可曾闲谈？"

"俺合计……俺合计，对面规例也是这般。"

"如此说来，前厅两侧房门都从外面落锁，屋内必定无法开门，对不对？"

"对。"

"若是要瞒过你与对面侍卫,悄悄从这房子中出去,有何办法?"

"绝无办法!"

纳谋鲁取从送来的卷宗中找出登记卷轴,很快便找到那项记录。记录显示死者于戌时签入,夜还不深。纳谋鲁取思索片刻,又找出她在申末签出的记录,仔细看了签名,随后又回到签入处两下比对。相比之下,签出时笔迹略显飘忽,带着些许年轻女子的幼稚,却又很有天赋。签入的笔迹虽然也大体如此,但审视之下笔法似乎沉稳了些。这其中有何缘故?纳谋鲁取无法确定,毕竟差异太小了。

"签入可是戌时?"

"对,俺觉得差不多。"

"那便不到两个时辰。"

"对。俺觉着对。"

"你将那位主子回宫时的模样讲述一番。"

"还是那模样。"

"还是得意的模样?"

"没。可是,主子出门时也不是特别得意。俺不是说她得意,就是俺觉着。"

"你看她情绪如何?伤心?有心事?高兴?"

"没啥……都和平日一般。"

"衣着如何?身上有何携带物事?"

"衣……衣着?"

"对,主子穿的是何衣裳?"

"俺……俺……主子换了身衣裳。"

"此话怎讲?"

"主子回来时衣裳不同。"

"这是否异于平日?"

"这……没有,她们平日便总换衣裳。"

"何人?"

"主子们。"

"主子有何举动?"

"她走过来,到俺们岗上,在卷轴上签了名字。"

"可有言语?"

"没有,平素也是这般。"

"可有人与她同行?"

"没。"

"无人护送?"

"没。"

"这是否异常?"

"有些。"

"你可曾记下?"

"记下啥?"

"记下之后上报。"

"上报不归俺们管。"

"倘若你上报此事,主子出入无人护送,算是何等异常?"

"照理是该有人护送,可俺们也见过……"

"见过主子无人护送?"

"对,有时候。"

"为何不曾上报?"

后生想了想，面露惊惧："俺们只是个把门的。"

"那又如何？"

"就是把门。俺们便是这差事。后宫才管护送。"

"主子签过字，又怎样？"

"签过字便由俺们这边过去，进门，俺们将门落锁。"

纳谋鲁取仔细琢磨一番，却并无特别发现。

"现下且是这些，若有问题再来问你。你且坐好，本官吩咐人送你去疗伤。"

纳谋鲁取走出书房，踏上宫内长廊。长廊里燃着巨烛，回音激荡。右转两次之后，他便来到了直通内卫司的"明镜"长廊。工匠正为三日后的殿试张灯挂彩。纳谋鲁取绕过工匠，朝内卫司走去。一只老鼠慌里慌张地横穿长廊跑过。各部门的人都被抓差去准备殿试，连捕鼠人手都短了。

伴着脚步的层层回声，纳谋鲁取暗自揣摩着索罗。早在索罗刚刚在官场中立足时，纳谋鲁取便开始为其怒气而费解。他这怒气究竟来自何处？又为何经久不衰，源源不断地从那张怨毒的嘴巴里喷涌而出？

索罗如此怒气冲天，而纳谋鲁取也自知早晚会与他共事。因此索罗进宫后，三个月来纳谋鲁取一直在仔细观察他。

纳谋鲁取按一向习惯，从索罗模糊而零碎的言行中提炼其性格细节：此人目的何在？又遭遇了什么阻碍？

索罗的故乡远在西部大漠的对面。他虽算不上第一个由那里来到中原的人，但在此地同族寥寥。他的同乡多是生意人，鲜有久居皇城者。况且这些人大多并不显眼，体态、外貌并无太多的异域特征。

然而索罗却是例外。他自称是其部落血统使然。他最奇特之处是肤色，苍白堪比尸体，偏偏还生着黑硬的体毛。他眼窝深陷，双眉高耸有如屋檐；眼睛也怪异，总是圆睁着，眼皮翻折的方式也异于常人。最为骇人之处——那对眼珠子竟然是蓝色的。

各地语言纳谋鲁取颇听过一些，索罗的语言却闻所未闻。在为数不多的几次拜访中，纳谋鲁取曾向索罗讨教其本族文字的写法。索罗便挥毫写下"Minichiatto de Solo"，说是念作"明尼察铎·狄·索罗"，这便是其名字的本乡本土的写法。

纳谋鲁取疑心索罗的怒气正是来源于其与众不同：他在这个世界没有朋友。

纳谋鲁取也曾置身于这样的世界中——仅有忠诚，却无情谊。

不知不觉间纳谋鲁取已经来到内卫司门前，此处比平日热闹了许多——卫兵加了岗，还加设了巡逻队，均是响应早前的警讯。一番常例拜访手续之后，纳谋鲁取被引入内卫司的阴森走廊，未几已坐到索罗对面，正对着那双怒目。

索罗先开了口："你是为我干的，还是为后生干的？"

"干的什么？"

"把我的人要回来。"

"为谁又有何分别？"

"有。"

"我为自己。"

"哈哈。估计是。"

"下官要见昨日申初至今日巳末在内宫当值的那个侍卫。"

"为什么?"

"这段时间,死者本应签出、签入内宫,却直至巳时方被人发现。下官须询问两次照面情形。"

"不给。"

"为何?"

"牙梨哈打了我的脸。他打了我的人。"

"但下官已将人要了回来。"

"没用。牙梨哈抓了我的人,你抓了我的人,大家会说,抓索罗的人没事。"

纳谋鲁取想了想,索罗言之有理,这正是人们会得出的结论。纳谋鲁取固然可以请来圣谕令他讯问两名侍卫,索罗也无话可说,但他却等不起。

"我问你,你问他们,如何?"纳谋鲁取继续道。

"你问什么?"

"死者模样、穿戴、异常之处、所携物事、心绪如何、往返间有何不同。"

"哈,不知道。"

"大人可以讯问当值侍卫。"

"他们也不知道。"

"何以见得?"

"那位主子没回来。"

"此话怎讲?"

"就走了,没回来。签出没签入。屋子里死了。"

"这段时间可有旁人从内宫签出?"

"没。"

"大人从何而知？"

"你以为我从何而知？"

"下官早晚还要问他们。"

"嗯，但是现下不行。现下什么人都来欺负我。"

纳谋鲁取靠着椅背，默默将事情在心中演绎了一番：那姑娘夜晚出宫，先在内宫一侧签出，穿过前厅，然后在外宫一侧签出，无人护送，或许有些兴奋，暂且不论。姑娘一个多时辰后回来，仍是孤身一人。一切安好，身上衣裳却换了。她由外宫签入，只向前走了几步，在内外两道门之间。她身后的门也落了锁。大约七个时辰后才有人看见她，但已经被捅死了。这中间她不曾出门，且内宫的侍卫离她仅数步之遥。此间内外两道门都落了锁，也无人听到任何异动，更无人签入、签出，且房间并无其他入口。

这种情形绝对说不通。纳谋鲁取将这些问题存在心中，让它们如藤蔓般慢慢发育、生长。

纳谋鲁取沿着黑暗的门廊慢慢朝柯德阁的书房走去。轻如耳语的备考读书声不断地从远方传来，打破了周遭的寂静。路上不时有老鼠窸窸窣窣地跑过。

纳谋鲁取一直痴迷于推敲旁人行为背后的动机。除了生性使然，而早年经历也强化了这一技艺。正是凭借这门技艺，他才能熬过凶险时局，熬过九死一生的净身与混迹南人间的日子。对于他的同行，寻找真相的过程仿佛是用事实填充地图，而他的图却由人们的动机与欲望织就。

这个过程从未改变。他的心中总是先浮现出一张人欲织就的大网,随后便有微茫的光线照在这纷乱的私欲上,将其主人的所作所为投射成缥缈的荫翳。他多年之前便已明白,虽然荫翳飘忽不定,但其上方的私欲总是有迹可循。沿着这张网上各色人等的真实欲望,他们的所作所为终究会被揭开。

意欲进宫的普通人只有两条可行之路:第一条便是像纳谋鲁取那样净身入宫;第二条则是通过两年一度的殿试。天下人皆可举业:先是乡试,再是府试,然后是会试,最后多年寒窗苦读的学子才终能面对登峰决战——殿试。

随后便是一场凶险无情的洗牌:有的家族黯然返乡,有的举族销声匿迹,最后只有寥寥数人能取得他们孜孜以求的权力。除了为权势不惜一切之人,其他人绝无可能在竞争中胜出而不失理智。因此现在确是杀人害命的季节,然而过去却无人会在殿试前动手。

这便是问题的关窍所在,这一次凶杀何以会发生于殿试之前三日?

五

柯德阁大人是个名副其实的"大人"。他一切都大,嗓门大、个子大、块头大,脾气也大。由先帝在位时算起,纳谋鲁取与他相识已颇有些年头,因此看他如今的样子颇感怪异。而今柯德阁的"大"已被压缩。他压低了嗓门,走路时小心翼翼,以免自己的大块头妨碍了旁人,与人说话时也要躬身凑近对方,无时无刻不在刻意避免突兀、碍眼。

之所以让人感到怪异,是由于柯德阁一度位高权重,亦是弄权高手。他原来执掌营造,手握无数官银,用于修造北御蒙古、南防宋军的战备工事。然而出乎所有人,尤其是他本人所料,几年前他竟突然翻了船。其时他正为一笔费用与人小有龃龉。事情本不值一提,他争的无非是个原则,谁知竟阴沟里翻船,莫名其妙地着了道,就此出局。

于是柯德阁如今成了勘察处的头目。一个弼马温般的职务,放在旧日,这是他给同僚儿子安排的差事,对于他则是个赤裸裸的羞辱。

柯德阁虽然一副脑满肠肥的酒囊饭袋模样,骨子里却是个狠角色。他知道当今唯一能够令自己东山再起的法宝,就是时间。政局如潮，有涨有落。等到潮水落下，那些目光短浅的猢狲便会搁浅在沙滩上，而他则会将他们逐个踩碎。

他在静候时机，毕恭毕敬地夹着尾巴，安静老实，做个无可挑剔的下属。

因此对纳谋鲁取而言，与柯德阁打交道难免要冒着无意中得罪他的风险——柯德阁记性很好。不过尽管如此，纳谋鲁取还是暗自希望柯德阁永远待在现在这个位置上，因为柯德阁的勘察能力确实出类拔萃。

纳谋鲁取站在阴冷的验尸房门前，嘴里冒着白气。宫中的尸体入葬前都要送到此处勘验。

"柯德阁大人。"纳谋鲁取招呼道。柯德阁正站在灯火通明的验尸房一角，闻声转身，见纳谋鲁取站在门口，便毕恭毕敬地迎上前来。

"察事厅统领纳谋鲁大人，天色已晚，大人还神采奕奕。"

"大人过奖。不知案发房间和尸体的勘察是否已经完毕？"

"现已完成部分。"

"有何结论？"

"敢问大人是否已被钦点为专责有司侦办？"

"圣裁虽尚未发出，但大人明白情势如何。"

柯德阁坐在长凳上沉思半晌，拿定了主意。

"那么，下官将向大人汇报勘验结论一事上报内卫司统领索罗及皇城司统领韩宗成，且将向二位大人汇报同样结论。"

"这个自然无妨。"

"大人明鉴，下官不过例行公事而已。"

"便请大人赐教。"

柯德阁迈着沉重的步伐走向一张台案,上面摆着些碎布与工具,纳谋鲁取跟了过去。

"房中物证很少。该房虽有婢女定期清扫,但毕竟乃衔接内外宫之咽喉,因此非但不乏常见物证,反因其庞杂而难以甄别。譬如毛发,多为内宫常驻人员所遗。唯有六枚断发尚无出处,且仅凭其长度、色泽,恐怕难以断定凶嫌。"

六枚断发精细地排列在纸上。纳谋鲁取小心翼翼地捏起其中一枚。

"毛发主人是男是女可否断定?"

"无法断定。"

"这些毛发现于何处?房内还是尸身?"

"房内。尸体上并无异样毛发。"

"房门有何发现?"

"经详细勘验,结论符合初判,即两门均已从室外落锁,且未遭撬拨。"

"尸身有何发现?"

"尸身上有两处证物,颇为惊心。"

柯德阁小心翼翼地从两张木质条案间走过,来到停放女尸的冰冷条案前。女子全身赤裸,纳谋鲁取再度感叹其美丽。

柯德阁擎起女子一只手请纳谋鲁取观察。

"指甲缝中存有污垢。嫔妃每日沐浴,因此污垢必是其外出时所沾染。我等正在将这污垢与宫中各处泥土比对,或可发现死者生前行经何处。"

"大约多久能有结论?"

"颇难预料。如若顺利,明日便有结果;如若我等采样有误,则永无结果。全碰运气。"

"样品共采几处?"

"我等将宫内分为三区:城门乃泥土沙粒主要入口,庖厨以油烟灰烬为多,而马厩左近则多有马粪碎屑。三区虽并非泾渭分明,不过据三类污垢组成多寡,却可大致分辨位置。我等已有诸多记录。"

"死者生前可曾与人交媾?"

柯德阁住口不言,望着纳谋鲁取定定地看了半晌,便开始检查女子下体。柯德阁现下慢了下来,如履薄冰。

"死者生前或曾与人交媾,或于被害前二时内体内尚存有精液。"

"交欢还是强暴?"

柯德阁再度犹豫起来。

"如若确有交媾,并无迹象证明死者非自愿。"

"何以见得?"

"死者与人交媾后颇有一段时间方才亡故,如非自愿,则其体表瘀伤均应呈现,而死者唯一外伤乃格挡撩刺所致。倘属强暴,则双肩、手腕处必受制于人,而此二处及下体左近均未见瘀伤,下体亦无强暴所致撕裂之伤。"

"圣上宠幸?"

又是一段长时间的沉默。

"以君子之心度之,当有此论。"

透过呼出的白气,纳谋鲁取望着石案上四肢大开的年轻女子。连他的貂裘都无法抵御寒冷,她一丝不挂的白生生的躯体却躺在冰冷的石头上。

"这些发现是否均已记录在案？"

"下官在卷宗中已述及证物演绎之种种可能。"

"何时上报？"

"如有证据未决，依律当以三日为限履行复查之责，而此案正属此例。三日内大人若有发现，证实或证伪我等演绎之情形，则实乃下官之幸。"

"我明白了。大人还有何等证物？"

"下官已和盘托出。"

夜幕降临，最后一缕阳光也被凛冽的寒风和漫天的扬尘吞没，皇城缓缓陷入一种令人不安的、警惕的寂静中。

纳谋鲁取沿着通往宫外大街的拱顶长廊来到禁城大门，门外一顶软轿早已恭候多时。他坐进轿子，轿夫迈开无声的步伐，进入国都熙熙攘攘的人流之中。如每次殿试前一般，大街小巷中流动着反常的紧张气氛，而今晚尤甚。城里这么多兵都来作甚？将来情势又将如何？为何偏偏在大考前出现？纳谋鲁取坐在轿中静静地穿过城区，仿佛已听到人们或喃喃自语，或窃窃私语，不断重复着这些问题。

轿中的纳谋鲁取视线高过街上大多数行人。他看到灯火下的街道上，行人的脑袋此起彼伏，如一群甲虫般整齐向前。他同样也看到了自己身后的尾巴。纳谋鲁取大半生都在追猎中度过。他时常猎杀，也有被追猎之时，这造就了他对人流的敏锐洞察，以及对行为而不是面孔的出色记忆。

前面炊饼店外，有个牧人似乎在买炊饼，然而他却并未还价。纳谋鲁取的软轿随人流走了一程，然后转入一条窄巷，巷口一堆马粪还冒着热气。轿夫脚下啪嗒作响，他们都提了袍脚，以免沾上巷子中间流淌的污水。

透过后面的轿帘，纳谋鲁取看见一个赶车汉子吆喝着牲口将大车从崎岖不平的石墁道路上赶过去。汉子满脸劳顿，汗流浃背，但纳谋鲁取知道这条巷子并非去往任何所在的捷径——这正是他让轿夫取道此处的用意。

有人盯梢。他寻思着来人是否受命于宫中某人，很有可能，因为侦办这桩案子是个有利可图的差事，倘若在其中做些手脚便有油水可捞。然而以纳谋鲁取多年经验看来，这些人多半另有来路，因为这些尾巴的共同特点是恐惧，故他们必定来自宫外。他们正在探头探脑，暗中窥伺，想弄清宫内究竟有何变故。

转过街角，软轿落在巷子中一扇低矮的门前，门楣上全无标志。纳谋鲁取下了轿子，下人开锁放他进去。纳谋鲁取进门后下人又反锁了大门。到家了。

纳谋鲁取有三个住处，除宫里的办事书房内有个套间可以下榻，还有一间按规例分配的寝室，此外便是这座外城中的私密小宅了。三个住处，只有到了此处他才有主人的感觉。下人不多，却都很懂眼色，从不打扰他。

明月高悬，几乎是满月，因此纳谋鲁取能够毫不费力地擎着茶壶沿着狭窄的楼梯拾级而上，来到他自己修建的屋顶平台。平台坐落在大树的枝丫间，枝丫延伸开去，笼罩了整个院子。在这里，他可以专心地品着热茶，透过摇曳的热气和变幻的树影遥望这座城市。

当然他也可以推敲案情，不是琢磨凶手，而是旁人。

他们各自有何目的？

韩宗成意欲参与案件侦办，却仅限于袖手旁观，这只能说明此案埋着一处机关。而一旦自己发现这个秘密，此事又被韩宗成得悉，他会如何呢？如饿虎下山般猛扑下来将此案的侦办权攫取于掌中，还是见势不妙逃之夭夭？纳谋鲁取估计多半是前者。他感觉韩宗成似乎参与了某些见不得人的勾当，后来事情又出了岔子。而此案的侦办或许会揭开此事。而今韩宗成进退有据，既可以彻底撇清与此案的关系，又可以随时伸出魔爪将案件侦办扼杀于无形——作为一个已经叛变了自己民族的南人，他没有一刻是安全的。

索罗虽不想蹚这摊浑水，但有话要讲。纳谋鲁取断定索罗与案子并无干系，但知道些内情。因此他才抽身而退，让纳谋鲁取去顺藤摸瓜，可这瓜又是什么呢？纳谋鲁取几乎可以断定，索罗希望自己发现的这瓜正是韩宗成想要隐藏的秘密。韩宗成权倾一方且老谋深算，索罗不敢与其正面为敌，因此才想方设法将自己所知道的内情透露给纳谋鲁取。但他又不会一下子全盘托出，而是谨慎地旁敲侧击，一点点地渗透给纳谋鲁取。关于内门那道门锁他多半不曾说谎——他知道在这种案子中说谎是会被反噬的。

纳谋鲁取经历的无数风雨令他在评判一个人的人品时果决而笃定。牙梨哈是个坏人，不过却意欲借此案扬名立万。他为人精明，在这场官场厮杀中必定会听从家人指导，躲在家族荫庇下隔岸观火。

柯德阁只想明哲保身，此案并非他东山再起之机，他一直苦苦等待的时机还没到。他看到了案中杀机四伏的旋涡，因此不动声色，将自己化身为勘察处毫无立场的代表。

最后一个问题，那个死去的年轻女子又有何欲求？纳谋鲁取轻呷一口茶水。每当面对一个相貌出众的女人时，纳谋鲁取总会被激起性欲。净身时他已近成年，早已熟知欲火焚身的感觉。净身后，纳谋鲁取多次以他人的性欲为饵，并发现劝服效验颇佳。因此他将性欲的效验分门别类地记在心中，但他的感受始终来源于净身前的经验。

而此刻纳谋鲁取的体验，正与其记忆中刚刚泄精后的感受一般无二。这感觉暗哑，迟钝，却真实地存在于他的身体中。

但他也知道，就在那无尽空虚之后，一股无可阻挡的强大力量正在缓慢积蓄，几个时辰内便会再度占据并支配他的全部身心，令他如风暴中的旅人般不辨东西。而今这股力量已随净身而去，但奇怪的是纳谋鲁取感觉它从未远离，始终在他内心深处的黑暗中蠕动着。

这种经验教给纳谋鲁取一个重要道理：冥冥中有种力量将男人推向女人，而性欲则是身体用来驱策男人的一件工具。但即便这个工具已不复存在，依然有其他工具可用。而这些工具的动力多半来自女人的美色。

倘若以这个道理和死者生前曾与人交欢作为证据，结论似乎显而易见。然而纳谋鲁取却隐约感觉另有隐情，因为这女子的动机就如迷离白雾中扰动的气旋，总在他眼前飘荡，不可捉摸。

作为一个经年的细作，纳谋鲁取曾于南宋宫廷经营一支暗探队伍达十年之久。他之所以能够全身而退，正由于他真正信任的只有自己的头脑。撤回金国后，他在禁城察事厅悄悄谋得一席之位，终于能够在身周营造一个安稳环境，结束了随时准备应对意外的日子。而今日一切似乎正将他轻轻推向混乱难料的旧日生活，就如老人总能预知山雨一般，他能感觉到这种变化。

纳谋鲁取静坐良久，饮着茶，那万家灯火明灭变幻，仿佛无数只闪动的窥视之眼。

子正时分，纳谋鲁取步入议政大殿，殿中空无一人，只有壁上烛火摇曳，毕剥作响。

皇帝也不在，只有太后稳坐在珠帘之后，纹丝不动，任由烛光在她脸上投射出形状怪异的阴影。

叩首礼毕，纳谋鲁取低头匍匐在地板上。

"有何消息？"太后问道。

自太后入主正宫直至坐上摄政宝座，纳谋鲁取一共被单独召见过五次。每次见面后她必定以这个问题开场，这大概便是她至今还活着的原因。

这是个携强权而来的问题，是由上而下的质询和逼问。她问"有何消息"，纳谋鲁取便必须搜肠刮肚和盘托出，知无不言，言无不尽，绝不能留有包袱，因为这包袱很可能会被别人抢先抖开。而太后一旦知道他有所保留，就难免会浮想联翩——纳谋鲁取这厮有所隐瞒，是何居心？是有所图谋，还是所隐瞒之事正是关窍所在？或者隐瞒之事本无关紧要，只是这厮的疑兵之计？无论太后如何猜测，必会得出同一结论——纳谋鲁取不可靠。那么迟早会有一天，当太后感觉威胁迫近时，她便会将可靠的人团结在身边，然后一起弄死那些不可靠的。

因此，纳谋鲁取便将一切和盘托出。他讲了自己对韩宗成的怀疑,讲了索罗意欲透露内情及二人的对话,讲了侍卫的供词,也讲了柯德阁的发现。

太后默默地听完。纳谋鲁取住口后太后仍未作声,等着看他是否还有补充。

"哀家现命你专责侦办此案。"

"奴才谢圣母皇太后隆恩。"

"不过却有个规矩。"

"奴才谨遵圣谕。"

"你要向皇城司统领韩宗成和内卫司统领索罗二人呈报侦办情况。"

"奴才遵旨。"

"但首先须呈报哀家。"

"奴才荣幸之至。"

"哀家并不在你呈报之列。"

"奴才明白。"

"但哀家要替圣上参详。圣上的意志乃金科玉律,哀家参议侦办亦是奉了圣意。"

"奴才明白。"

"你可退下了。"

"圣母皇太后容禀,奴才尚有一事相求。"

"何事?"

"奴才蒙皇太后赐此要职,自当庶竭驽钝、肝脑涂地为报。"

"甚好。"

"奴才意欲搜查这议政大殿。"

"搜查何物?"

"证物。"

珠帘后突然静了下来。良久,太后的声音再度传来:

"你此刻便搜。"

"奴才请太后恩准平身。"

"你可平身。"

"奴才请太后恩准转身。"

"行搜查之责时,你可转身过去。"

纳谋鲁取起身环顾议政大殿。他转身望去,背对太后的感觉颇为奇异。他确信这是自己此生可以如此放肆的唯一机会,因此偷偷拖延了片刻来品味这种感觉。

议政大殿不大。如宫中其他建筑一般,大殿的地面也由青石铺成。盘龙的红漆大柱撑着高挑的天花板,皇帝的龙椅则安放于半人高的石台上。石台正面和左右两侧各有一级短短的石阶连接地面。太后的摄政宝座便在龙椅后面。

大殿的设计构造本就不便藏匿物品,因此未及丑初,纳谋鲁取便发现了他要找寻的证物。那物事用一块布裹着,小心地塞进了一条盘龙的口中,因此只有视线高的人方可看到。揭开裹布,便现出一柄利刃。精致的黄金吞口上点缀着银丝镶嵌的红蓝宝石,显然是皇家藏品。

而且,刀身还凝结着斑斑血迹。

纳谋鲁取双手捧刀,碎步疾行至大殿正中,俯身跪倒在地,将刀置于面前的地板上。

"禀圣母皇太后,奴才已找到一件证物,或与此案有关。"

"证物是何物事?"

"禀太后,证物乃是一柄钢刀。"

"你将那证物放在哀家近前。"

纳谋鲁取捧着钢刀膝行向前。离珠帘二尺的地板上,烛火投射出一小块扭动着的光斑。纳谋鲁取将钢刀置于光斑中,膝行退下。一只纤长的手穿过珠帘,拾起钢刀,便又缩回烛光下流光溢彩的珠帘之后。良久无声,纳谋鲁取保持着五体投地的姿势静候。最后太后终于开腔了。

"你可退下了。继续侦办此案。"

巨烛灯花跳闪,太后起身离去。一直专注于此次面圣的纳谋鲁取伏在地上,终于可以收回心绪,重新开始推敲案情。

为何要以杀人之罪构陷一个皇帝?

六

大金立国之初时局动荡那十来年间,老寇干的是杀人的营生——刺客。而今他早已金盆洗手,在禁城秘书监的文馆打理文书档案,将机要记录不断堆积在庞大的档案库中。纳谋鲁取印象中的老寇沉默寡言,稳当谨慎,听得多说得少。

杀人并不容易,有人干得来,有人干不来。老寇,这个干得来的人,如今打理文馆已经有十年之久。他对这不起眼的藏身角落满意之至。他藏得十分彻底,只有夜阑人静时才会默默穿行于书架之间,平凡而不惹眼。唯一能让人想起他旧日生涯的是那条扭曲变形的左臂,一直僵硬地弯着,仿佛牵着一匹隐形的马。

不过纳谋鲁取知道,由于老寇在这个遍布灰尘的地下王国经年累月地坐在桌后,耐心且用心地倾听来访者的诉求,并为其查询所需信息,他已在不经意间慢慢建起一个庞大而细致的库房,其中装满了国都中每个人求索的秘密。

果然,老寇一如平日般不分昼夜,正就着桌上劣质蜡烛的光芒,聚精会神地伏案读着卷轴。

"纳谋鲁大人,"老寇道,上唇的胡须软塌塌地耷拉在嘴上,显得严厉而又睿智,"仍在奔忙杀人?"

"只杀坏人。"

"那是自然。"

"一向还好?"纳谋鲁取问道。

"我这些勾当瞒不过你,无非是挖些旁人隐瞒之事。"

"又挖了什么趣事?"

"多的是。"

"我来找些东西。"

"那个死鬼姑娘?"

"正是。"

"有眉目了?"

"多的是。"

"今冬不好过。"老寇搔了搔胡须。

"八成,冷得久。"

"一向如此。案子谁办?"

"我。"

"哦,好事。"

"对何人是好事?"

"哈哈,想来总不是你。"老寇干笑两声。

"我要那姑娘的记录。"

"类目?"

"都要。"

"那须花些工夫找来。先看哪个?"

"你有哪个?"

老寇站在那里,揪着胡须,心中盘算着。

"暗探呈报,人事卷宗,还有些别的鸡零狗碎。"

"暗探呈报先给我看,你再去找旁的。"

老寇缓慢地步入黑暗中,再回来的时候桌上蜡烛已经燃去了一指。他小心地将一抱卷轴放在纳谋鲁取面前,又拖着脚步去找旁的档案。

纳谋鲁取感觉心中微微一紧,又到时间了。他伸手去摸怀中口袋,却摸了个空。他没料到今日会如此漫长,槟榔没带够,吃光了。倒霉。

不过估计还能撑几个时辰,现在火还未烧到眉毛,只是一个轻轻的敲打,提醒他又该上供了。于是纳谋鲁取便就着摇曳的烛光,在这皇城的深夜中开始阅卷。

天色已经发白,纳谋鲁取仍在认真细致地翻阅着卷宗。这任务颇为艰巨:家族婚史、土地契约、暗探呈报、测试结果、数百份走访记录……终于,就在天亮前最为寒冷的夜晚,他卷起了最后一个遍布尘土的卷轴,手已有些发抖,脑袋也隐隐作痛。

此刻他脑海中已勾勒出一幅那女子的画像,尽管潦草且不完整,却描绘出了她的真实面目和人生愿望,以及围绕在她身边、意图利用她的那些人阴暗模糊的目的。

倘若去芜存菁,他面前这堆乱七八糟的卷宗,精髓便只有五份。

卷宗一

呈报汇总【内务安防】

机要来源及补遗见附录

民女姓刁名菊,系南人族裔,其家在皇城治下有土地田产千亩，系当地缙绅，与汴梁粮商广有联络，粜售其田亩出产，遂成豪强。其于我朝治下独占当地粮市，祸乱年间曾三历危殆，然始终效忠圣上。

刁氏一族，共有五男执掌要务：皇城捕快班头一人，皇城征粮官一人，南境盐商一人，左旗骑兵营长官一人，本县衙门幕客一人。

然则刁氏一族在皇城大内并无根基，深以为苦，六年间经营不辍，谋求晋身皇城，光耀门第。详情以补遗另录。

联姻之于刁氏一门，既固其基业，亦晋身皇城。此女可每年归宁一次。

建言：该女出身家族寄望于联姻于皇族光耀门第。未见其与南朝勾结迹象。招纳此女将利于帝国管控皇城左近粮谷产区。

建言照准

详细笔录及出处见附录

皇城司统领韩宗成印

卷宗二

父系、母系考据呈报【延嗣处】

刁氏一族子嗣绵延，刁菊其父刁安，其母李秀梅，六年间育有四子，无一夭亡。刁菊之叔伯皆婚配且育有子嗣。其母系独女，有兄弟第五人。鉴于其宗族子嗣绵延，刁菊或可纳为二等嫔妃，每月亲近龙泽，以六年为期，当可产下至少一男。

【附：笔录全本】

建言照准

卷宗三

【人事记录一】

大金国宫闱局提点大太监沈古格鲁录

提点纪要：嫔妃刁菊于后宫人缘甚好，擅其所好，天性聪慧。

其家人曾例证其少年老成【附录壹贰陆号】，面试者亦无不称其聪慧过人【附录廿九至卅壹号】。

臣以为此女脾性殊有可赞之处，当着意瞩目。盖此女不但于宫内人情交往所见入微，更倾慕吾皇之英明仁德。俟其入宫，势必于后宫之和睦安宁有所作为。因其才智过人，近侍太监当用心培育，以使其才德兼备，助益后宫之安详。综上，臣以为此女甚佳，有丝竹之艺以娱人，有兰蕙之心以明理，有齐家之志以事君，实属吾皇嫔妃上乘之选。

第二部下属宫闱局呈

卷宗四

【人事记录二】

目今四海升平，社稷安宁，为帝统永续，宫闱当以和睦为宜。刁菊之态度、脾性，当可与六宫嫔妃从容相处，其才艺机智亦足以愉悦圣上。

才艺：刁菊自幼习练歌舞杂艺，均有可观之处，尝献艺于当地缙绅。

女红：试官命其演示织工、舞蹈并口占辞赋。其织工平平，而舞技尚可。因其辞赋尤佳，而圣上素喜风雅，此女志趣恰与吾皇相投也。

脾性：此女极为聪慧，言之有物且工辞令，已近游戏文字。臣等三月间数度面见，无不折服于其悟觉明敏及见地之深。

容仪：此女容仪明丽过人，然圣上以圣贤之心视之，当如常也。

卷宗五

【附：笔录卅号】

述者刁菊母亲

【提问从略】

姑娘十三岁那年，城里客人来我家吃饭。客人是过来看收成的，和我们一样都是懂眼的，所以我就把家里的上好家什拿来招待。客人过来，看见我家田庄都说好，又赞我家的吃食和桌上的家什雅致。看我家这样的田庄里能拿出如此精致的家什，他们都不敢信呢。

【书记按：客人乃汴梁粮商】

吃过半晌，我家下人看见客人家三少将我家一对银箸藏在袍袖里，想是要顺手牵羊。这些城里人，一个个装成识书懂礼的模样，却来偷主人家的家什！这些人我们见得多了！我们自然不能善罢甘休。他们是客人，来到我们家里却偷拿我们的家什！可是城里人计较颜面，不敢教他们回去到人前抬不起头，我们也不便当面挑破说他家三少是贼。我家老爷将我叫到外面商议，寻思想个法子让他家三少把银箸放回来。那是十足雪花银的！我们先合计把他请到一旁问他，可他若是抵死不认，我们也无法。告诉他家主母也是一样。我家老爷都想请个剪绺的来把银箸偷回来，不然我们的颜面何存！可是若为此事勾搭上贼人，又恐生出别的事端。正没计较，姑娘过来，硬要我们给她说个端详。这姑娘从小就喜好打听大人的事情。我们本不愿说给她听，却拗不过她，只得说给她听。姑娘想了半晌，说有个法子。我们便问她，她说出来，老天爷，可真是个妙计！我们心里一下子便有了着落，马上让下人去镇上请人，这边厢一切如常，继续招待客人吃饭喝酒。眼看这些人吃好了，我家老爷站起身来，他可得意，姑娘给他想了这个妙计！他先说了些客套话，说有朋自远方来，说两家世代修好。转过头，我家老爷又说要请客人看个把戏取乐。然后你道怎样？他招手请了个变戏法的出来。你道他要这变戏法的来做什么？你猜也猜不到。

【书记按：答话从略】

这变戏法的上来，先是弄了些寻常把戏。最后的压轴戏，他将我家老爷的银箸拿起来，舞弄一番便不见了。然后这变戏法的便自问自答，说我这银箸哪里去了？不见了！这边说着话，他就走到客人家三少面前，一伸手就将那双银箸从三少的袖笼里拽了出来！这下算是物归原主！旁人却都当是戏法！这就是我家姑娘的妙计，端的是聪明！我家姑娘还用尖酸话揶揄他家三少，说"我家的家什，变到你家，现下又回来了"。这姑娘真是个鬼机灵。圣上若是见了她，不知道会有多少喜欢呢。

【笔录完】

这类呈报中有一种密文，不能直接写下批评之意，因为皇妃是会看到的，不过撰写者可以采用一种纳谋鲁取所熟悉的、机要中常见的官场暗语来表达意见。

一番筛选之后，这些冗长的报告其实只剩下寥寥数语：危险、机智、热衷权势、工于心计；家族势力固然值得借重，入宫后却须小心提防。

纳谋鲁取伸了个懒腰，浑身关节都在酸痛，思绪则不由自主地游走。他益发难受起来。槟榔的瘾头颇为独特。鸦片瘾头大，纳谋鲁取一直敬而远之，担心染上后会迷了心智，难以戒断。戒掉槟榔则只需要七八天的煎熬。这种果实坚韧多筋，嚼食时满口充盈着浸透果筋的汁水，不消一盏茶工夫喉头便会肿胀起来，随后肿胀消退，而一股活力便会像洪水般充盈全身。纳谋鲁取也正是靠着这种果子熬过一个个不眠之夜。

而眼下他却断了粮，虽然还能熬住，毕竟也是犯了瘾，脑袋不停歇地疼起来。他望向老寇，见他依然聚精会神地读着卷宗，一双发黄的眼珠子紧盯在满是灰尘的黄纸上。一旁的蜡烛烧得只剩下屁股，火光跳动，将老寇的胡须在桌子上投射出难以名状的阴影。

纳谋鲁取考虑要不要去歇息，回到他的小宅关上门进入睡眠。惨淡的烛光中，他看看身边沉默不语的老寇和摊在自己面前那姑娘的人生记录，最终拿定主意，不歇了。

此刻的纳谋鲁取困倦难当。他知道一个鲜为人知的秘密：现在这个时辰，破晓前的苦寒时刻，正是讯问的绝佳时间。从美梦中被惊扰醒来的人会被一种厄运在即的不祥预感笼罩。这种恐惧会像恶鬼一样钻入他的心灵，肆意抓挠。

不仅如此，人若是在他本应休息的时候强打精神，他的心门就会不自觉地打开，让白天的思绪逸散开来，势不可当地顺着一条条空荡荡的回廊奔流而出。这时他不会半梦半醒地犯迷糊，反而会心如明镜地看到自己身处的现实。这种感觉仿佛洪钟大吕般振聋发聩，让真相渗入他的意识。

纳谋鲁取静静地离开了文馆。他顺着迷宫般的黑暗回廊在禁城中走着，终于来到了这个帝国乃至整个人世间看守最严密、最不为人知，也最难以涉足的地方。

后宫。

055

七

灯火通明的后宫太医房中，纳谋鲁取静立一隅，而房间正中央，正二品的昭仪徒单氏躺在硕大的诊察台上，一面瞪着纳谋鲁取，一面等着让头发花白的南人太医检查她的下体。身着朱红礼袍的仪仗黄门官在诊察台四周密匝匝地跪成一圈，额头贴着地板瑟瑟发抖，远远望去仿佛一圈鲜血筑成的矮墙。

陪站在纳谋鲁取身边的是宫闱局提点太监——沈古格鲁，他故意把头扭向另一边表示自己的立场。

沈太监的体形很奇怪。发胖的太监一般肌肉多而结实，沈太监显然也曾属此例，但是现在却像个松垮垮、皱巴巴的人皮口袋，仿佛皮下的肉一夜间不翼而飞了一样，又好像这副皮囊的主人突然换成了一个瘦小枯干的家伙。

沈太监鼓着一对泪汪汪的大眼珠子，紧紧地盯着检查的每个步骤，就连招手示意自己的跟班小太监时都没挪动地方。小太监捧来一大罐棕黄浑浊的汤药，沈太监一饮而尽，脸色立刻变得煞白，好像脸上的血液一下子全部流光了。慢慢地，沈太监脸上渗出一层细汗，苍白也随之退散，他这才转向一直耐心静候的纳谋鲁取。

"我现下很忙。"沈太监道。

"忙什么?"

"内部肃察。"

"肃察什么?"

沈太监盯着纳谋鲁取定定地看了半晌,锐利的目光穿过松垮垮的皮囊射出来。

"我宫闱局自主肃察的,自然是这位婕妤被害的原因。"

"为什么?"

"大人明知故问了。鄙局事务繁忙,我仅有片刻工夫回话,还请即刻垂询。"

"我已在问了。"

"便请大人一发从速。"

"大人自主肃察者究竟是何事项?"

"事属机密。"

"何人参管之机要?何人有权知悉?请详述。"

"下官以为此事与案件侦办并无干系。"

"未必无关。"

老太医躬下身子继续检查。下面跪成一圈的太监们缩得更紧了。徒单氏身子不由自主地抽动,却仍然一声不吭。

"下官私以为,鄙局自察与大人的差事大同小异。无非是追溯死者当日行踪,询问与其亲近的嫔妃,审验各位嫔妃的贞操。"

"这是何故?"

"大人指的是什么?"

"为何要审验贞操?"

"以防有不轨之行。"

"大人所言不轨,是指嫔妃与外人有染?"

"皇宫内眷德配天下,自然既无此心,亦无此力。"

"但大人还是要审验。"

那对泪眼再次射出锐利的光芒。

"不错。"

"人力物力,这番审验看来所费不菲。"

"不错。"

"旁的差事呢?"

"与大人不同,我等职责首要是保证内宫这二百七十六位后妃的贞操,旁的差事都在其次。不知大人还有多少问题要问?"

"许多。"

"如此,请大人从速。"

老太医又站直了身子。五个小黄门官手中擎着一块绸幛冲上前去,将徒单氏遮了个严实。

"死者何许人也?"纳谋鲁取问道。

"死者乃是一位婕妤,正三品。"

"不错。我已看过延嗣处的考据呈报。"

"当然。"

"按呈报所言,她至少应被纳为二品。"

"大人此言何据?"

"延嗣处呈报。"

"大人以为评定嫔妃品阶仅凭一份延嗣处呈报而已?"

"所以才向大人请教。"

"并非如此。"

"那么是何缘故?为何死者仅被评定为婕妤,而非与延嗣处呈报相当？"

"详细缘由乃是机密。"

"为何？"

"因为这些缘由价值连城。"

"对谁价值连城？"

"大人对我等的差事似乎一无所知。试想，我等伺候的是二百七十六位主子，皇后、皇妃等一个不少全在这里。这些主子亲近皇上一次便是一个时辰，这个时辰里皇上身边只有这位主子，再无旁人监视打扰。大人可知这个时辰价值几何？可知有人能用这个时辰做出何事？因此主子们的事非同小可，朝廷中人无时无刻不在费尽心机与她们勾连。因为主子顶用，说话圣上能听见。谁讨了主子欢心，谁就飞黄腾达。所以我们的差事，大半是防止这种事情。"

正一品的德妃挈懒氏在随从太监的陪伴下走进房间，众人身上的每块肌肉都紧张起来，似乎连空气都稠密了许多。这才是实权在握的人物。随从太监将德妃引至诊察台前，躬身退开，手捧绸幛的太监们立刻一拥而上，将她层层围挡起来。

"大人查明死者的身份用了多久？"

"收到警讯后，我等得知死者是一位主子，便即刻开始清点人口。主子们分居宫内各处，故此颇花了一番工夫。"

"大致多久？"

"一个时辰上下。"

"看来时间不短。"

"共有二百七十六人要清点。"

"皇宫里有哪些地方主子们可以涉足？"

"这是机密。"

"主子们可能出宫？"

"不可。"

"有无特例？"

"需要内卫护送。依时辰不同，总需有两百余名侍卫。"

纳谋鲁取心烦意乱地琢磨着这些话，全是无从对证的话。

"大人以为死者为何被害？"纳谋鲁取问道。

"不知道。"

"有无揣测？"

"没有。"

"死者人缘如何？旁人喜欢她还是厌憎她？"

"主子们怕不会喜欢旁的主子。"

"此话怎讲？"

"主子们相互争风使气，有人失方才有人得。无论初见时是投缘还是嫌弃，终究会变作嫉恨。"

"可有什么人需要格外关注？"

"没有。"

"大人确定？"

"下官并不确定，只是平常用心观察，见得多了而已。"

"有无闲言或迹象表明死者有外遇？"

"没有。"

"若有，大人能否得悉？"

"多半。"

"何以见得？"

"如我所言，主子们平素相互嫉恨，没理由替旁人保密。若有此事，总会有人告发。"

"或许死者有了外遇，却始终未被发现？"

"她不会有外遇，因而也没有秘密要保守。"

"南人憎恶金人，金人憎恶南人，可有此等情形？"

"当然。"

"所以？"

"所以如何？"

"所以会有纷争？"

"那是自然。"

"乃至祸端？"

"大人所言的祸端是指？"

"争吵？"

"有。"

"互殴？"

"偶尔。"

"害命？"

"从未有过。"

"此前从未有过？"

"下官不以为此案为仇杀害命。"

"何以见得？"

"只是感觉。"

"这感觉从何而来？"

"如我所言，老朽在后宫操持多年，主子们争风使气是有的，但只有位高权重的人才会下重手。她还没到那个位置。"

"不出人命的话，大家心里都这么觉得。"

"这倒是实话。"

"所以？"

"所以现下大人有的忙了。"

"金人和南人关系如何？"

"一言难尽。"

"请大人尽量简言之。"

"南人不得封后。嫔妃中以金人为贵。"

"这贵字如何体现？"

"凡事但有品阶之分，均以金人为先。"

"后宫日常起居亦有品阶高下之分？"

"金人嫔妃亲近圣上的次数多些。"

"何以如此？"

"因为金人为贵。"

"下官是问此事如何安排。是明文条律，还是侍寝排序时暗中做手脚？"

"没有做手脚的事情。"

"那么如何安排？"

"出身部族本就要在排序时算进去。"

"南人嫔妃想是不满了。"

"不然大人以为如何？"

"她们作何反应？"

"默不作声、逆来顺受而已。"

"为何默不作声？"

"南人势单力孤，难成气候。"

"何以如此？"

"何以难成气候？"

"不，何以势单力孤？"

"嫔妃中南人的数目，乃是先帝钦定的最小数目。"

"你等从未逾越？"

"我等从不逾越。"

"缘故？"

"缘故正是老朽方才所说。"

"昨夜为何刁菊得以侍寝？"

"她的排期到了。"

"我问的是，她是何以排期到昨夜的？"

"还是机密。"

"请解释。"

"道理略同。宫里人若是得知排期方法，必会想方设法操控。我等自察后自会向察事厅呈报。"

"若是大人发现宫闱局确有纰漏呢？"

"我等自当如实呈报并弥补纠正。"

跟班小太监又捧来一罐药汤。沈太监止住话头，勉强喝下一半，脸色再度苍白。"下官无意为难大人。这都是没奈何的事情。大人若是细细考量，便明白此事干系重大。圣上身边的人被害，此乃社稷之大不幸。虽然如此，事实仍在。既然主子们知道人所不知的内情，又能上达圣听，宫里为官的必然趋之若鹜，大批的高官统领总是跟在后面巴结。因此这规矩并非哪个疯子专为为难大人胡乱定下来的，而是用来防备祸患的。大人若以为只有自己赤胆忠心，那便错了。大家各司其职，下官自有一份职责。"

说话间，太监们放下绸幛，一同退开。德妃挈懒氏躺在诊察台上。老太医起身上前，低头向德妃的家奴太监说了两句什么。家奴太监转身又向挈懒氏低语。

挈懒氏转过头来，脸上喷发的怒火几乎将老太医烧焦。老太医开始筛糠。她对家奴太监说了句什么，家奴太监便示意老太医开始检查。

纳谋鲁取奇怪挈懒氏为何会现出怒容。虽然情有可原——这是她人生中最为屈辱的时刻，但她毕竟是皇妃，像所有那些在皇宫金字塔尖那高处不胜寒的地方生存下来的人一样，她必须学会控制自己。

不过，纳谋鲁取想，有时候确实很难控制。这点他深有体会。

阴茎、阴户、性，就在他脑海中那么赤裸裸地摆着，生动鲜活。那些从心底涌出的画面，那些与描绘这些画面的难堪词语毫不相干的概念深深植根于他的内心。

老太医俯下身开始检查。挈懒氏抬起了头，目光凌厉，看着他检查。

沈太监又喝下一口药汤，脸都变了形。

"大人喜欢那位婕妤吗？"纳谋鲁取问道。

沈太监品味着纳谋鲁取的问题，又灌了一大口黑褐色的牙磣药汤。

"恶心，着实恶心。"

"这是什么东西？"

"汤药。大人何有此问？"

"看来着实恶心。"

"不。大人为何问老朽是否喜欢死者？"

"那是因为下官尚不知这位主子何许人也。"

"老朽个人好恶,与差事并不相干。"

"怎见得?"

"老朽的差事便是保证主子们按照排期,准时准点精气十足地伺候圣上,与个人好恶全无干系。"

"这排期大人如何决定?"

"圣上延嗣是头等大事,我等仔细推算,确保主子们能怀上男胎。"

"这推算有效?"

"我等以为如此。"

"这推算中有哪些变数?"

"制订排期的变数乃是机密。"

"此话怎讲?"

"同样的道理,一旦外人得知,势必设法操纵。"

"主子们侍寝时,往来圣上的寝宫有何规制?"

"机密。"

"这又是何故?"

"圣驾安全。"

"若是这般,嫔妃的护卫又有何规制?"

"仍是机密。"

"大人想必清楚,下官忝为禁城察事厅统领,本可请求圣谕批准获取此等机密。"

"大人当然可以,然而我等依然不会向大人披露。"

"此话怎讲?"

"规制之所以延续至今,是因为其首尾相顾。圣上若是肯把这机密交给一个人，此人想必已能左右圣上想法，安排其心腹在主子中想必不难。如此一来，圣上势必对此人更加言听计从。因此即便有圣上谕令，老朽依然不会交出机密，且朝中百官都会支持老朽。"

纳谋鲁取琢磨着这番话。沈太监就站在他面前，双眼充血，一脸倦容，又喝了口药汤。

老太医垂着头退了下来，双手都在发抖。他朝挐懒氏的家奴太监嘟囔了一句，太监们立刻冲上前去，用绸幛将挐懒氏挡了个严实。挐懒氏还躺在台子上，一双眼睛被挡住前还在倾泻着怒火。

天光仍是暗淡。离开内宫中耀眼的灯火与无序的惊恐，纳谋鲁取再度静静地走在宁谧的回廊上。

他在黑暗中辨认出通向索罗书房的小径，索罗夜间就睡在那里。他踏上小径，手臂下面夹着准备好的卷宗。

索罗的卫兵拦住纳谋鲁取，随后将他带进一间灯光昏暗的候见室。纳谋鲁取就站在那里等着。

约莫半个时辰，索罗才睡眼蒙眬地进了屋。

"我来向大人呈报侦办进展。"纳谋鲁取道。

"这么早就叫醒我。"

"醒得早总好过没觉睡。"

"哈，给我。"

纳谋鲁取拿出呈报，上面详细记录着他与沈太监的对话。

"是什么？"

"这是方才常例讯问宫闱局提点大太监沈古格鲁的笔录。"

"说了什么?"

纳谋鲁取琢磨着如何回答这个问题。

"没说出什么。"

"为何?"

"他担心有主子在外面乱搞。"

"他不会这般说。"

"没有。不过这确是他担心之事。"

"你觉得有?"

"我不知道。"

"他杀的?"

"不好说,眼下所知不多。"

"你觉得呢?"

"我想不是。"

"为何?"

"想不出他有何理由。"

"呈报你也给老韩了?"

"现下还未呈报皇城司韩统领。"

"为何?"

"夤夜打扰多有不便,清晨再报。"

"啥时候?"

"总要到辰初之后。"

纳谋鲁取看着索罗,盘算自己还有多少时间。

"我要请大人监视大太监沈古格鲁。"纳谋鲁取道。

"可以,能做。还有别人吗?"

"大人能同时监视几个?"

"一两个。三个可能会漏。"

"现下先只是他一个。"

"可以。每天报告？"

"对。"

"你走。我睡。"

"大人费心了。"纳谋鲁取道。

索罗起身离去，幽暗的房间内再度剩下纳谋鲁取一人。索罗离开肯定不是去睡觉，而纳谋鲁取将会从他接下来这段时间的行为判断他在案件中的角色。现在，他该走了。

从索罗的候见室出来，纳谋鲁取又踏上了通往禁城核心的回廊。晨光熹微，从深蓝色的天空映入回廊的高窗。

纳谋鲁取知道自己也该睡觉了，继续熬下去他就会判断失误或者大意失言，这很危险——往往会要命。然而他现在还不想走。

他站在回廊中，一时拿不定主意，窗外的天空却渐渐地亮了。

一夜未眠的纳谋鲁取脑袋嗡嗡作响，但他还是再一次梳理起案件中已经确知的事实。

刁菊在选秀中以聪慧见称，并因此引发有些人顾虑，担心她染指宫廷政务，或至少凭借此机在宫里多吃多占。几个部门对此事都表达了顾虑。按照家族延嗣记录，她的品阶本应更高，却被压了下来。她在宫里待了一年，这中间发生了什么事？不知道。记录还拿不到，纳谋鲁取还需要去讯问其他嫔妃，这又是一个头疼的事。沈太监口风虽紧，弦外之音却很清晰。显然正如审查部门所担心的那样，刁菊染指了宫廷政务。她遇害那晚离开内宫在外面待了一个时辰，然后又回到那间两边都有侍卫把守的前厅。不知何故她又在那个狭小的房间里待了几个时辰……她在等什么？然后她就被杀了，无人看到凶手出入房间。房间经过彻底检查，亦未发现其他入口。虽然搜到一柄染血的短剑，凶器隐匿之处直指皇帝为凶手，然而皇帝却又绝无可能出现在杀人现场。纳谋鲁取知道他可以通过再次讯问沈太监来了解刁菊进宫一年来的情形，也可以与其他嫔妃的口供印证。然而就算先将杀人的缘由放在一旁，单是凶案的情形就说不通。他想不明白，而脑袋现在已经开始跳着疼了。他不能再耗下去了。

头疼肆虐到了一定程度，就算拔除了病根，疼痛也还会阴魂不散地纠缠下去。疼痛虽未必加剧，却也不见得好转。现下纳谋鲁取的头疼便在这个关口上，因此他必须赶回去找他的槟榔存货。他这样想着，似乎已经看见那些槟榔静静地挤在书桌上方的罐子里，就在他伸手可及的地方。这想法推着他一路穿过回廊，来到自己书房前。他迫不及待地打开挂锁，不惜令金属发出刺耳的摩擦声。他摸黑穿过黑魆魆的书房，伸手将那罐子拎了下来。罐口竟然是敞开的，他忘了盖。他探手进去，摸到的却是乱七八糟的一堆。他将罐子捧到回廊中就着灯火查看，这才发现槟榔已经被咬成一丝丝的碎絮。

老鼠，肯定是有只老鼠爬进了忘记盖上的罐子。纳谋鲁取怒火中烧，太阳穴擂鼓般砰砰跳疼。这畜生想必还没跑远，还躲在灯火照不到的阴暗角落中。纳谋鲁取沿着石板铺就的门廊，一路在角落中搜寻。果然，连三十步都没走到，便看见那老鼠嘶嘶喘着气，拼命拖着身体向前挣扎。

槟榔本身算不上毒物，然而令纳谋鲁取过瘾的剂量却足以让老鼠死于非命。现下那老鼠就躺在地上痛苦地挣命，眩晕的高峰即将到来。它本想逃回巢穴，却再也回不去了。纳谋鲁取本就在火头上，头疼和灵药的得而复失更是犹如火上浇油。他居高临下，恶狠狠地抬起脚准备了结这畜生。而就在他的脚即将踏上那双眼翻白的垂死老鼠时，他头脑中的那些噪音，为在这疲惫躁乱的一夜勉力保持警醒而生出的噪音，竟突然安静下来，化作一片澄明。一个想法油然而生——案发经过的一种可能。

这想法不仅能解释死者何以在前厅中停留如此之久，也可说明为何无人看见凶手出入，更令死者原本模糊的诸多动机变得清晰而有条理。

踩着弯曲回廊上的毡毯，纳谋鲁取疾步赶往柯德阁的验尸房。他踏进冰冷黑暗的房间，衣襟静静地拂过石台。

婕好刁菊躺在左手第四张石台上，依然一丝不挂，圆睁的双眼望着黑暗中的虚空。纳谋鲁取缓慢地穿过房间，来到对面的一道木门前，伸手敲门。

不出纳谋鲁取所料，敲门声刚落柯德阁便开了门。他也是一夜未眠。烛光下的书案上摆满了各种零碎证物。

"纳谋鲁大人。"

"柯德阁大人，一夜辛苦。"

"要勘验的物事甚多。"

"下官此来有事相烦，须得先向大人交代，下官方可回去歇息。"

"请问大人有何吩咐？"

"下官想请大人重新勘验死因。"

"死者中了刀伤。"

"死者中刀不假，但我等却并未勘验其是否死于刀伤。"

八

柯德阁盯着纳谋鲁取，而此时纳谋鲁取也在揣度着对方的想法：纳谋鲁取为何在破晓前的苦寒时刻造访？此事对我有何不利？纳谋鲁取那句"但我等却并未勘验其是否死于刀伤"又当如何应对？

倘若死因确是刀伤，柯德阁还较为安全，至少眼前太平。到目前为止他还没犯过错误，也没有露出软肋让人利用或是替罪。但倘若他判断失误，情势就难了。

柯德阁话说得很慢，以免忙中出错："大人何以疑心另有死因？"

"大致是因为若是刀伤致死，这案子下官便无法想得通。"

纳谋鲁取看着对方品味着自己这句话。半晌柯德阁才开口："此话怎讲？"

"死者在前厅中停留了七个时辰之久，她在做何勾当？下官想不出。凶手如何潜入潜出的？下官仍是百思不得其解。这些谜题的关窍，正在于我等以为死者是在房间中遇刺并死于刀伤。"

"下官明白。"柯德阁略一沉吟，答道。

纳谋鲁取像个画中人一样站在门廊中间，柯德阁手擎蜡烛，摇曳的烛光照着他长大的身形。纳谋鲁取下巴慢慢摆动，让槟榔从舌头上滚过。他理解柯德阁的为难处境，但这里毕竟是皇宫。

"因此下官必须确知其是否另有死因。"

纳谋鲁取等待着。柯德阁点点头。纳谋鲁取明白对方并不是在耍花招。他颇下了一番决心才继续说下去。

"下官想请大人剖开尸体，仔细勘察刀伤。"

"下官已经写好了呈报。"

"但尚未呈上。"

"是的。"

"宫闱局提点沈古格鲁和大人都怀疑这位婕妤与外人有染，万一大人真看走了眼，后果非同小可。"

纳谋鲁取倚着门框，呼出的气息在破晓前的死寂中形成白雾，耳中几乎能够听到柯德阁脑袋里的机关轧轧作响——他正在盘算着如何逃出这个困局。最后，柯德阁重新撑起他堪称伟岸的身体，用耳语般的声音说道：

"统领大人说的是。请问何时开始？"

纳谋鲁取没想到，柯德阁显然更没想到，查找死因竟然并未耗费很长时间。

一个时辰过去了，柯德阁直起腰来，望着刁菊的尸身若有所思。柯德阁这种人城府至深，半分情感也不会流露。常人在审讯或对话中会不自觉地流露出想法或其思想的大致范围，老于此道者往往能见微知著。然而现在纳谋鲁取尽管已确定无疑地知悉了柯德阁的处境，他却仍然完全猜不到柯德阁的想法。柯德阁平静地转过身来。

"看来下官确是走眼了。"

纳谋鲁取点头。

"大人请看。"柯德阁道。

柯德阁掀开皮肉，现出那个刺伤的孔洞。伤口约两指宽，显然是行刺用的刀子所致。然而在腹腔内刀子穿出的地方却只有一个小孔，且两个伤口间竟然隔了整整两个手掌的宽度。

"请问大人是否看到刺入的伤口？"

"看到了。"

"刺出的伤口？"

"也看到了。"

"刀伤是斜的。要么是刀手过于笨拙，要么便是故意为之。结果便是，表面看来刀手是从侧方刺向死者腹部……"

柯德阁后退一步，手臂在身侧划了个弧线朝纳谋鲁取腹部"刺"去。

"刀尖从此处进入，刀身穿入皮肉，却在皮下穿行而不深入，因此只有刀尖进入腹腔，堪堪挑破脾脏……"

柯德阁指向脾脏上的一处小划伤。

"……却完全避开了胆囊。倘若刀锋直行，势必在此处刺破胆囊……"

柯德阁又指向那个血脉密集的脏器。

"……死者顷刻间便会死于失血及脏器内毒，不到一炷香。然而现下这伤却并不致命。"

"绝不致命？"

"绝不致命。"

"刀上是否喂毒？"

柯德阁用两根手指撑开伤口道："大人请看伤口里面。"

柯德阁扯开伤口，将刀锋分开的肌肉展示给纳谋鲁取。

"毒药大多会令伤口变色，例外者仅寥寥数种，但也会留下旁的痕迹，而尸体上并无此等痕迹。"

于是，一个失势的官员，一个上岸的细作，就在这破晓前昏暗的寒屋中，默默地守在一具女尸旁边。一种不期而至又令人不安的格局正在两人之间形成。柯德阁犯了个错误，但不会留下正式记录，因为他虽已写好了呈报但尚未呈交。呈报的期限是巳时，报告的对象是纳谋鲁取、索罗、韩宗成、太后和圣上。

然而纳谋鲁取的猜测却打乱了进程。好在柯德阁还来得及修改呈报并加入新的发现，即刁菊并非死于刺伤，而是某种尚待查明的死因。

问题在于，在这起势必与政事纠缠在一起的案件中，柯德阁若失误，迟早会被发现。这是毫无疑问的。因此纳谋鲁取虽然无心，事实上却救了柯德阁一命。

纳谋鲁取知道。

尽管柯德阁可以把呈报改得面目全非，甚至消除现有呈报的一切痕迹，但纳谋鲁取还是知道曾经有过一份错误的呈报，而他是唯一的知情人。

倘若有一天，这份呈报在这起命案所引发的权力倾轧中变成一件武器——这件事迟早会发生，那时柯德阁就危险了。

毫无疑问，柯德阁知道自己欠纳谋鲁取一个人情，而且不是随随便便的人情。但柯德阁是个狠人。

纳谋鲁取开了口："大人查明死因还需多久？"

"此事难料，取决于死因是何类型。"

"大致范围？"

"情形不外两种。若是毒杀，且所用毒物我等能够勘验，则需一日至七八日不等。不同毒物的勘验方法不同，或简或繁，因而耗时不等。不过即便确属毒杀，多半也难断定。毒物向来如此。第二种情形便是刺杀，因凶器细小，我尚未发现伤口。"

"何种凶器？"

"这也难说。"

"何种情形致死更慢，死者着道后先无大碍，至少片刻后再发作身亡？"

"毒杀大抵如此。鄙处录有六种毒剂，均能致死，且看来仿佛是心厥而死。毒发时间与剂量相关，大致不出一个时辰。"

"有何凶器亦有此效？"

柯德阁略加思考，道："这类凶器颇为罕见，非刺客不用。铁刺烧热，由后颈入脑，或钉入心脏。鉴于此案情形，下官已刻意检视，却并无发现。"

纳谋鲁取嚼着槟榔，眼睛搜寻着可以吐汁水的地方，却没有找到，只得吞了下去。

眼下的情形靠装傻是混不过去的——柯德阁一向谨慎，他会翻查纳谋鲁取的底细，观察纳谋鲁取的行为，再描绘出纳谋鲁取将会如何利用这个把柄。倘若他判定自己身处险境，就会设法除掉纳谋鲁取，即便不是立刻动手，也绝不会拖得太久。

这就是疲劳的祸患。若不是在本该歇息时硬撑着在"刀锋"

上行走，纳谋鲁取本可以预见要求验尸为自己带来的麻烦。但他偏就糊涂了，眼下虽然确证了想法，却同时也犯了个错误。

"如此，下官便静候大人佳音了。多有打扰。"

"下官必当尽快勘验，请统领放心。"

九

"叨扰。"纳谋鲁取打着招呼,走进秘书监文馆。

老寇一双充血的黄眼珠子越过面前的卷轴,望向纳谋鲁取,嘴角心照不宣的坏笑慢慢染上面颊。纳谋鲁取喜欢这种笑容,因为这种笑容专属于老寇。他这么笑了一辈子,显然是从这种笑容中得了好处。这种笑容非同等闲:嘴角咧开,黄牙往外龇着,双眼眍拉成一道缝——满是快乐,因为他马上便会听到秘闻,又能收获一份友情。

纳谋鲁取经过长期思考后得出结论,老寇的笑容将他塑造成了一个完美的朋友。这个朋友喜欢与你为伴,真心了解且看重你,还把你当作自家人——而且还够坏够机灵,关键时候用得上。

纳谋鲁取找了张书凳坐下,又摸出一颗槟榔。老鼠啃过的槟榔潮湿而恶心,但他还是把它放进嘴里。缺觉令他变得敏感,当槟榔的能量洪水般席卷全身时,那感觉强烈而锐利。

老寇点起烟斗长吸一口,让黏稠的麻叶气味在房间中弥散开来,然后便若有所思地静候纳谋鲁取发问。摇曳不定的昏黄灯火下,两人静静对坐,谁都不出声。

纳谋鲁取坐在书桌前。老寇又为他点了支蜡烛，于是光线便益发地光怪陆离起来。烛火随心所欲，完全无法预料地明灭飘摇，双重的影子彼此纠缠，在桌上舞动。正像这桩案子中的人，纳谋鲁取暗忖。

烛光下的桌面上摊满了文件。

纳谋鲁取已将文件规整过一遍，左边是万马厅四周各省部司处的活动纪要。万马厅是前厅在纪要中更正式的名字。纪要以时间先后为序排列，覆盖了凶案发生前后一整天的时间。右边则是一幅平面图，图纸已发黄开裂，却还巨细无遗地展示着皇宫的布局。

老寇搬来这堆文件后站在纳谋鲁取身后看了半晌，便叼着烟斗不慌不忙地溜进一间侧室，或许是去睡觉，但更像去浏览文件的抄本并猜测纳谋鲁取要找的东西。

于是房间里只剩下纳谋鲁取一人。他开工了。

刁菊中刀时倘若不在万马厅，会在何处？宫女陈尸的万马厅约两庹宽，八庹长。按图纸显示，万马厅南门通向内宫，而通向外宫的门则更宽，正对着一个名字颇为乏味的长廊——长春廊。纳谋鲁取知道这廊子既长且暗，地面铺了青石，却没有窗子。

纳谋鲁取又去查看活动纪要。这天由万马厅签出并进入长廊的只有刁菊一人，但长春廊中却人头攒动。

活动纪要大致如此：

　　申时：生发台行冬播礼，长春廊连接谷种库与生发台，人流往来频繁。二品昭容主厨由厨房运送羹汤蔬饭至金光厅，亦取道长春廊。

酉时：酉时二刻餐毕，宾客取道长春廊各回下处。酉时末两刻，廊中无人。

戌时：外宫憩园行选材礼，往来考生多取长春廊为捷径，廊中整个时辰行人不绝。

这记录恰好吻合了刁菊在南门侍卫岗亭的签入时间——戌正前二刻。

纳谋鲁取舒腰抬头，心中思忖：且说刁菊在戌时末回到长春廊，当时她心中有何想法？以她当时所见，迫在眉睫的问题又是何事？

当时刁菊想必已经定下心神。她已经快回到住处了。不知她用了什么法子避过他人耳目，从遇袭之处穿过外宫回到此处。现下这段惊心之旅只剩最后一程，她已经开始相信自己或许——只是或许而已——还有望善了此事。自己尚未死去这个事实同样令她感到鼓舞。无论伤情如何，看来显然不会立刻致命。她多半以为这伤势并不严重，只是自己缺乏经验误判而已。

倘若纪要无误，刁菊到达长春廊时应是在戌时末，长廊中当时空无一人。她沿长廊一路疾行赶到万马厅入口。见到侍卫后，她勉力挺直腰板，不露声色地签了名。她设法遮住了刀伤，也没让人看出自己正在流血，血流之势已经缓了下来。过了侍卫这关，她进了万马厅。几乎可以断定她进屋后必会喘息片刻，为进入内宫重整仪容。她多半还会在万马厅内寻找办法令自己"意外"受伤，因为一旦进了内宫，她在假装意外受伤前还有露馅儿的危险。然而就在此刻——尚未走出万马厅，她便人事不省,倒地身亡。

倘若她中刀时确在外面,上述推断便大致合理。但她又何以来到长春廊呢?地图显示长廊有六个出入口。第一个离万马厅最远,中间还隔了一个转弯,通向积香阁——分拣香料的地方;第二个略近些,连接着一个接收食材的食品储藏室;第三个则经一条小道通向一间小更衣室。后面几个出入口,分别通向叫作金玉厅的膳堂和其后厨,以及憩园和生发台。这几处所在平时都人来人往,而且由于临近内宫,一向有人把守。

第一个通向积香阁的出入口,纳谋鲁取相当熟悉。那是一扇挂着毡帘的低矮拱门。从长春廊出来,进了这道拱门便是所谓的积香阁,南人女工们蹲在小屋中,从成堆的干土坯中拣出一粒粒皇家珍馐所用的香料。这里紧邻后宫,为的是能将香料及时送去。纳谋鲁取知道这条小道狭窄而昏暗,两侧蜂房般排满了一个个分拣间,香气四溢。这香气正是纳谋鲁取熟知这处所在的缘故。他将每日途经此地视为一乐,路线合适时总会放缓脚步,享受着泥土与香料的混合气息。小径虽然行人甚少,却完全被两侧分拣间中女工的视线笼罩。由于此地非同小可,她们若是见到异常势必会上报。同样的道理,膳堂和后厨也被视线覆盖,因而不太会成为刁菊选择的路径。

按纪要显示,积香阁女工在酉时末换班。交接时,分拣间中应无人看顾,时间亦足够刁菊溜过小径。但时机却并不凑巧,差了半个时辰。

纳谋鲁取对第二个出入口所知不多。这个出入口内是一条两侧无门的长巷,通往一个食品储藏室。满载生鲜食材的驼马篷车每天在这里卸货。刁菊选择这条路径的可能性显然最小。

此地临近内宫入口，又直通宫外，因此一直守卫森严。而且食品储藏室一直繁忙——皇帝一家及其随员每日要消耗不少食物。尽管当天由于殿试守卫人手略有不足，但食品储藏室的繁忙与平日应当区别不大。

第三个出入口还要再远些。这条小道通向一个更衣间，用于大典时试换礼服。倘若刁菊需要偷件衣服遮盖血迹，这处所在倒是合适。然而由于二品昭容的宴会和选材礼，更衣间当时一直繁忙——为防考生舞弊，走廊也把守严密。纪要上确有一小段无人把守的空当，即酉末戌初行交会礼时，下人进食约有一刻钟光景。不过这个时机也很危险。

长春廊所环绕的花园并无出奇之处，只是一片户外空间而已。花园既非通向某处的路径，亦无藏身之处，且完全被四周视线覆盖。建于内外宫交界处空地上的生发台情形略同，既非通衢，亦难掩蔽，况且案发时段也一直有人占据。

纳谋鲁取再次默想当日经过：刁菊来到长春廊某处出入口——三处可能通过的出入口之一。此前刚遇袭时，她多半因惊吓过度尚未觉出疼痛，而此刻却是她恐惧的巅峰。伤口大量出血，死亡的恐惧逐渐沿着四肢爬上后背，再顺着脖颈儿将滑腻冰冷的魔爪伸进她心中。伤口开始作痛。不到一盏茶的工夫，惊吓渐渐退散，取而代之的则是一波强似一波跳动着的剧痛。

她此刻方寸尽失，不知所以。毕竟只是个年方十九的姑娘。她不清楚自己伤势多重，不知自己是全无大碍，还是片刻间就会倒地身亡。

她终于还是意识到自己的行走姿势非常别扭。刀锋切断了一掌宽的腹肌，她不知道恰恰是这一刀放过了她的性命，却又令她无法行走如常——因为每迈一步都要牵动那块切断的肌肉。不过她毕竟聪明，头脑也还清醒，即便在如此的危急关头还是忍住未曾呼救。她强忍伤痛，沿着某条通道挨到了长春廊。

纳谋鲁取揉着疲惫的双眼。遇袭处完全可以是积香阁或更衣间，但他感觉不像。只是感觉，他此刻也说不出是什么缘故。遇袭处同样不会在长春廊中，此处离侍卫太近，对凶手来说过于冒险。因此纳谋鲁取宁愿把宝押在禁城中更深的所在，一个与这些通道相连的去处。

纳谋鲁取又去想刁菊刚刚遇袭后的情形。当时她以为自己面对的是什么？她又如何应对？

她会如何应对？

她吓呆了。当时她不会立即知道自己的伤势并不致命。几乎可以断定她对此毫无经验，否则入宫审查呈报中必会提及。然而事实上纳谋鲁取并未看到一丝暗示，因此她不过是个娇生惯养的富家小姐，突然看着利刃刺入自己的腹腔。刀子抽出后，鲜血从自己体内喷涌而出，她的震惊被实实在在的恐惧取代。

但是，这是关键所在，她并未惊慌尖叫。倘若她遇袭确在外宫某处，那必是个无声无息的事件。刁菊确实聪明，即便利刃入腹，也还清楚出声便是自寻死路。她明白自己必先设法回到内宫，只有回到内宫，只有跨过那道门槛之后，她才能设法伪造事故，将受伤一事搪塞过去。

反之，倘若她喊叫起来并被当场抓住，她在该处的勾当便会很快被发现，随即真相就会被拷问出来。真相多半便是私通。她必死无疑，而且死法缓慢、痛苦而屈辱，甚至全家都会被株连而死。她不仅迅速洞察了这些后果，还想到强装镇定。最重要的是,几乎可以肯定她是被凶手有意放走的,因为她的伤看起来像是故意失手,故意留她一命。

凶手是曾追赶她,还是先逃掉了,无从判断,不过在她惊恐万状地逃离时,脑海中多半怀着一个念头——赶快溜回内宫,而且绝不能被人看见。然而与这三处出入口相通的,其实是整个外宫。倘若她选择了食品储藏室那条路,甚至与宫外都是相通的。

然而时间却又不对。虽有几处所在,如杂役小道或小黄门的备餐室,确有短暂空当可供刁菊潜过,却彼此多不衔接,勉强能够衔接的地方又无处藏身。

如此看来,无论刁菊在何处遇袭,她回到万马厅的路径都必将被来来往往的人群阻挡。

倘若纳谋鲁取愿意,他本可让索罗或亲自派员彻查该区域的通道和房间,最终多半会寻获些血迹或厮打痕迹。但皇宫毕竟太大,如此搜索颇费时间。

事情背后总有规律可循。纳谋鲁取早就明白,倘若他清楚某人意欲何为,又知道此人掌控的物事,他便可以将如钩的长爪直插进乱麻般的迷局,然后择出那根引向凶手的线头。

不过眼下凶手的目的并非首要问题。他正逐渐理出一些可能的行凶动机。虽尚未确定,却大致有了个范围。

眼下问题在于现实。所有通向万马厅的安全路径中,最远处不过到积香阁而已。倘若纳谋鲁取所料不错,刁菊遇袭处并非积香阁,且她也无法从更远处潜回万马厅,纳谋鲁取又陷入了困境中。

一片昏暗中,纳谋鲁取坐直了身子,咀嚼着早已无味的槟榔。他看看地图，再看看纪要，站起身来。

小套间里同样昏暗，老寇轻轻地打着鼾，旁边的蜡烛马上就要燃尽。纳谋鲁取来到老寇榻旁，在椅子上坐下，又摸出一颗槟榔，然后捅了捅老寇。

老寇眼睛还没睁开，人已经醒了。他揉着眼睛坐起身，睁开双眼时，笑容已经挂在脸上。

"可曾找到？"

"不曾。"

"嗯——"

"不过我却知道为何不曾找到。"纳谋鲁取道。

老寇咧着嘴乐起来，伸手去拿烟斗。他点上烟斗深吸一口，烟雾便流入这老烟鬼的四肢百骸，充满脑袋里的每处缝隙。

"你要找啥？"老寇问道。

"我猜这皇宫地图或许不止一套。"

"或许不止。"

"这些图有何不同？"

老寇又笑了。他喜欢细致精微。

"细处。"

"细处有何不同？"

"何处与你有干系？"

"距离远近、纵横路线……还有隐去之处。"

"这般说，细处便都不作准。"

"我想看的是那作准的。"

"想看的并非你一个。"

纳谋鲁取嚼着槟榔笑了起来，红色的牙齿在跳动的烛光下显得黑乎乎的。老寇静静地坐在床上,又长吸了一口麻烟,然后回敬纳谋鲁取一个笑脸。

"你是钦定侦办。随我下去,旁人都还不曾起床。"

老寇起身走出房间,纳谋鲁取跟在后面。出了门向前,便是个盘旋向下的楼梯。楼梯上走了不几步,烛光便消失了——这地方最是怕火。于是一片黑暗。

纳谋鲁取在伸手不见五指的楼梯上摸索下行。奇怪的是当他来到楼下一层,周围竟然亮了许多。

"此处天窗可以借些天光。"老寇说着,拖拉着脚步穿行在书架间。

虽然看不到头顶的天窗,奶白色的晨光却流淌而入。纳谋鲁取可以看到两侧书卷堆叠如山,危崖般耸立向上直至目力难辨之处。向前望去也是如此,书架绵延不绝直至目力之外,仅能依稀辨出列行。

老寇站在一行书架的入口,等着纳谋鲁取。纳谋鲁取下了台阶跟在后面。两人钻进书架组成的迷宫中,渺小的身影在故纸葳蕤的黑崖间缓缓蠕行。走了一段后,老寇开了口,声音单调——回音竟完全湮灭在这满室故纸之中。

"案子现下如何了?"

"不知从何说起。"纳谋鲁取随老寇缓缓而行,半响才开口。"现下还不曾找到入手之处。"

"为啥?"

"凶案颇为令人费解,其中有些详情恕难相告。"

"那是自然。"

"不过,死者并非死于表面死因。凶手意图构陷他人。"

"构陷何人？"

"说不得。"

"为啥？"

两人继续慢慢前行。纳谋鲁取暗自盘算着，他不能将老寇无权得知之事告知，此事干系重大。知情与否不久便会有实质影响。但他也清楚眼前是笔交易。倘若他不兑现自己在楼上套间里默许给老寇的秘密，老寇便会一直带着他在书架间绕圈。纳谋鲁取将想法反复斟酌数遍，力图以最准确的措辞表达出来。

"说出此事将置我于险地，你若知道也将同处险境。"

老寇干笑两声。

两人在沉默中继续前行。两侧的方形书架上堆满了尘封的卷轴，仿佛与上方的黑暗融为一体。

"今日有何事需要留心？"

纳谋鲁取再次斟酌措辞，力图准确无误。

"今日诸事，务必依律而行。"

老寇将这话仔细记了下来，点了点头。多年来，老寇历经无数凶险而存活至今，自然清楚这笔交易的分量。

又转过几个弯，老寇停下脚步，从书架上抽出两个卷轴。

纳谋鲁取接过卷轴，走到一处天窗下，就着天光展开。

纳谋鲁取一直以为自己会找到一条密道。这类密道遍布禁城，他却仅知道几处。而包括嫔妃在内的皇亲国戚则知道更多密道，并且经常取道其中。然而在匆匆扫过一眼卷轴上的地图之后，他并未发现任何与刁菊逃生路径明显相关的密道。

不过片刻他便有了收获。这些地图虽有差异，但并不明显。除了清晰勾勒出的密道，许多走廊的长度及房门的位置也都有细微差别。绘制这些地图的目的各不相同，但大体还是为了防备刺客。这样外人纵使按图潜入皇宫，也会莫名其妙地绕进图上没有的廊道，困入图示畅通的断头巷中，或在图示的房门处撞上石墙。这些差异虽然不多，还细微，却都是关键所在。宫里的人对布局谙熟于心，有人监视着也不会四处乱撞。外来的不速之客按图索骥，只有死路一条。

这条密道就在那里，地图的右下角，杂役的寝室与更衣间之间只有一道小门相隔。

纳谋鲁取快步走在空无一人的回廊上，袍角扫过地面的声音比往常大了许多。他不知道为何每到此时，各种声音就会显得更为锐利而清晰，似乎并非仅是寂静与空旷的缘故。他经过厨房，炖羊肉和酸奶酪的气味弥漫在回廊中。他左转进入宽阔而回音袅袅的祈年台大院，趿在脚上的鞋子在石板上啪啪作响，将寒气尽数吸入足底。

今天注定是个冷天。碧空如洗，万里无云，空气中没有一丝风，就是静静地干冷。世界仿佛已停止运转，正在慢慢死去。天光已近大亮，院中一切都尽收眼底。

纳谋鲁取从一扇侧门穿出院子。前面是裁缝处，一群细手细脚的小太监整日在此处缝制宫内的制服。走廊中一股染料的气味，好在天冷，不像平日那般刺鼻。

他沿着裁缝处的走廊走下去，转过拐角，前面是一处小弯。此处向前有两条路，一条通向杂役寝处，另一条则通往活禽收货处的后门。纳谋鲁取站定，四面张望起来。

他一眼便看到了——对于有心寻找的人其实很明显。纳谋鲁取跪下身去，膝盖嘎嘎作响，姿势古怪，像个巨大的甲虫。

他将脸贴近地面。现在确定无误，虽然已经干硬，颜色却还没褪，因为也就过了一天。

就在靠近地面的墙脚，有一小片溅落的血迹。

藏在这一点血迹中间的便是纳谋鲁取费尽心力想要破解的谜题的关键。凶手到底目的何在？他的所作所为——在宫内行刺嫔妃并令其死于皇帝寝宫之内——势必招致倾国之力的侦办追凶。从刀法看来，凶手是刻意为之，伤势刚好令刁菊受惊而逃回内宫，然后再死于早前施放的毒药——虽然尚有待柯德阁的勘验确证，但纳谋鲁取想不出其他情形。

纳谋鲁取慢慢舒展身体，垂下眼皮，口腔中盘旋着槟榔被咀嚼出的汁水。他让自己先滑进凶手的意识中，然后再沿着用已知的事实构建的通道爬行，揣测凶手如何预判刁菊的想法。纳谋鲁取仔细梳理过的那些呈报笔录虽未直言，却已纤毫毕现地勾画出了一个精明的女子。

这个女子身为皇上的嫔妃，却有胆量与旁人私通，且私通地就在皇宫大内。中刀后她虽血流如注、魂不附体，却并未乱了心智，明白自己必须溜回内宫而绝不能被人发现。她穿过人来人往的卸货区，签名进入万马厅，而且竟然未曾被人看破身负重伤。这绝非易事。

你不能随便指望一个人做到这一切。

除非你原本便与她熟识。

十

　　站在寂静的回廊中，纳谋鲁取勉力聚拢自己因疲惫而支离破碎的心智，探究着这个发现的种种意义。这时前方传来一阵脚步声，定睛看去，一个人影渐渐浮现在昏暗的回廊中。来人到了近前，是个小吏，向纳谋鲁取施礼。

　　"统领大人。"

　　"何事？"

　　"卑职是中书省信使。"

　　"我知道。有何信件与我？"

　　小吏捧出一卷蜡封卷轴。纳谋鲁取拆开蜡封，读道："请侦办统领纳谋鲁取到仁政殿。"

　　纳谋鲁取站在那里，琢磨着信件的意思。小吏等了半晌，怯生生地问道："请问大人有何回复？"

　　"回复？"

　　"是。上面吩咐卑职带大人口信回去。"

　　纳谋鲁取又琢磨起来。

　　"仁政殿有何事务？"

　　"回大人，殿试。"

"上面吩咐你等多久？"

"回大人，上面没说，只是吩咐卑职伺候着，大人若是没给口信，就让卑职提醒大人。"

"跟他们说，得蒙召见，深感荣宠，少顷必当前往。"

"是，大人。"

小吏的身影重新融入回廊的昏暗之中。召见本就不容违拗，为何定要回复，岂非多此一举？时间紧迫。仁政殿面圣不比出席寻常会议，准备工作细致烦琐。纳谋鲁取心里默算，只有不到一个时辰。

前往仁政殿的规矩非常严格，不能出一点差错，有将近百人专职确保程序无误。这些小吏侍立在通向大殿的回廊中，一半掌灯，一半检查纳谋鲁取的官服并提醒他规章仪范，方才放行。

纳谋鲁取猜不透上面召见自己所为何事，一块石头始终在心里滚来滚去，将其他想法都撞了开去，惴惴不安间已经迈过了门槛，来到两根雕龙大柱间的大殿中央。大殿昏暗如常，周遭物事都看不真切。不过前面地板上却有四五十个考生，一律穿着规制的白衫叩头如仪。纳谋鲁取飞快地数出所有可以坐着应试的南人，仅有的四名金人学子则远远地跪在一旁。再过去便是考官们，将考生与百官隔离开来。一种微妙的感觉渐渐从纳谋鲁取心中浮起，仿佛滴漏中的水滴，看似微不足道却又无可阻挡。不该将两族考生放在一起——金国圣殿上南人反而势众，不成体统。

围在考官外面的是安防官员，再外面自然是观礼的百官，每逢仁政殿有事依例都要出席。然而墙下的阴影中却密密麻麻挤满了兵士，人数之众远非此等场合所需。

纳谋鲁取望向众考生想看个仔细，考生却全体匍匐，只能看见背影。就在他准备收回目光时，后排的一名考生抬了一下头。虽然只是一瞬，这惊鸿一瞥已足够他看清周遭：圣上的龙椅、侍立的百官和周围的考生、考官、侍卫。狂傲之徒初登圣殿往往会有此举，本性在不经意间已经展露。

纳谋鲁取看到了韩宗成这南人叛徒混在安防官员中，而不是考官中间。他身为皇城司统领，官阶要高过主考官。挪动前，纳谋鲁取偷偷向龙椅方向瞟了一眼，仪仗官还不曾令众人行跪拜礼，一切还来得及。于是他侧身从官员间小心钻过，低着头，以免惹眼，好在夹在挤挤挨挨的人群中倒也难辨身份。一番挪动后，他终于挤到韩宗成身边。

官员们挪动脚步，各就其位。灯火也被挑亮。寂静如冷水一般倾泻到大殿中，众人纷纷准备恭迎圣驾。就在皇帝驾临前一刻，韩宗成终于开了口。

"纳谋鲁大人，本官有一事相询。"

"大人请讲。"

"下面你将如何行事？"

"大人所说的可是凶案侦办一事？"

"正是。"

"大人的问题颇为出人意表。"

"本官倒不以为如此。你将如何行事？"

"下官当循例行事，追寻蛛丝马迹，证据所指，无往不至。"

"倘若证据就在此处呢？"

"此处？"

"本官主持的殿试。"

"那下官便只好叨扰了。"

"叨扰这两年一度、事关社稷兴亡的盛事？你可知这盛事将令你族江山永固，万世凌驾于我族之上？你可知这盛事将令圣上的子民安居乐业、四海升平？此等盛事你也要叨扰？"

"下官愚昧，不知有何原因不该如此？"

"并无不该如此的原因。统领大人尽忠报效吾皇，本官亦是如此。而今你族开化而治我族，幸何如哉。"

面对比自己更聪明或更愚钝的人时，纳谋鲁取常会遇到这样的困扰。倘若对方只比自己聪明一点儿，并不难看出。同样，对方若只是稍微愚钝，也容易判断。然而双方差距过大时，就很难判断了，而倘若对方位高权重，这种判断就会变得尤为重要。

在官场中，韩宗成的位置要远高于纳谋鲁取。如无过人之处，一个南人绝无可能爬到这个位置。他不仅聪明绝顶，而且冷血无情，他的言行虽有目共睹，却颇令人费解。看不透往往是距离使然——韩宗成居高而立，自然视野宽广，所牵动的机关影响也更深远。因此对于纳谋鲁取来说，韩宗成这种常被人误以为愚钝的反常言行，其实恰恰证明了自己的失察，且失察者绝非限于一事一物，而是完全未曾看清韩宗成身边世界的构造。纳谋鲁取将目光再次投向那群南人考生及四名金人考生。警讯再次出现在脑海中——他们不该来的。

大殿中已近鸦雀无声，仅有零星耳语，皇帝随时可能驾临。

"敢问大人，殿试筹备进展如何？"纳谋鲁取道。

"你这案件侦办多有妨碍。"

"如何妨碍？"

"你心中自然明白。这也正是你此来的原因。"

"下官是应召而来。"

"你本无须此行，本可偏安于对面一侧，你却定要来此。"

纳谋鲁取停顿片刻，斟酌着措辞。

"凶案发生时间乃是殿试三天前。"

"不错。"

"大人有何高见？"

"本官以为实属不幸。"韩宗成道。

"下官以为，即便凶案与殿试无关，旁人却难免将这两件事情作一处想。"

"你这话倒是不幸言中，人们确实会作此联想。"

"那么大人有何高见？"

"统领大人，你我都是明白人。殿试之后，有的人家一败涂地，有的人家鸡犬升天。现下本就是多事之秋，我等做臣子的也只有勉力维持。但殿试前乱不得，殿试这种头等大事必须太平无事。考生能否高中？成绩最终几等？头榜还是二榜？这些全都取决于殿试，与旁的无干。为大考而杀人害命不是不曾有过，但都在殿试之后，而非之前。"

纳谋鲁取将韩宗成这番话在心里转了一圈。他说的话不假。不过纳谋鲁取却感觉这并非韩宗成提供的答案，更像在澄清某事，而这件事他却偏偏未曾看到。

"纳谋鲁取，你可知你因何到此？"

"下官愚昧，请大人赐教。"

"你自然不懂。你可知召见你的是谁？"

"中书省。"

"不错。"

"因此，那便是圣母皇太后。"

"道理大略不错。不过，今日安排召你来此的却是本官。"

"敢问大人用意何在？"

"圣驾到了。"

韩宗成朝龙椅方向努嘴示意，此时仪仗官已经开始宣布圣上驾临，令群臣行跪拜礼。随着皇帝步入大殿，众人全体跪倒在地。皇帝坐上龙椅，身后珠帘窸窣，太后也已就位。

皇帝逼视着阶下众人，目光扫过群臣，最后停在一众考生身上。他静坐良久，让寂静彻底笼罩下面的众人，随后才向侍卫首领做了个手势。纳谋鲁取看到至少有二十余名侍卫静静涌入大殿，在巨烛后的阴影中贴墙侍立。皇帝终于开口了，声音竟然颇为平易近人，和缓、轻柔且友善。除了目光中偶尔还闪现出一丝少年特有的局促，整场讲话可以说相当出色。

"我大金天恩浩荡，重兴科举。南人均应视为莫大荣宠，盖我大金此举，乃是尊重南人传统之明证。我大金本不必如此，然却行之，正是携天威以御宇内者之所为，亦是我大金宽厚仁慈之明证。然尔等却令朕不快、不安！令朕大失所望！竟然有人杀人害命。依尔等南人所言，这必是宫内气运失衡所致。何以如此？！"

皇帝如炬的目光扫过每一个考生，观察着考生的反应，然而却只看到恐惧，因为众人都将头深埋了起来。这时皇帝做了个怪异的举动。他从龙椅上站起身来，走下陛阶，开始在考生面前来回踱步，目光则始终扫在考生身上，甚至还微微躬身去查看他们的表情。如此半晌，他才再次开口，但这次并非对大殿中的百官，而是探身到考生身边，用极其和缓轻柔的声音耳语起来。纳谋鲁取努力倾听，却只能凭咝咝的吐送气息拼凑出连贯的语义。

"尔等果真是饱读圣贤经书之高才？朕看未必。以朕观之，我大金族人或许早已优于尔等南人。尔等读书无非是为削弱我大金一族权威。此等狼子之心路人皆知，我族又何必置信尔等？真知出自本心，所谓知其然也。朕自己也做学问，故知此理。目今考生中南人甚众而金人寡。何哉？岂南人优而金人劣乎？非也。大金男儿乃国之栋梁，岂有劣于南人之理？然则何以金人寡而南人众？缘由何在？"

皇帝停了下来，似乎在静候着什么。纳谋鲁取一面凝神倾听，一面观察着地面的明灭光影。侍卫们正在移动，动作不大，却能看出他们正在散开，将整个大殿包围起来。纳谋鲁取计算着去往殿门的路径，不容易，即便门口无人拦截，外逃的去路也会被混乱的人众所阻。其他办法？大殿中并无可容藏身的挂毯，况且墙边已经守满了侍卫。纳谋鲁取继续搜索。龙柱倒是够粗，最佳选择——虽然远非良策，却别无他法——便是躺在龙柱脚下。况且龙柱还可攀爬，倘若情势真到了那一步。旁人根本不会注意，混乱中没人向上望。

"这岂非舞弊之功？尔等是否承认？"皇帝问道。

面对惊惧中沉默的考生，皇帝再次逼问。

"朕问尔等，这是否乃是舞弊之功？"

"吾皇所见极是！"几个趴在地上的考生答道。

"万岁英明！万岁英明！"其他考生也争先恐后地附和。

训练有素的侍卫们移动就位，现在已经包围了整个大殿。

人丛中传出难以辨析的耳语和骚动声。

"舞弊,"皇帝道,"乃丧德之举,更是欺君之罪。舞弊者不得立于丹墀之上。凶案现于京师,乃天下气运失衡之兆,盖尔等滥竽充数,窃取金人之位。想我大金学子苦读经年,却被尔等狡诈南人所欺。朕本仁义怀柔,躬行圣贤之道。然尔等南人却数典忘祖,朕只好坚守正道,拨乱反正,此乃朕之仁德之举。尔等虽罪不容恕,朕却慈悲仁厚,容尔等自证其才,确有学问者或可恕免。朕现已命题一道,非饱学之士不能解。"

皇帝朝龙椅一侧的阴影处挥了挥手,一双眼睛却还在考生身上,显是预先已有安排。然而却没动静,皇帝只得继续等下去。等待的时间显然已超出了他的预期。皇帝对事情失了掌控,这祸事非同小可。这共识像烟雾般在房间中弥散开来,纳谋鲁取知道又有人头要落地了。

终于,阴影中走出六名宫娥,按卤簿规制穿着比面君礼服级别更高的装束,头上是带着流苏的狼皮鹰形头饰——荣耀的象征。六名女子优雅地走到众人面前站定,小心翼翼,亦步亦趋,然后略显局促地盯着地板。

皇帝发话了:"这六位宫娥,其中有一位乃是朕的亲生姊妹,出身左旗正统!真正熟读诗书的饱学之士,自然一眼便能辨认出皇嗣血脉!若是僭称学士却无法辨别,岂非笑话。朕别无他法,只得将其逐出考场,褫其功名,永不得参试!朕虽仁慈,却也势在必行!现下尔等便来告诉朕,哪一位是朕的姊妹。"

纳谋鲁取看看那一排宫娥,又看看考生们。考生距陛阶约有十庹,辨认几无可能。这些考生中至少过半不能远视——读书人常见的毛病,更何况人地两生,纵能看清,亦无从辨认。

皇帝等待着考生们回答。他站在那里，弯着腰，静静等待着。考生们的沉默是在耗费圣上的宝贵时间，恐惧的心跳声彼此相闻。皇帝开始在考生们面前慢慢地踱步，大殿中鸦雀无声，就连纳谋鲁取也不自觉地放缓了呼吸。就在皇帝抬起手，准备召唤侍卫时，一个低微却清晰的声音响了起来：

"吾皇英明，学生斗胆自请作答。"

皇帝愣住了。他缓缓放下手臂，循声望去。戏谑的微笑挂在皇帝脸上，他期待着对方上演一出自取其辱的好戏。宫娥们则紧张地闪动眼皮，偷偷关注着眼前的情况。

"朕命你平身。"

一个瘦削的年轻人从后排小心翼翼地站起身来，正是那个偷偷抬头的考生。他所在的位置远在大殿的另一侧，因此纳谋鲁取无法看清他的样貌，但耳后一道黑色胎记却很醒目，一直延伸至后颈，仿佛一只手爪的影子。

"万岁英明。学生斗胆请求陛下恩准辨指公主殿下。"

"朕准你辨指。"

这是不可能完成的任务。不过这个书生却还有六分之一的胜率。他不如闭目盲猜，总好过必败的结局。

"圣上此题甚为精妙，倘若答者未曾熟读孔孟之训，不谙老庄之学，自当无从辨识。然吾皇洪恩浩荡，泽被四海，使吾辈寒门布衣亦可研习圣贤之书，故此学生自信能解此题。"

皇帝僵住了。不仅脚步，身上的每处动作都停了下来。从十指到双肩，直至两膝都慢慢地僵住。

"讲。"

宫娥们抬起眼皮，终于看到了这个书生。

"众所周知，"年轻书生侃侃而谈，"皇亲贵胄者，与凡夫俗子有云泥之别，不仅德配天地，更因其德行与天地气运相得益彰，以至于中正祥和之气，充盈于其骨肉肌理，填塞于四肢百骸。"

鸦雀无声的大殿中，所有目光都集于书生一身，仿佛在观望一个死人。

"而我辈学子，聆圣训，习正道，自不难辨识公主殿下。盖因其正气充盈，发于九窍，凝结于顶，故头顶三尺必有五色祥云——流光溢彩。"

大殿中众人的目光一齐偷偷地移向陛阶上的六名女子。终于，六人中的五人也一齐偷眼瞟向第三名宫娥，随即便低头望向地面。这转瞬即逝的动作虽然细微，却也足够明显，即便是远在后排的书生也一览无余。

"故此，学生因见祥光紫绕，瑞气蒸腾，"书生指向第三位宫娥，"自当知道这位便是公主殿下。"

这情形就像山坡上冲下的大车，本来势如奔雷，却顷刻间戛然而止。旁观者还满怀期待地等候在它前进的路线上，而车中人却已然撞作一团。片刻之后，回过神的旁观者又将目光对准了大车，而乘车人也纷纷爬了起来。他们要扭正的不只是身体，还有头脑，方能面对这意外的僵局。

皇帝沉默良久，终于艰涩地说道："你答对了。"

他的目光仿佛钻进了书生的双眼——这次他才真正地注视对方，而书生竟毫不闪避。勇气可嘉，纳谋鲁取暗想。纳谋鲁取揣度着皇帝下面的行动。这测试本是皇帝安排的消遣，插曲而已，无非是想给考生一些镜花水月的希望，或是令皇帝的惩罚显得名正言顺。

但书生的回答却将所有在场者置于险境。仅是因为见证了龙颜扫地，便足以令众人朝不保夕，尽管皇帝不过是略微受挫。现在皇帝似乎正在盘算，如果立刻将这个书生处死会令自己再损失多少颜面。这代价不小，而纳谋鲁取和其他在场者都能看出，皇帝算得清这笔账。

于是纳谋鲁取伏低了身体，他已经猜出下面的戏码。皇帝虽不能驱逐全部考生，却还能泄愤于一部分考生。果然，皇帝挥动手臂，从阴影中召唤出侍卫："尔等暂留半数在此，余者尽数逐出，以正失衡之气。"

纳谋鲁取见过不少斩立决的宣判，见过死囚们如何接受现实。他们知道自己完蛋了，一事无成，没有子嗣，轻如鸿毛，连老死天年也不可得，生命只剩下最后一个时辰。而眼前这些考生虽不会被砍头，但他们已在这场考试上花费了半生心血，舍此之外别无长物。他们此生的一切努力便是为了这场考试，现在却要被夺走，再也无望找回，于是他们顿时萎靡了，衣衫凌乱，赤睛突出，在恐慌和绝望中被侍卫反扭着瘦弱的手臂，无助地挣扎叫喊，声嘶力竭："吾皇仁慈，开恩啊！""万岁开恩，学生十年寒窗啊！"有几人甚至当众哭出声来，血脉偾张，涕泪纵横，双眼赤红，口涎横飞。

侍卫们都是见过阵仗的老兵，下手狠辣，毫不容情。他们反剪了考生的双臂，重拳砸向其面门。考生便在戴着护甲的拳头下口鼻开裂，鲜血迸流，如猪羊般被拖出大殿。尽管地毯吸附了回音，考生渐渐远去的哀号仍不绝于耳，直至远不可闻。

皇帝的脸上现出笑容。纳谋鲁取跪在地上偷眼望去，见皇帝又坐回了龙椅。他一共见过三个少年皇帝，其共同之处便是

099

这种只有嘴角牵动,眼睛却无动于衷的微笑。这并非由于他们本性邪恶或表里不一,而是因为他们必须时刻警惕观察,不停地逼问并考验身边的世界:尔等看朕是乳臭未干的黄口小儿,还是威震宇内的赳赳丈夫?

侥幸留在大殿中的考生们伏在冰冷的石板地面上瑟瑟发抖,却又不敢哭出声来,只是大口吸着气,将呜咽吞进肚里。

"正如尔等所见,"皇帝道,"这皆是尔等咎由自取。尔等宜将此事告知南人,朕非不仁,是尔等欺朕太甚。尔等如此软弱,我大金安能容尔等在此。蛮夷僭越便是这等下场。尔等当记而儆之。"

纳谋鲁取望向作答的那位书生,他依然挺立原处,颈上的胎记在闪烁的烛光下仿佛有了生命,正在扼住他的咽喉。他岿然不动,即使虎狼般的侍卫就在身畔叫嚣躁突,也未曾挪动半分。而侍卫竟放过了他,一半是由于他并未奔逃,一半也是侍卫们比较谨慎——毕竟圣上并未明示如何处置此人。因此眼下他暂时无咎。

他象征着荣誉和勇气的失败。尽管他确证了科举之功——选拔最聪明的人才,最终却无济于事。皇帝随便一句话便足以令他身败名裂。而且纵使他逃过此劫,将来迟早也会与那些恃才放旷的年轻人同一命运,除非他真的聪明绝顶。

皇帝坐在那里,显然正在琢磨如何下台。最终,他还是径直站起身来走出大殿。众人按照卤簿规制静候,同时仪仗官派出信使。信使报告皇帝确已移驾回宫后,仪仗官们低声商议了几句,宣布面圣结束。依卤簿规制,百官先至后发,后至先发,有序告退。

纳谋鲁取朝珠帘瞟去,隐约看到太后依然在后面正襟危坐,一动不动，等候着，观察着。

纳谋鲁取候在韩宗成身边。见马上要轮到自己离开，韩宗成才开了口：

"纳谋鲁大人，你可知刚才这一场叫作什么？"

"不知大人想让下官从何说起？"

"此乃万岁英明，在殿试中大展睿智。"

纳谋鲁取没作声。

"凶案侦办往往耗费时日，不过亦可努力尽快侦结，俱是常情。"

纳谋鲁取等着下文，然而并没有下文。韩宗成只是自顾自地点了点头，便起身离去了。

现在该出宫去睡觉了。睡觉是因为他已经熬到了极限，而出宫则为了安全——既可以在这段无知无觉的睡觉时间躲过是非凶险，也可抽空将发现梳理一遍再去报告。脆弱时远离禁城这是非之地方为上策。出于同样考虑，纳谋鲁取喜欢独来独往，既免得思绪被随从打扰，又防止行藏被人泄露。然而，一顶软轿还是按卤簿规制恭候在禁城门口。轿夫们抬起轿子，迈步走进清晨的刺目阳光中。因为出了凶案，还加了两名卫士。正忙着出摊的炊饼小贩站在明亮的阳光下，周身云蒸霞蔚，不时还警觉地望向皇宫。宫里的真龙正蠢蠢欲动。

那种感觉突然将他笼罩。

纳谋鲁取半生为监而全身而退，全凭对他人习惯的入微观察，此刻他便感到了异常——并非弥漫全城的不安，而是清晨的斜阳长影如一根万仞长杆放大了动作的细微异常，其根基的毫厘之差也成了末梢的千里之谬。

101

头天晚上跟踪监视他的人不过是些等闲之辈——低级喽啰。宫内凶案的有司侦办本就是众矢之的，被人盯梢并不稀奇，韩宗成和太后都有理由监视他。不过这种更像宫外的人——心里不踏实的人自然会探头探脑，因此多半是南人，因为他们最有可能在这场风波中倒霉。然而这些人只是盯梢而已，水平也很勉强，根本不是威胁。

今天却不同。炊饼摊旁有个汉子，正在逼近纳谋鲁取返回小宅时常走的小巷。那汉子牵着一辆驴车——路障，按他眼下的走法，纳谋鲁取的软轿到达小巷中间时，他和驴车恰好走到巷口。

轿夫继续前行，纳谋鲁取又看到一个农汉，那种在城墙下等零工的苦力。那农汉趁出人流，钻进一条岔路——恰好通向那条小巷的尽头。两个宫里的工匠正在用油漆掩盖城里到处可见的大字标语：岳家军万岁！

这不是盯梢，是刺杀。

纳谋鲁取示意轿夫止步。他透过轿帘向后望去，城门方向没人，说明对方尚未合围。广场四角还有士兵站岗，都是应警讯增设后还未及撤下的。但他们未必能及时赶到，甚至不一定会出手干预——他们的职责是护卫皇宫而不是纳谋鲁取。纳谋鲁取让轿夫转头返回皇宫。城门约有百步之遥，刺客还来得及追上来动手。但他们会追吗？

广场很开放，倘若对方想要制造声势倒是方便，但弊端是得手后很难脱身。

第一个问题：谁？谁想要刺杀他？

柯德阁？太快了，且同样会置柯德阁于险地。纳谋鲁取离开柯德阁书房不过两个时辰,其间柯德阁先要拿定主意,再联络刺客,然后谋划行动。这并非柯德阁的作风。他将来或许会设法除掉纳谋鲁取,但一定会谨慎行事,绝不会孤注一掷,将身家性命押在一个不足一个时辰就拼凑出来的计划上。

索罗?不会。索罗不想让他死,他猜到了些什么,想让纳谋鲁取去掀"锅盖"。

韩宗成?也不会。他有个秘密,但他知道索罗的手就攥在刀柄上,随时准备给他一刀。干掉纳谋鲁取等于逼索罗出刀。

太后?倘若刁菊是她杀的,那么纳谋鲁取已与死人无异。但纳谋鲁取认为太后并非凶手。刁菊在宫中显然并不受宠,亦未怀孕,一切迹象都表明她只是个微不足道的婕妤,虽有心上进,却依然无足轻重。纳谋鲁取想不通她能对太后造成何种威胁。当然,太后应该也很着急。她的儿子受到威胁,她自然也如临大敌。太后的母性本能纳谋鲁取无从判断,姑且不论,但倘若皇帝死了,太后必然在劫难逃,顶多再有数月好活。因此从一开始纳谋鲁取就已判定,太后乐于见到此案告破,换言之,她希望除掉这未知的威胁。

那么还有谁呢?沈古格鲁,宫闱局提点大太监?感觉也不像。不过他可以肯定沈古格鲁至少有过失,甚至暗中还有些肮脏勾当。他身上虽然披着重重护甲,但杀害钦命侦办一项便足以洞穿其全部护甲。

这些人都没有除掉纳谋鲁取的动机,至少动机尚未强烈到令其铤而走险。

还能有谁呢?牙梨哈?老寇?

软轿回程近半,纳谋鲁取再次掀开轿帘回望。那个赶驴车的汉子已经掉头回来,正穿过广场追过来。还有谁?这差事一个人干不了。他望向轿子的另一侧,那个农汉已经开始撂下身上的家伙什儿。

纳谋鲁取估计轿夫们能很快赶到城门,因此对方必须抓紧时间下手。常年在异族统治区内为宫廷效力,轿夫都见过一些场面,也知道如何应对突发情况。但以专业角度来看,关键问题仍在:下一步是什么?刺杀是个连贯行动,倘若对方未能在他回家路上截击成功,几个时辰内必然会在宫内再次冒险,因为对方必定会认为他已放松警惕,正藏在宫里某处昏昏欲睡。同理,倘若对方今天未能得手,无论买凶者是谁,在再次行动前都会稍微等一段时间,看纳谋鲁取是否有所察觉,作何反应,是否将此事告知旁人,以及此事会牵扯何等干系。

这也正是为何对方定要在今天得手。事情本质决定了这是对方在案情变得更为复杂前的唯一机会。倘若今天未能得手,对方至少要再等三天,届时案情进展无人能够预知——对方自然也无法预知,他们有这个自知之明。

回程已过三分之二,成功返回宫内已有胜算,除非轿夫中有对方内应。虽有可能,但看来不像。

倘若他设法活捉一个刺客,从对方嘴里能撬出些什么?买凶者的身份,这是显而易见的。但知道了也未必有用。对方若懂行,必会安排一个随时可以干掉的单线掮客。

他有必要行险吗?他感觉对方是个双人小组,但倘若对方是高手,完全可能另有伏兵。纳谋鲁取也曾运作过此类刺杀小组,知道自己看到的可能只是烟幕,目的不过是让他轻视对手而放松戒备。

一切都不得而知。说话间大门已经打开,轿夫们抬着纳谋鲁取回到了宫中。

十一

"有何消息要告诉哀家?"

"奴才正是来禀告圣母皇太后的。"

"讲。"

一切都与前次相同,皇太后一动不动地端坐在珠帘之后,等待着纳谋鲁取的汇报,而纳谋鲁取则跪在她前面的地板上。大殿内烛光同样昏暗,却已空空荡荡。盘龙大柱高高耸立,直插进黑暗天花板下缭绕的烟雾中。

纳谋鲁取一直担心的抉择时刻终于到了。而此时冰冷的验尸房中,在那具已经被缝合的美丽女尸前静立的柯德阁,也同样忧心忡忡。纳谋鲁取知道一个不为人知的秘密——柯德阁大意了。倘若他告诉太后,柯德阁便会下台,不是立即,而是将来。一旦权力斗争激化,而柯德阁的死亡或贬谪又可以打击政敌时,他就会成为牺牲品。不过,这也未必。柯德阁老奸巨猾,是被腥风血雨洗礼过的内斗行家,全身而退并非难事。然而一旦他真的死里逃生,纳谋鲁取就只有死路一条。

可是倘若纳谋鲁取隐瞒不报,为柯德阁隐瞒误判死因之事,太后迟早也会发现。那时她就会知道纳谋鲁取靠不住,自然也会除掉他。

纳谋鲁取心念电闪。太后会如何发现呢？还是她已经知道了？柯德阁不会留下错误的呈报，那份呈报无疑早已化为灰烬。但他是否会料敌机先，完成解剖后立刻就来向太后汇报？柯德阁明白一旦太后从别人口中得知此事，自己就会完蛋。他离开柯德阁有多久了？大约在日出前，而现下日出不过也才一个时辰，但这时间也够了。柯德阁汇报过吗？如果他汇报了而纳谋鲁取却替他隐瞒，纳谋鲁取一样活不成。

这些念头在纳谋鲁取的脑袋里飞快闪过，表面上却不敢停顿片刻。即便如此，他还是慢了半拍。清晨的阳光还不曾照进大殿，纳谋鲁取跪在地上，感觉周遭的黑暗正凝聚成团，在自己的头顶上汇集堆积。

"奴才与勘察官柯德阁根据证据，推演出了新的案情解释。"

"讲。"

于是纳谋鲁取便开始解释——从死者回宫路线的推测到遇袭地点的分析，结合柯德阁的解剖发现及其对误判的纠正，一步步推演出事发经过。太后静静地听着，一次也不曾打断。

纳谋鲁取列举着自己的发现。尽管隔着珠帘和浓重的烟气，他还是能清楚地感觉到太后的恐惧。无论是一个时辰前面圣时还是此刻，她全身的每块肌肉、每个部位都在颤抖。有个杀人凶手，怀着未知动机，正虎视眈眈地藏在暗处，而且——最关键的——这厮狡猾至极。所以此刻她就像以往多次经历的那样，感到死亡正悄悄逼近，从意想不到的方向伸来那恶心可怖的手爪。

接近尾声时，纳谋鲁取终于看到了太后眼中的自己：一长串跪在此处轮流向太后密报的各色男女中的一名芝麻小官。而太后则用这些来源不同的密报凑成一幅图，其中不仅有既成的事实，还有众人对此事的反应。

汇报已毕，大殿陷入沉寂。但太后显然并未离去。闪动的烛光下，纳谋鲁取强忍膝盖的酸痛，脑门贴地，等候太后回应。她终于开口了。

"你所求何事？"

"回皇太后，奴才斗胆请太后拨派一组斥候供奴才调遣。"

"你要斥候何用？"

"奴才相信有人谋刺奴才。"

"刺你所为何来？"

"回皇太后，奴才相信办案已触动阴谋关窍。因奴才方才出宫已与刺客照面，故此行刺只在今日。"

"你如何识得刺客？"

"奴才凭旧日经验，从对方的进退趋避中可以辨认。"

"你要斥候何用？"

"奴才想以身为饵诱捕刺客，并问出何人指使及内中缘故。"

"你可知斥候从何而来？"

"回皇太后，斥候直属军机处。"

"军机处听令于哀家吗？"

"奴才不以为如此。"

"正是。你可知四处都有何等职责？"

"回太后，皇城护卫。"

"不错。"

一股寒意瞬间笼罩了纳谋鲁取——调拨人手给你等于削弱我的防卫。这是太后的警告。

窸窣声中珠帘晃动，那只瘦长的、指甲精致的手，优雅地穿过珠帘将一卷圣谕置于书案上。圣谕已经用了印。

珠帘再响，太后已经走了。

纳谋鲁取依旧保持着跪伏的姿势。他的身体僵在地板上，思绪却发散开来，追寻着各种可能。太后对他起了疑心。疑心他什么？试图削弱她的防卫？疑心他与人共谋，用蚕食之计削弱她的防卫力量？

纳谋鲁取伸手捧起了那道圣谕。

　　禁城要案侦办纳谋鲁取奏请拨派二等斥候公干。
　　照准！
　　　　　　　　　　　　　　　　圣母皇太后印

不过倘若太后真的起了疑心，她必定不会形于言色，而是装作茫然无知。是这样吗？还是她欲擒故纵，故意让他露出马脚？

反间斥候长官何许人也？

库布明，金国机要处执事，负责反间及保密工作。

一个权倾朝野的贵族子弟。

机灵，虽然结巴，但似乎于他并无大碍，期期艾艾却一路顺风，过上了与自己身份相当的体面日子。他身上有些纳谋鲁取欣赏之处。什么呢？纳谋鲁取回忆着两人一同深夜公干的经历。周到，这便是他的长处。他的周到绝非体贴可以形容，而是心思缜密，滴水不漏。他对南人不错，不像纳谋鲁取的同族，面对南人时大多会带偏见。

于是，就在此时此地，纳谋鲁取终于又回到了旧日生涯。

身边的一切，其至连自己心中的念头，都暗藏杀机。这种销筋蚀骨的高压生存状态与他深埋的记忆毫无二致，是他的宿敌。

纳谋鲁取骨节吱嘎作响，他慢慢爬起身来，轻轻走出大殿。一阵眩晕袭来，他就要撑不住了。

拱顶暗廊中回荡着急促的脚步声，纳谋鲁取与库布明正走在出宫的路上。库布明终于开了口：

"现下如……如何了？"

"问我还是问案子？"

"案……案子。"

"还不曾找到入手之处。"

"为啥？"

"好似筹划无方，刺探有些消息却全然无用。"

"你得了啥……啥消息？"

"这便是问题。以我所知看来，这凶案看似无法完成。"

"这般说来，是凶案，不是……"

"不错。确是凶案。或许意图构陷。"

"构……构陷作甚？"

"还不清楚。"

"有啥方……方向？"

"我等追溯死者当日行踪，却撞了南墙，全然不合情理。她多半曾私通外人，不过尚未有孕。宫闱局处处掣肘。"

"如何掣……掣肘？"

"同朝为官，大家各司其职，原也怪不得他们。但依我看来他们是有些过了。"

"我给大人出……出个主意？"

"好。"

"大人就故……故意引沈古……沈古格鲁妨碍办……办案。他是后宫大……大总管，必定上……上钩。然后就让内……内卫司办他。"

"哈哈哈。"

"还是索罗，是……是吧？"

"不错。"

"大人见了别……别的主子没？"

"大约要明日了。且看今日索罗怎么说。"

"凶器？"

"有把刀子，故意栽赃的。"

"外人还是家贼？"

"家贼。"

"目的？"

"不干政事。"

"怎见得？"

"不像。构陷确是无疑。这位主子是个人物，机巧多、善钻营，想是牵涉了什么勾当才丢了命。"

"啥……啥勾当？"

"还不知道。"

到此纳谋鲁取与库布明的默契交易便已达成。库布明识趣，话说到一半，他便明白已经过了线——后面纳谋鲁取再告诉他的都会有个代价。

"我在后宫里缺个眼线。"纳谋鲁取道。

"做……做啥用？"

"打听其中的人事关节。"

"这可不……不容易找。"

"那是。"

"我找……找找看，可是估计白……白费气力。"

这句话的意思是：我有眼线，明天安排会面，但此事再也不要提起。

库布明在城门前停下脚步。城门打开，纳谋鲁取独自步入凛冽的严寒中……身边跟着一支隐形部队。

十二

禁城厚重巨大的城门在纳谋鲁取身后合上,一股气浪冲向他的后背。纳谋鲁取望着面前的广场,唯一的随从站在身后。日上三竿,广场上的人已多了起来,禁城送货的小门也都打开了。巡逻的士兵仍在不紧不慢地绕着圈子。

纳谋鲁取在心里将广场仔细分析了一番。倘若自己便是刺客,看见一个瘦弱的官员清晨走出禁城城门,会在何处下手呢?

左手边是访民。密密匝匝一大群,手里都攥着号牌,等待叫号去面圣告御状。皇帝一天只见五人,因此这些访民大多已在此等候旬月有余。禁城门前俨然已经形成了一个小村,每天向前挪动几尺。

做官的见了访民避之唯恐不及,刺客自然不会在此埋伏。

广场另一侧是宫里征来做工的民夫,肮脏邋遢。此刻禁城开了门,增设的弹压兵力便撤了下去。时不时有几辆满载民夫的马车驶来,城下候差的民夫大军便又"臃肿"了几分。此处同样是做官的不愿涉足的地方,何况民夫来来往往,藏不住。

广场对面,大街旁的那个小巷就是纳谋鲁取回家的路,也是他发现刺客之处。

纳谋鲁取估计库布明的人已散布在广场上各就各位。对方可能是个最多不过三人的刺杀小队。人再多的话，不唯臃肿，且价钱也高。纳谋鲁取倘若不走平日这条路，对方便会嗅出异常，各自散去。而现在对方多半已在这条路上选好了伏击地点，只等他露面。

纳谋鲁取略微定了定神，腹腔被恐惧攥成一团。又回来了，与记忆中的那种感觉别无二致。他五脏扭曲，仿佛被人将手插进肚子，从胸腔到腹腔肆意搅动，忽而紧扼他的肠胃，忽而拉扯他的心肺，直至将他的内脏打成硬邦邦的死结。

有人要杀他，这种事已很久不曾出现了。

他迈步走上广场。脚步回音完全吞没在城市清晨的喧嚣声中，随从半死不活地碎步跟在后面。

不消片刻他便进了小巷。这是一条胡乱拼凑而成的肮脏陋巷，地面污水纵横，上面覆着一层薄冰。小巷狭窄，伸展双臂竟能碰到两边建筑。鱼贩往来匆匆，脸上带着两团寒风烙出的红印，与买鱼的采买争得面红耳赤。瓦匠们挤挤挨挨，从小巷中间硬挤过去。要穿过巷子，只有贴着墙边一步步向前挪动。

又走了约莫一百五十步，他穿过了小巷。

出了小巷有两条路可走。平日里一半时间他都走炊饼店那条路。晚上出了宫，轿夫们便抬他走过那段撒满面粉，即使三伏天也好似冰封雪盖的路面。那是炊饼店伙计为次日早市赶制炊饼的时候，街面上弥漫着祥和安逸的气息，令人心安。纳谋鲁取喜欢那种云蒸霞蔚的感觉，尤其是严冬中——仿佛这小店为了他将整条街都熨热了。

第二条路是皇家鹿苑，皇城中专为皇亲国戚修建的一片园林。纳谋鲁取作为内宫官员有权借道通行——这还是他暗中打点争取到的,且为此颇为得意,尤其是向人炫耀时。

但这条路需要绕远儿,且几乎一路无人。

即便刺客能混进去,他们也绝不会喜欢在这样的环境中下手——何况对方进不去。

纳谋鲁取向左转朝着炊饼店走去。他看见前面的街道雾气腾腾,再向前几步,整个世界就会融入迷雾之中。

此刻他才真正深入险境。他和那些隐形护卫都明白刺客不会在刚才那个窄巷动手。一则离皇宫太近,且对方也不会在同一处设伏两次——倘若刺客够谨慎。

然而这被迷雾笼罩的街道却为对方提供了第一个下手良机。街道够宽,因为每日早间都会有车子进出运送炊饼——路不宽车子无法通行。另外,此处不仅挤满了驮着粮袋的农民,也是金人和南人行商的必由之路,更何况还有那团迷雾来掩蔽众人的行藏。

小队一共三人,两人打掩护——要么打架,要么呕吐,无所谓,只要能引人观望片刻即可,刀手早已伏在左近,此刻便趁机近身,一般多是用刀,从手臂下第三、第四条肋骨间刺入。利刃长而薄,够薄方可穿过肋骨间那半指宽的罅隙,够长才能直达心脏并刺穿厚实的心肌。一击得手后,刺客便会再次消失在人群中。这一刀足以致命——他的心跳会迅速变慢,只消几次搏动,骤降的血压就会令他眼前一黑,人事不省。

纳谋鲁取继续前行,身边摩肩接踵的多是南人农民,搅得白雾翻滚,纷乱的脚步带起地上的面粉,落在纳谋鲁取早已染白的靴面上。纳谋鲁取努力放缓脚步,一面偷眼寻摸库布明的手下。他们应是预先已埋伏就位。早在纳谋鲁取进入窄巷时，他们便应料定他的后路，并提前潜入就位。正与炊饼贩子议价的金人小吏应当是其中之一，不过看来像观风的耳目，并非拿人的爪牙。坐在沟边抽麻烟那两个南人农汉倒像爪牙。库布明喜欢用南人做这路活计，因为金人大多对他们视而不见。

炊饼店这条街大约一百五十步，他现在走了七十五步，一半路程。

倘若对方真要在此动手，多半会在后半程。那边雾气最盛，人流也最稠。最后五十步。前面二十几个伙计正将滚烫的炊饼倒出笼屉，旁边是等待装载的驴车。每辆驴车上两个人，一个赶驴，一个装货。纳谋鲁取隐约看见前面有五辆驴车，然而隔着白雾却也不作准。这样前面便至少还有十个人，大半是南人。再算上炊饼贩子，便又是二十人。而且这些人还在流动。因此这段街道总有八十来人拥挤着穿行于驴车间的狭窄空隙中。这是完美的伏击点：刀手可以自然接近，行踪也有天然掩蔽，拥堵的街道也方便快速脱身。

纳谋鲁取肚子抽动起来。老毛病，他要出恭。肚子叽里咕噜，不停向他念叨，劝他赶快蹲下把恐惧拉个干净。尽管他近年来偶尔也会紧张，那感觉却苍白麻木。眼下却不同，那感觉就如他旧日经历一般，严重得多。他穿过迷离白雾朝驴车走去，试图找出库布明的手下。但他明白，库布明同样会审时度势，将得力干将安插于此，让人无迹可寻。

现在驴车不过二十步开外，透过白雾，驴子那傻呆呆的眼睛和软塌塌的双耳都已清晰可辨。两个车夫都坐在车头，等着出发。后面三辆车子却还空着。他们藏身何处？纳谋鲁取在雾中搜寻着。看到一个,就靠在炊饼店墙上嚼槟榔。另外两个呢?他找不见。

纳谋鲁取目光扫过炊饼贩子。他们都聚在驴车旁边,模样看来也还正常。若是斥候扮的必会四处张望,而他们却都老老实实的。

还剩十步。

剩下那两个车夫呢?纳谋鲁取找到一个,正蹲在车轮边修理断裂的辐条。另外那个呢?

他选定了路线。前面左手边,两辆驴车间有个空当。还剩五步。周围一切如常,然而不到动手时刻刺客不会有任何异动。

修辐条的汉子站起身来。纳谋鲁取紧盯着他的手,看刀子藏在何处。他手中有刀吗?没看见。最后两步。

纳谋鲁取感觉要拉裤子了,尿液已开始顺着他截短的尿道流出来。身为太监本就有此烦恼,而恐惧此刻又落井下石。

他硬撑着走过两步,此刻他终于站在两车间的空当处。

修辐条的汉子开始转身。纳谋鲁取浑身绷紧,预备着在库布明手下动手时倒地自保。然而那汉子却轻轻一纵跳上驴车。随着小贩拉长的叫卖声,两个南人伙计将一袋炊饼扔上驴车。

再有三步,便是那狭窄车阵的尽头。

一个送货伙计从店里迈出一步,朝纳谋鲁取左侧挤来。修辐条的汉子没动。

这时纳谋鲁取方才看见。

第四个车夫。

他就藏在纳谋鲁取身边这辆车子下面,躺在肮脏的面粉中,所有人的视线外——除了纳谋鲁取。

车夫拉着车辕借力，猛地一跃而起。

他两手空空，没有家伙。刀呢？

他径直从纳谋鲁取身前走过，绕过他的驴子。

纳谋鲁取向前迈了一步，通过了两车间的空当，又一步离开空当。再走，便出了驴车阵，车阵已在身后。

对方没动。库布明的人也没动。

地上的面粉向前延伸了约二十步。纳谋鲁取身后的足印精准地记录了他的路线。他的随从也挤出人群，身后拖着自己的足印。

险死还生之后，纳谋鲁取照例感到手指、足趾一阵刺痛。他想知道为何会这样。他认为这原因很要紧，并且认定这是人所独有的一项特质，只可惜他无法推理求证。

纳谋鲁取头也不回，大步走出雾气。

什么缘故？对方为何不动手？刺客另在别处？识破了库布明的伏兵？见纳谋鲁取逃回禁城便知难而退了？还是他起先便看错了，根本不曾有刺客？纳谋鲁取将诸多可能在心中颠来倒去。太后是否会认为他在故弄玄虚欺骗她？她又会如何措置？

不，刺客确实存在。只是对方希望全身而退，格外谨慎而已。明知刺客在前还泰然自若地走过那段云雾缭绕的拥挤街道，官员中有这份胆量者寥寥无几。因此倘若让纳谋鲁取来谋划这场刺杀，他此刻理应相信目标并不知情，自然也无暗哨护送。

走出雾气那一刻总是非常突兀。虽不值大惊小怪，亦足令人称奇。炊饼街出口连着一条宽敞的通衢大道，大道两侧栽满了高大乔木。大路是南北向的，故而总有劲风掠地吹过。从炊饼街里出来的行人后脚还被温暖的蒸汽环绕，前脚便已迈进刺骨寒风。不唯如此,大道上的刺目阳光和黑石地面也都与小街景致迥然相异,这总令纳谋鲁取感觉从美丽冬日一步跨入了肃杀寒冬。

好在至少对方不会在此下手。与平日相比,此刻大路上更显萧条——人们都知道这是骑兵部署的要道。昨日已有数队铁甲军呼啸而过,没人想拿肉身挡马蹄。倘若被当成刺探军情的奸细捉了,更是背运,还不如被马蹄踏碎死得干净。纳谋鲁取快步横穿大路。过了对面的拱门便是一片烟花柳巷,也是他回到小宅前行经的最后一个城区。

木质的拱门是个界标,将皇宫直辖的城区和府尹治下的区域一分为二。

纳谋鲁取步入拱门,心里还在思考着如何行事。街边的建筑多是三层的楼房,不过却并非建成如此,而是在和平岁月中随着蒸蒸日上的生意逐渐"生长"而成的。原有的平房加盖了两层,甚至像树枝般向前伸出,俯瞰着阴暗肮脏的街道。

这里行人密集,在纳谋鲁取认真研读过的规划图上,这种区域照例是用红色标记的。街道在前面分成三个岔道。正对的岔道最宽,是金人的地盘。右侧的胡同归回纥管,而那条弯曲狭窄的小街则通向南人区。

纳谋鲁取已给了刺客一次机会,对方却并未上钩,多半是疑心他身边会有暗哨。刺客识破斥候暗哨并非全无可能,不过一支皇家斥候队伍倘若全面部署,其兵力足以在这条路线上覆盖上百暗哨。即便路程再长三倍,也可保证他身周暗哨的面孔不至重复。

纳谋鲁取首先放弃了金人区。这里过于冷清——没有像样的货色。金人妇女必经历了颇多磨难方才沦落到操持贱业为生这一步，故此最兴盛时金人娼妓也不过百人，且一无所长，极尽潦倒，鲜有人光顾。况且这里规矩还大。金人作为统治民族，连烟花区也被官府加以管制，还专派了治安里正。女人们禁足，只能待于室内，龟奴也只能在门口招徕生意，于是肮脏的街道上便更是门可罗雀。刺客显然不会在此动手。虽则安全，却不是放饵钓鱼之处。

回纥区则人气很旺。婚前行房的严格禁忌令勾栏瓦舍成为未婚男子旺盛气血的唯一出口，此地自然人流如织，且女妓男娼应有尽有。然而同样管制严格，府尹虽未指派里正，却令回纥纠察自治。

于是南人区便成了放饵的最佳所在。

纳谋鲁取对战争和饥馑有个特别发现：每当民众面有菜色，饥民遍布街衢之时，勾栏青楼中便挤满了漂亮女人。太平年景下她们本不至沦落此地，或嫁作人妇，或典为填房，最不济也能到富贵人家去做侍女。然而荒年战时，一旦衣食难以为继，她们便一步错，步步错，在千百个决定后最终沦落到出卖皮肉。故此，太平年景中青楼女子大多丑陋——但有几分姿色的都能另谋生计。

南人同理，油水厚的官家差事轮不到他们。女人要维持温饱就更难，稍不留意便过了线，从此沦落风尘。

同样的价钱，一边是个丑陋的金人婆娘，另一边却是曲意逢迎的漂亮南人姑娘，甚至是两三个。南人区的繁荣便顺理成章了。

不唯如此，此处还是府尹操心最少的一处地界。龟奴们在大街上大打出手，女子们在人群中公然拉客，更有捐客手举女孩的画像在人丛里钻来钻去寻找主顾。

故而此处不仅是寻欢的乐园，更是钓鱼的深潭。

纳谋鲁取贴向左侧踱进了南人区的络绎人流，棉袍下摆在寒风中猎猎抖动。头顶立刻笼罩在中式建筑的飞檐下。两侧满眼是朱漆柱子、云纹椽子与饕餮瓦当，南人盘踞的地方处处装饰着复杂精致的纹样。

说是街道，其实是个狭长弯曲的胡同。千篇一律的楼房隔街对峙，静静地经历着风化、腐朽。两侧屋檐向前伸展，几乎合拢在一起。街道地面也并不宽阔，最多不过三庹。

穿行其间的便是川流不息的人群，如污浊的溪流般凝成一股，沿街流淌。平日早间倒也未必如此拥挤，但因殿试吸引了举国的读书人，这里也格外忙碌起来。纳谋鲁取踏入人流，立刻被裹挟而去。

南人鲜有身材高过纳谋鲁取的，比他高的金人也不多。因此虽然裹在人流中，他的目光还是能够越过人群辨认路线，只见人流不断，一直延伸到前面胡同左转的地方，视线才被建筑挡住。

两侧店面都门户大开。姑娘们或挤进人丛拉客，或坐在灯火通明的明堂内搔首弄姿。楼上的姑娘则开了窗子凭栏而望。

白雾蒸腾的炊饼街区闭目塞听，将一切声音都钝化成了混沌的节拍和飘忽的嘶鸣，因此乍到此处的人们难免精神一振——声嘶力竭的龟奴、莺声燕语的女子，数百不甘被嘈杂盖住声音的人争相提高嗓门，形成一场声音的群体角力。充满火药味的语声一声高过一声，都竭力想要压过对方。

纳谋鲁取喜欢这种场面，这也是他每晚由此回家的原因。

他喜欢这里的喧嚣，喜欢在一天的深宫幽闭后从这里慢慢穿过，让自己沉浸在这喧嚣之中。

这显然是绝佳的伏击点，不仅人丛密集，寻欢客与青楼女的互动更为刺杀做了天然的掩蔽。

这也正是皮肉生意的关窍所在。

此处的男女互动颇有章法，目的无非是把客人引进自家小楼。一座小楼里有二十来个寻常女人，同时也会养三个姿色出众的姑娘——比如来宫里做事，却不幸被淘汰掉的南方正经人家的闺女。这类姑娘每家都会养三个，一个在街上拉客，一个坐在明堂，再一个坐在楼上窗口。

客人到了门前，先看到的是探花——一般是个丰满、温柔却久经人事的女人。客人动了心，便向明堂里望去。明堂里坐着四五个姑娘，却只有一两个脸朝外，而这家的榜眼必居其一——明显比探花漂亮，身材也苗条，全不像个风尘女子。其余几个便只能看到大腿、胳膊，指手画脚地说笑着，不进门看不到头脸。

这时客人往往会抬头张望。而窗口展露红颜的，便是这家的状元花魁。

年轻自不必说，好像直到昨天她还一直住在她爹的田庄里，替她娘做女红，照看襁褓里的弟弟。此刻她却像失群孤雁，弱小无依地凭栏独坐，只要花上几个钱，随时可以跑到楼上去侵犯、玷污她。

这种情形对于刺杀行动尤为重要，因为人流动向便是依这情形而行。紧张、害臊而又兴奋的寻欢客们乌合成群，随人流移动；探花如同河边的水草，从人流中截下客人；而状元、榜眼则大放异彩，吸引人潮涌向自家店面。

稠密的人流虽然移动不息，却随时都在形成局部的停滞。人人自危的乌合之众中间，声东击西的战术尤为奏效。因此刺客所需的那一瞬间，一定不会有人注意。

纳谋鲁取扫视着人群。刺客必定藏身其间，必定不会放过如此良机。这已是他到家前最后的机会，也是对方最为有望得手的时机。然而刺客究竟藏身何处？到底哪个才是？

纳谋鲁取望向左边。寻欢客们擦身而过，却无人正眼瞧他——他明摆着是个太监。他们三五成群，挤作一团，紧张地干笑着。身后是一小撮南人盐商，再过去是几个金人后生，看穿戴多半是礼部要员的衙内。盐商们一副标准的南人模样，点头哈腰、满脸堆笑，正垂手恭让几位衙内先行。

右边是六条军汉，看手臂粗细，纳谋鲁取料定他们是弩手。

没见过世面的乡下后生终于进了城，都迫不及待地准备找个漂亮姑娘乐和乐和。

前面那一小堆人有些蹊跷。一个南人、一个金人，看来应是宫里的肉品采办——大半年漂泊在外，四处访察猪场——差事虽苦，却也令他们成了勾栏瓦舍的老手。蹊跷是因为这二人凑到了一处。做这行都是跑单帮——一个采办带着自己的奴仆，再从当地抽调两个衙役组成一路。只有宫里筹划大礼时才会宣他们回来布置采买任务，因此鲜见两个采办聚在一处。这便是尴尬之处，鲜见，但并非绝无可能。即便纳谋鲁取不在乎是否冤枉这二人，他却必须担心惊动真正的刺客。

他察觉到库布明的手下正在两个采办四周就位——却也仅限于注意到两人四周人群中的轻微波动，仍旧无法将斥候从路人中分辨出来。这些高手几乎无从辨认，他一直用心观察，方才注意到一小股人似乎黏附在两个采办左近，像落在皮裘上的雪花一样轻柔。

采办吵起来了，还算不得激烈，但纳谋鲁取知道对方要动手了。他估计两人片刻间就会大打出手，那便是刀手出击的时刻。库布明的人显然也有所察觉。一小股小个子出现在纳谋鲁取身后——看来是宫里的戏子，其中几人穿红戴蓝，扮得比女人还要艳丽，显然是来找男娼的。其中一人纳谋鲁取认得，虽不熟稔却也共事过一回。此人是相扑高手，尤善空手夺刀，生擒活拿。他虽傻笑着与同伴嬉闹，却始终紧随在纳谋鲁取身后。

此时金人采办突然暴起，喝道："呔！吃我一拳！"话到手到，抡起拳头砸向同伴。南人采办也大叫起来，架住对方手臂厮缠在一处，两人同时倒地。

世界突然静了下来，只余下心跳的声音。纳谋鲁取全身紧绷，强迫自己注视滚在地上厮打的两人。他从前便有过这样的感觉——紧绷的皮肤下仿佛有地火在燃烧，他知道致命一击正在袭来。那一击几乎已经变成了真实的感觉，他也无法分辨想象与现实。他体内一切都在扭动挣扎，抓心挠肺地逼着他转过身去戒备，但他竭力按捺不动，将目光盯在前面互殴的两人身上。他知道自己转头戒备那一刻，刺客便会立刻明白他身边暗藏了伏兵，从而销声匿迹。

描眉画眼的斥候们手舞足蹈，尖声笑着追了上来，与纳谋鲁取保持并排前进。

来了。

两个人。发动时距纳谋鲁取不过两庹。

一个正在拉客的女人突然丢下同伴朝纳谋鲁取凑过来。不是花魁，只是个老而丑的腌臜婆娘，不出一年便会到桥下接客讨饭的那种老厌物——如果还活着。纳谋鲁取心念电闪——他知道斥候们也同样在算计，她是刺客？不太可能。真的娼妓做不来这营生，为这笔买卖提前安插个女人更划不来，她也不会是初来乍到——龟奴们不会容忍她在自家门口抢生意，然而此刻她又偏偏直奔纳谋鲁取而来。

与此同时，衙内中的一人甩开同伴也朝纳谋鲁取冲来。他是混进去的？此人一直走在最后，莫非是在用这群衙内当掩护，而他们根本没注意到一个陌生人混在其中？

瞬息之间，两人中便会有一人拔刀。

就是此刻。时间慢了下来。腌臜婆娘又向前冲了一步。纳谋鲁取能够看清她的鞋子，甚至连脚下四散飞溅的污水也看得清清楚楚。

同时他也看见那衙内的一只手正向后背摸去。

他还看见身边的斥候，那妖里妖气的相扑高手，正稳如泰山地凝视前方，不到图穷匕见那一刻他绝不会出手。

婆娘的一只脚踏出水洼，绣鞋上挂满细小的水珠；另一只脚落地，现在她距纳谋鲁取只有一庹了。

衙内也逼得更近了，背后的手臂正在抽出。

纳谋鲁取已无法呼吸，肺里的空气仿佛正在冻结，与这个慢下来的世界一道凝为晶体。

来了，就在一次心跳之间。他看到相扑手蓄势待发，另有两条汉子和一个青楼女子也转过身来准备策应。就在此时，衙内背后的手终于伸了出来。

疾行的婆娘被黏滞在纳谋鲁取的冻结世界中，几近静止，一颗水珠正闪着晶莹的光芒从她鞋面滴落。一抹笑容在她的脸上绽放，慢得难以察觉。

世界突然解冻，一切又恢复了正常速度。衙内朝婆娘挥动着手中的荷包，婆娘则揽住衙内的手臂。此刻纳谋鲁取前脚落地，与这对男女擦身而过。他又看错了。刺客并未出现。

斥候们渐渐又落在他身后。他们亦步亦趋，一步又一步地随着人流往前涌动。方才仿佛暗藏杀机的衙内与婆娘已经被纳谋鲁取甩在身后，又融入熙来攘往的人群，消失无踪，似乎从来就没有存在过。

前行不到百步，这段烟花柳巷便被纳谋鲁取甩在身后。前面小巷中，他的小宅已然在望。他举足迈步，警惕逐渐变作了诧异，不经意间已置身于局促的小巷中。

那一刻如电光石火，当他意识到刺杀来临，一切已成定局。

十三

对方确是行家。当时纳谋鲁取正沿小巷慢慢踱着,距家门只余十数步。一道年久失修的院门前,地上丢着一坨肉贩遗落的下水。他正要跨过那摊内脏时,迎面一个大汉突然绊了个趔趄,而另一个瘦小汉子同时从身边挤来,两人恰好将纳谋鲁取的去路完全封死。就在这一瞬间,正如纳谋鲁取所料,寒光闪动,利刃出鞘。纳谋鲁取踉跄后退。

一切只在电光石火间。刺客出手如电,刀锋上挑,撩刺纳谋鲁取肋下,但斥候却后发先至,刚好及时截击。刀手倒地,两个做幌子的也同时被放翻。斥候们手脚麻利地反剪了他们的手臂,口中也勒上预防服毒的藤枝。从始至终,不过三次心跳的工夫。

纳谋鲁取望着他们,每次遇刺他总试图去同情这些杀手。毕竟他也曾做过刺客,见其所见,想其所想,理解他们走到这步田地的万千理由。

他们蜷坐在结着冰碴儿的冻土地上。两个矮小结实的是南人,脸上毫无表情。第三个是金人,膀大腰圆却有些驼背,正是前面那个假装绊倒,吸引他注意的幌子。

上午的耀目阳光直射冰冻的窄巷。事情刚刚发生,四近围观者尚少。北边有几个破衣烂衫的短工远远地张望,不顾被寒风刺痛的眼睛,龇着马一样的牙齿,缩着脖颈儿傻笑。脑袋仿佛正随着谣言传播的涟漪上下晃动。

而三个刺客已不再是威胁,此刻竟有些被冷落了。库布明手下的首要事务已经变成了善后:人众管控、禁区设置、绳缆长短,以及与何人议定人犯押运路径。

所以这三人此刻极其孤独。

纳谋鲁取设法与对方共情,因为他知道他们的下场——严刑拷问自不必说,真正恐怖的是后面的惩罚。谋刺朝廷命官的刑罚极其严峻,不是杀头,而是断肢。先割去舌头、刺穿耳膜、灼瞎双眼、斩去四肢,再由宫里的医官精心调治至伤愈。然后他们就会被送往城外的某处义庙寄养,在一片寂静与虚无中,与自己的心灵为伴,孤独地了此残生。

如此下场,颇有可堪恻隐之处。

然而纳谋鲁取却从来不曾产生一丝恻隐之心。尽管他已竭力压制,心中却唯有仇恨。他站在坚实的冻土上,口鼻随着粗重的呼吸喷出一股股细小的冰晶。他们是来取自己性命的,一旦得手便会扬长而去,拿了酬金逍遥快活。而他纳谋鲁取湮灭之后,世间万物却依旧运转如常。恶念挥之不去,如一把毒火在他心头燃烧。

纳谋鲁取绕过库布明的手下,竭力克制着自己,开始殴打第一个汉子。他攥拳拉个满弓,雨点般地朝汉子脸上捶击。汉子转瞬便被打翻,口鼻中喷出鲜血。随后纳谋鲁取又依样揍翻第二个汉子,最后是那个大个子金人。

他们硬接了下来,明白这与后面的磨难相比根本不值一提。库布明带着骨干人马,远远地站在暗沟边上观望。

纳谋鲁取站起身来,用袍子衬里擦净手上的血污,然后朝巷口的库布明走去。库布明的人随即将三人拽起来,用黑布蒙了头。与此同时,穿着软甲的皇宫佩刀卫士开始清空巷子。

纳谋鲁取将库布明拉进一条支巷。污水沿着巷子中央蜿蜒流过,留下薄薄的残冰。

"我要去歇息。"纳谋鲁取道。

"现下?"

"再不睡便迷糊了。"

"大人请便,难得忙……忙里偷闲。"

纳谋鲁取呆立着,盘算着如何回答。他意识到自己眼前有三件要紧事。

首先他要回宫去拷问这几个刺客,然后悄悄告诉柯德阁太后已经知道他误判的事情。

然后是睡觉。他有自知之明,知道自己的极限,也知道自己现已触碰到这个极限。他并非无法保持清醒,而是无法保持思维状态。他担心会判断失误——此时失误的代价多半就是性命。

最后就是库布明。他不傻,知道这三人的价值。掌握这三人等于手里多件兵刃。然而库布明知道,以自己的段位还使不动这件兵刃。搬弄这件威力巨大的兵刃对他而言如同小儿玩火。因此他现在急于脱身——或者说他正在观望,看应该跳到战壕的哪一边。

"我有一言,不知当讲不当讲?"纳谋鲁取问道。

"下官洗……洗耳恭听。"

"人带回去后交太后处置。"

"请……请教大人，是否有些不大合……合乎常例？"

"不错。但太后必然想要先于旁人盘问。"

"大人说得不错。可韩统领想必也想先……先盘问。还有索……索罗大人。"

"这话不假。"

"下官愚……愚昧，两位大人都得……得罪不起，这如何处置？"

问到根儿上了。

"先打发你那些后生回去，再请太后派近卫来押送人犯。路上你就与近卫交割清楚，如此，人犯进宫前便与你无干了。"

"大人高……高明。可……可二位大人迟早也会知道。"

"不错。"纳谋鲁取沉默半晌，定定地望着一线污水从薄冰下流淌而过，"天下事无两全。左右是个包袱，或背或抱都在你身上。"

"哈哈，言……言之有理。大……大人可否写个呈……呈报，侦办统领请近……近卫押送？"

"可以。"

"有大人呈报，此事便顺……顺理成章了。"

"你可带有呈报文纸？"

"还……还真有。"

库布明朝手下招了招手。手下会意，在背囊中摸索一番，取出一张印着红框的黄纸送来。库布明递给纳谋鲁取。

"我来请近卫，你却要去请太后司簿用印。"

129

"大人何不一发写……写入呈报？"

纳谋鲁取踢开脚下的一颗石子。话已至此，表面的客套已经剥光剔尽，剩下的只有赤裸裸的实话。

"这却不可，此事由我独力承担太过凶险。你我二人须同心协力才是。"

纳谋鲁取望着库布明掂量权衡。他看看人犯，再看看围观的群氓，盘算着自己还有什么棋可走。

库布明掂量的是三个事实：第一，站在太后一边必是安全的；第二，纳谋鲁取一旦签署这份呈报，他就留下了正式文书记录，必定脱不开干系；第三，他一旦依纳谋鲁取所言去请司簿用印，将来就只能与纳谋鲁取站在战壕同侧，别无选择。

纳谋鲁取盯着库布明，看他能否接受这个条件。半晌，库布明才抬起头来，看着纳谋鲁取点了点头。纳谋鲁取在呈报上签了名字，递给库布明。

库布明朝手下走去。

纳谋鲁取进了小宅。

他迈进通向小花园的院门，卫兵在外面反锁了院门。纳谋鲁取向后靠去，闭上了眼睛。虽已疲惫不堪，他还是积习难改地靠在院墙上，而不是靠在门上。

他已经油尽灯枯。即使已困倦到极限，却还硬撑着，他感到体内空空如也，心中只剩下两件事，像两个硬邦邦的铁球磕来碰去。一件便是这次刺杀。被人买凶谋刺，于他并非首次，将来怕也还有，但他永远无法习以为常。每次危机化解后，解脱感都会爆发出来，如他记忆深处的高潮，野火般席卷全身，最终烧成那个硬邦邦的小球，在他空虚的躯壳内滚来滚去。第二件便是逃避给他带来的解脱。在宫里他是件展品，一言一行无不被人观察研究，反之他对旁人也是如此。多年来他一直努力消除成见，改进审人度事的方法，以求自然随心地由动机、立场出发，掌控宫中事务，而不是缩进一副严格自律的铠甲中。这铠甲沉重，拘束，还总是箍在胸口，令他呼吸艰难，却无法卸下。

只有在回到小宅，将卫兵锁在院墙之外时，他才能暂时卸下铠甲，将柔软的内里解放出来，让身心放松下来。

纳谋鲁取踢掉软靴，卧室内精致木地板的冰冷刺痛了他的足底。他一步迈到寝榻旁，抻开丝绸被钻了进去。他在被子下面脱掉棉袍，将棉袍从被子下面推到地板上，随即便用冰凉的被子蒙住头，藏身在被褥间的黑暗罅隙中。

如同凶案引发的连锁反应从前厅中发散出一般，他的意识也涟漪般从这狭小的卧榻上辐射开来。尽管深埋在厚被下，他也能够感觉到卧室的四壁和高窗。穿过墙壁和高窗便是迷宫般的小花园，丛生的灌木仿佛是专为墙外那些心怀叵测的窥伺者摆下迷魂阵。思绪飘过花园，越过这座小宅的四围高墙。他听到城市中人们喁喁私语，看到群氓蠢蠢欲动，禁城内人心惶惶，皇宫里风声鹤唳。这一层层的现实渐渐在纳谋鲁取的头脑中归于黑暗。城市沉入死寂，禁城遁入虚无，高墙合拢，花园消散，整个世界坍缩成丝绸被下的小小洞穴，随着他的心跳慢慢放缓。

醒了。看看日影角度，纳谋鲁取估计自己睡了两个时辰，还没出辰时。虽未睡到舒服，却足以令头脑清醒起来。身上裹着被子，他向光柱中呼出一口气。水汽凝结成雾。他从地上拾起棉袍在被子里穿上,又摸了一包槟榔。

转眼间他又走在通向禁城的路上,寒意凛冽如刀,令他的头脑更为清醒。

禁城正门令人一见难忘。这本就是其建造用意之一:大门高耸,压迫着对面的广场,厚如马背的朱漆门板以两倍于纳谋鲁取身高的尺寸,无声地向往来的南人宣示大金威权。纳谋鲁取来到城下卫兵岗亭处,跺着冻得发疼的双脚打量眼前情势——他方才在远处所看到的果然没错。

门前加了双岗。守卫都面有惧色,泥塑木雕般钉在岗位上。他们甚至拦下了纳谋鲁取的轿子要求查验腰牌。纳谋鲁取将腰牌递给当值长官,然后转向身边的士兵。那士兵如冰雕般矗立着,两眼死盯广场。

"出了什么事情?"纳谋鲁取问道。

冰雕眨了下眼睛,却并不吭声。纳谋鲁取静候半晌,冰雕全无声息,只是打了个寒战。纳谋鲁取转向长官,对方正翻来覆去地检查那块腰牌。纳谋鲁取问道:"为何加了双岗?"

长官连头都没抬:"回大人,并无双岗。"

纳谋鲁取默默推敲着措辞,希望能从这个受了惊吓的士兵口中问出答案:"巩固城防所为何故?"

"回大人,禁城城防一向固若金汤。"

长官眼睛闪动着,浑身紧绷,将腰牌递还给纳谋鲁取:"大人请。"

士兵打开城门上的小门。纳谋鲁取瞥着满脸惧色的士兵迟疑片刻,迈步进门。禁城一片死寂,出事了。情况有变。他沿着石板长廊向前望去,只见几个太监正匆匆朝城门赶来。待几人走近，纳谋鲁取看清了他们的表情——恐慌，事端不小。纳谋鲁取左转，沿宽阔的飞光廊来到慈庆庭。这是个宽敞院子，地处禁城西翼，过去是柯德阁的勘察处。大院空无一人，院子对面却似乎有些动静。纳谋鲁取远远望去，只见六名侍卫正拖着一人走过。那人身穿白袍，是宫闱局书办太监的装束。纳谋鲁取脚下没停，双眼却一直盯着侍卫们将那太监沿墙根一路拖过大院，消失在转弯处。

纳谋鲁取继续走向院子对面，心中琢磨着。这种情景本不稀奇，宫里常有人时运不济或一时糊涂做了错事。或者说，纳谋鲁取默默地修正着自己的想法，人总会犯错，犯错总会被抓住。因此某人为过错承担后果根本不足为奇，尤其又是在宫闱局那种钩心斗角的地方当差的人。然而为了抓一个太监竟派了六名侍卫？何况以纳谋鲁取看来，这太监多半还只是个半大后生。

出了院子，纳谋鲁取踏上通往勘察处的走廊。他估计刁菊还在，只是多半已经被大卸八块了。

房门紧闭，还上了锁。纳谋鲁取敲了敲门，没人应。再敲，便听到一阵窸窸窣窣从房间中传来。

"柯德阁勘察？"

仍无人应，窸窣的动静却停了下来。

"柯德阁勘察，侦办统领纳谋鲁取有事相商。"

仍然没动静。

"我是纳谋鲁取。"

"柯德阁大人不在。"一个声音战战兢兢地答道。

"去往何处了？"

"小人不知。"

"你怎会不知？"这句话将对方问得愣了一下。

"大人不曾示下。"

"你是何人？"纳谋鲁取问道。

"小人贱名不足挂齿。"战战兢兢的声音隔着门答道。

"既如此，你在此有何公干？"

"小人只在验尸房做些杂役。"

"既是杂役，为何如此慌张？"

"大人有所不知，现下诸事都要提前。"

"提前？如何提前？"

"就是那本簿记的事情。"

"什么？"

"簿记。"

"什么簿记？"

"圣上发现的那本簿记。"

"圣上发现了什么簿记？"

"大人恕罪。没有簿记，即便有，里面也都是假的。"

"究竟是何簿记？早间究竟发生了何事？"

一阵窸窣后，门后一片沉寂。

"无须惊慌，我是侦办统领，来与柯德阁大人议事而已。"

死寂。

纳谋鲁取突然感觉自己很蠢，竟然站在门外，与一个年轻的后生说理。他等了片刻，用力在门上捶了两拳，里面却只有寂静。

134

纳谋鲁取轻叩秘书监文馆大门。门并不高，却非常宽。纳谋鲁取总感觉文馆大门正当如此，与其禁城文书藏馆的地位相得益彰。但此刻独自站在空荡荡的大厅中不得其门而入，令他有些手足无措。远处传来金铁之声，纳谋鲁取听出那并非刀剑砍剁铠甲，却无法判断究竟是什么。

又等了片刻，他再次叩门。

"门外何人？"是老寇那被麻烟熏哑的嗓音。

"我，纳谋鲁取。"

巨大的房门闪开一线，纳谋鲁取连忙侧身闪入。

老寇就站在门后，嘴里还叼着烟斗。老寇在日光下总是恹恹的一副病容，肤如败尸，眼似红玉。他让过纳谋鲁取，用瘦骨嶙峋的手将门闩好，这才回过身来。

"你这厮好宽心！一向哪里去了？"

十四

纳谋鲁取终于弄清了那本簿记的来历,原来是在那个前厅的柜子下发现的。纳谋鲁取听到此处便已感到诧异,因为那个房间案发后已被无数人挖地三尺,反复搜检数次,且众多搜检者无不尽心竭力,希冀有所斩获。然而这本簿记竟如此轻易地出现了,说是藏在角落中。

不过真正令纳谋鲁取诧异的还是簿记寻获后的事情。诧异之处并非在于这件事竟会发生,而是人们竟如此愚蠢,明知大劫当前,却仍然掉以轻心。

簿记是在现场勘验后,内务司杂役清扫时发现的。内务司的一名杂役捡到后不幸想到,这个本子或许是件遗漏证物。杂役们不曾经历此类事情,对于该将证物上交何处全无头绪,便将其带回他们在南翼的公房。此后内务司提点拿了主意——现在看来完全是引火烧身。他想这本簿记既是一份文件,自然该当上交中书省。

而且他们真就交了上去。

经事后调查,泄密事件的来龙去脉总算搞清楚了:因刁菊遇刺,随后的警讯、案件侦办和临近的殿试都凑在一处,文件流令中书省的当值秘书疲于应付，熬了个通宵。破晓时洪峰已过，只余涓涓细流，于是秘书大人决定趁机小憩片刻。簿记送到时他才睡了不到一个时辰。

值班太监决定不去惊扰秘书大人。不过即便秘书当时真被喊醒，他也未必会做出不同处置。

值班太监的第二个决定大体确定了此事的后续发展方向。以其职责而论，他这决定本不算失误，甚至不算失当——他命人去制作抄本并分发各有司部门。这个差事不轻，不过下面的书记还是勉强完成了。

于是，这本簿记，即遇害婕妤刁菊的整整五十二页笔记在随后几个时辰内被抄送到各有司部门，包括皇城司、内卫司、记注院、宫闱局、禁城察事厅，以及延嗣处等一应处室，甚至连内务司也有一份——簿记原本就是内务司发现的，文书小吏却误将他们列入了抄送部门。

各类文书送达各部门后，依规例先由当值秘书通读。倘若当值秘书不糊涂，便会立即加盖"急件速览"的印章呈报部门长官。

当值秘书大多不糊涂。到了这步，他们大多都明白大祸临头，并纷纷启动亡羊补牢的程序：记录簿记抄本转入流程、列明阅览者及抄本送达本部后的全部经手人。随后派信使求见御史大人，呈上一系列文件作为佐证，面陈本部如何防微杜渐，及时封禁扼杀这一恶意诽谤的逆文。

簿记很长，写满了工整的蝇头小楷。不过关键的章节不长，只有五六页而已。

圣上得知此事之后一时竟然没有作声，半晌才下令调查事情原委，随即便回了寝宫。此后一个时辰中圣谕连绵不绝地从寝宫发出：逮捕某统领、查办某部门，随后又发了一道警讯。一道道逐渐累加的谕令下，禁城再度无可避免地陷入混乱。

"你定有抄本。"纳谋鲁取道。

老寇坐在板凳上，龇着一口黄牙只是傻笑。

"原件。"

"当真？"

"宫里这许多部司，其实送到我这里才最是名正言顺。"

"因此？"

"现下还算平安。我已见过太后。"

两人沉默半晌。纳谋鲁取研究着老寇的种种需求，盘算着拿什么作为借阅的交换条件。老寇心知肚明，抽着麻烟静候纳谋鲁取猜度。

老寇不会愿意置身于宫内这张错综复杂、盘根错节的巨网，何况现下无数人正在网中疯狂挣扎，想要摆脱那些黏丝的羁绊。老寇并非无力应付无序和邪恶，浑水摸鱼其实是他的拿手好戏。不过毕竟没人喜欢混乱——其本质是无法掌控的，所以即便对于老寇也意味着极大的危险。

"我要拿来一阅，原件。"纳谋鲁取道。

"你当然要。"

"安排需要多久？"

"约莫一个时辰。文牍不少。"

中书省特派了两名专员到文馆，从头至尾见证纳谋鲁取的借阅手续。第一步，纳谋鲁取必须书面呈报申请借阅，详细阐明他期望获取的信息及需要阅读的篇章。呈报及其附件随即被呈送至秘书监文馆长官老寇——二人虽同处一室，也须在专员的严密见证下交接。随后文馆长官须对呈报做出书面批复。在专员惶恐而严肃的目光下，老寇做了准许借阅的批复，并注明借阅日期和时间——呈报后半个时辰。阅览地点是专为纳谋鲁取腾出的一间密室。阅览全程由专员监督，老寇负责执本翻页，纳谋鲁取则专心阅览。

约半个时辰后，纳谋鲁取在狭小的阅览室中正襟危坐，被左右侍立的两名专员夹在中间，衣袂相接，眼前弥漫着二人呼出的白气，终于开始阅览那本簿记。

老寇以他多年侍弄古籍善本练就的轻巧手法，缓慢而小心地翻着书页。烟斗则被放在远离簿记的架子上，无声地阴燃着。

纳谋鲁取足足花了一个时辰才将簿记读完，而此时老寇明显已犯了烟瘾。因此当纳谋鲁取终于坐直身体开始沉思时，老寇便轻轻溜下板凳，晃着一身老骨头来到放着烟斗的架子边。烟斗已经熄了，老寇又用纸煤儿从炭盆里取火将烟斗点燃，忙不迭地长吸一口向后靠去，让烟雾流入四肢百骸，安抚体内那头蠢蠢欲动的瘾兽。

纳谋鲁取半晌没作声，消化着刚从簿记中汲取的信息。

簿记内容大致可择要分成三类：刁菊与圣上关系的起始、中间和遇害前。

记录始于刁菊入宫后开始接近皇帝的日子，但此类接触不过是为合乎教法制定的仪式典礼而已。而第一笔关键记录乃是刁菊首次侍寝，亦即初次与圣上在非正式场合共处。纳谋鲁取注意到，此记录的日期几乎恰在两年之前。

或许是我不对，故录以备忘。今日蒙圣上首次临幸，太监们算了三天，昨夜方才将结果知会于我。因是首度侍寝，颇花费了一番工夫为我打理准备，用去四个时辰还多。太监说不只为了承系龙种，亦为容颜齐整。我心中却一直忐忑，盖此事不惟关乎龙种，更关乎我于后宫中之地位尊卑。嫔妃们都在冷眼看主上如何待我，她们便如何待我。每临大事我必慌慌不安，没奈何也只好由他。虽然心慌也只得勉力收住心神，记得应做之事。万事齐备后，便有一队太监带我到万岁寝宫静候圣驾。首度侍寝又要行官礼，却好在并不啰唆，来了五个太监，烧了些裱纸便告罢休。圣上来了，命我入帐宽衣，他随后也宽了衣。然而却不知何故，圣上一直委顿不举。这等事情我一向不曾见过，一时无计，终未成事。我本该想些法子，当时却失了计较。圣上以往云雨欢爱都是水到渠成，因此急切间无计可施。圣上自家试了一回，却仍是委顿，宛如僵蚕般全不济事，只得作罢。我知道良机一失便不再来，却别无他法，只能凑到他耳边好言抚慰，说此番不谐尚可再试。圣上却披了袍子自家走了出去。然后太监们就冲进来，将我摆成结胎式，又烧了裱纸。这结胎式可真是全无来由，太监们怎会不知圣上不举？他们本来心知肚明，只是装聋作哑。烧过纸，他们便将我送了回来。

此后连续数篇大同小异。然而第二年开始，刁菊的语气变了——

我须得想个法子。今日已是第九次侍寝，圣上却仍不能行人事，照例又迁怒责打于我。此事我从未告知后宫旁人，只在归宁时问过表姐。淑妃肃改和御女刘素华常与我联诗作耍，二人每月均侍寝两次。我见她二人亦有瘀伤，可见情形并无不同。我却不去问她们，怕她们向提点报告。与她们商议于事无益，至多不过求证而已，她们亦无甚内情告我。我暗自忖度，见今借孕晋身已不可图，旁人也是如此。盖圣上不能行人事，自元妃至采女均无从受孕。或许圣上另有所好，男风？牝兽？娈童？尚需暗中留心。见今我与众人同立危墙之下，须得想个法子远离是非才是。阿里格被黜多半与此有关，众人心照不宣，我自不去打听。问东问西难免令人起疑，闭目塞听又难自保，愁煞人也。

此后又过了五个月，便是刁菊的最后一篇笔记，写在她死去的前一晚——

我咎由自取，现今大祸临头。四日前是我侍寝排期，太监照例将我送去寝宫烧了褪纸。一切如故。只是当他责打我时，我却不合笑了出来。他登时住了手，瞪我一眼转身便走了。过了一个时辰太监准时来接。圣上必是以为我笑他不举，其实所笑何事我自家也说

141

不清。大约便是笑这情形滑稽,而我深陷其中一年又半仍无计可施。圣上责打是因他不举,我此番笑了他,他必设法害我。他若存心害我,我在此间纵有朋友,亦无人能够指望。

后面又有一处补遗,看似是同一日记下的——

排期本应是旁人,太监却宣我侍寝。我若逃,必然被捉。若去,必为他所害。

纳谋鲁取知道,如今禁城内至少有三百人知道这些内容,其中至少百人亲自读过簿记全文。这些人中有些已将内容传了出去,虽是压低了声音,也说了切莫告诉旁人,最终却还是将这丑闻告知了亲友,甚至是宫外之人。就在纳谋鲁取静坐密室之中时,这本簿记的内容和刁菊诋毁圣上的言语,早已如扯断了缰绳的野马,在禁城中四处狂奔。

因此现下的问题是,这本簿记的出现及其不胫而走的内容会置皇帝于何种境地?令他意欲何为?皇帝即位才不过四年,登基前无人与他竞争——觊觎皇位者自然总会有,不过觊觎者太过羸弱,几无一争之力。皇帝年轻、没有信心,且无主见,虽身登大宝却御民乏术,亦不知自己在万民眼中是何形象。他只得凭自己对君王朦胧而破碎的一孔之见,勉力摆出一副君王的样子。

然而这本簿记却撼动了皇帝勉力维持的形象。它将皇帝描绘成一个畏畏缩缩、不能行人事的小孩子,而不是杀伐果决、威风凛凛的伟男子。为了证明这本簿记所言不实,不知又有多少人头要落地。

而关键在于这本簿记确是假货。显然，除伪造外，这本簿记不会有旁的来路。宫中嫔妃谁也不会记这样一本东西。即便她们能瞒过房间的定期搜检，被旁的嫔妃看见也非同小可，不是立刻告发，便是暗暗记下以备不时之需。

这个道理刁菊自然明白。她早已证明了自己绝非傻瓜。

然而当纳谋鲁取阅览簿记时，他不禁惊诧于簿记的口吻与自己对刁菊的印象是何等地契合。当然，簿记中也大幅记录了她的孤独与愤懑，然而在这些柔弱血肉中却埋藏着一副坚硬的骨架：她对问题的思考和她困兽般的试探、摸索与挣扎。

入宫审查的剖析，纳谋鲁取对刁菊回宫路线的追溯，以及他多年来与这类人斗智的经验，无不反复将他推向同一个结论——这本簿记虽看似出自刁菊之手，却绝非如此。因此，作者无论是谁，都必然对刁菊了如指掌，且交往良久。

纳谋鲁取转向仍然静坐在自己身后的老寇道："现下宫中安防情形如何？"

"鄂尔多斯部正凭谕令四处捉拿经手这本簿记的长官。"

"那些人想必现下已在刑房里哭喊着招供同党了。"

老寇点头。

"估计要杀多少？"

"怕有百来号，今夜要杀的怕是最多的。"

"多是南人？"

"自然。旁族也有。"

"名单你有？"

老寇溜下板凳，从另一堆文件中抽出了一卷逮捕谕令递给纳谋鲁取,然后又爬回板凳上。纳谋鲁取展开谕令浏览——

经查,下列人等大逆不道,捏造妖言广为散布,辱及天子,着令禁卫军立即抓捕正法。

纳谋鲁取并未找到自己的名字,甚至整个察事厅都无人上榜。其中有何深意?纳谋鲁取作为钦命的凶案侦办,理应有个抄本,即便拿到原件也不为过。然而他却并未收到。纳谋鲁取目光掠过名单,这些人他大多认识。他心中盘算,倘若无人庇护,他大约能撑过两天,随后便会被人攀咬为同谋——大刑难熬。仅有的两次受刑经历中,纳谋鲁取都声嘶力竭地招认了一切当时所能想到的,只是为了让拷问者停下来。

而现在,如此一件重要证物竟然莫名遗漏,作为钦点侦办的纳谋鲁取显然会令那些遭受酷刑的人轻易想到并招供出来。

最多一天。

仁政殿依旧阴森。太后依旧隐在珠帘后,地上仍是五体投地的纳谋鲁取。

"奴才斗胆求皇太后庇护。"纳谋鲁取道。

"为何庇护?"

"回皇太后,奴才担心被人攀诬。"

"旁人为何要攀诬你?"

"因为攀诬奴才容易取信于人。"

"怎知你不是确有过失?"

"奴才过失甚多。但这本簿记却必是被人刻意栽赃。"

"何以见得？"

"这本簿记与那凶器如出一辙。有人欲图构陷圣上。"

"为何？"

这才是问题的关键。为何？为何构陷一位帝王？构陷一个凌驾于一切责罚之上的人？这正是纳谋鲁取自从得出这个结论以来一直在推敲的问题。

"奴才以为此人意欲……"纳谋鲁取迟疑了一下，因为他知道自己正踩在薄脆的冰面上，"丑化圣上。"

"蚍蜉撼树而已，圣上岂可丑化。"

"太后明鉴，以万岁之英明神武，自然无可毁谤。因此奴才下面所言并非事实，只是说明……"纳谋鲁取再次迟疑，力求措辞准确，"旁人或会生出的误解。"

"你可放心讲来，哀家恕你无罪。"

"奴才以为，倘若仅凭现有物证，即这本簿记、尸体位置及凶器来源，旁人或会如此演绎此案经过——婕妤刁菊渴望承欢而不可得，且因万岁不能行人事，众嫔妃均无以受孕，晋身无望，便郁郁难平，将此事记了下来；此后圣上临时宣她侍寝，她便带了簿记前去。因圣上不能，云雨未谐，行将告退时却因言行不敬而触怒龙颜，圣上乃用寝宫中短剑刺伤她。刁菊奔至前厅倒地身亡，簿记则滑落至柜子下。圣上自觉体统尽失，便将凶器藏在此地无人可及之处。"

话既出口，便只剩下提心吊胆的等待。即便纳谋鲁取用朱笔将这段话逐字圈起再标注上"谬误"也无济于事——推断出这个想法已是诛心之罪了。

"以你看来，何以会有人意欲丑化圣上？"

"奴才尚不知道。"

太后沉默半晌。纳谋鲁取听到了她的呼吸声。

"你想要哀家如何措置？"

"奴才斗胆请皇太后恩赐一道御印文件，敕令一切针对案件侦办之质询转呈太后秘书处，并请太后降旨终止一切针对奴才之稽查。"

又是一阵漫长的沉寂。纳谋鲁取脑门贴着冰冷的地板一动不动，他感到身畔的巨柱升起，上面盘旋的巨龙仿佛正悬停在上方，虎视眈眈地盯着自己。

"规例上多有不便。"太后道。

纳谋鲁取凝神倾听。

"若依规例行事，即使以哀家之尊，干预此事亦恐鞭长莫及。"

"奴才省得。"

"相关司局皆不在哀家辖下。"太后解释道。

"太后说的是。"

"因此不便调遣。"

纳谋鲁取只得听着。

"不过非常之时，忠君之臣往往事急从权，设法排难除险为万岁解忧。"太后指点道。

"奴才明白。奴才谢太后指示。"

珠帘响处，太后已经离去。纳谋鲁取抬起头，用嘎吱作响的膝盖将身体从地上撑起来。他迈开瘦长的双腿，拖着被烛光撕碎的身影，走出殿外。

纳谋鲁取用手指轻轻扫过书桌上漆匣抽屉的缝隙，积尘并未被人触动。他弯曲嘎吱作响的膝盖，蹲下身将双眼贴近桌面望去。这是他多年前学会的一招——倘若有人动过漆匣，又用细筛撒布灰尘来遮掩痕迹，反射的光线会显示出异常。自然积尘是缓慢地垂直下落，而刻意撒布的灰尘——除非是积年的高手操刀——通常是斜向飘落的。倘若变换视角，这种异常通常便能分辨出来。

然而并无异常，或者说，至少刺探者是个高手。

纳谋鲁取继续在小书房里检查着入侵的痕迹，同时思考着。眼下的尴尬之处在于，他真的不知道下步棋该怎样走了。随着此前的工作，他已建立起一个能够自圆其说的结构，至少可以解释那些牵连其中的人物动机。然而这个结构上的不少细节尚需核实印证，细节太多，以至于无从下手。

他首先想到了那几个刺客，但几乎立即断定拷问他们不会有所收获，无非供出其雇主，而雇主又多半是个掮客。然而这里又有个时间问题——他们现在被扣押在太后手里，而太后捏着这几个人并非全无压力，且无法永远扣押下去，旁人迟早会插手进来，而那时他就会完全失去控制力。

纳谋鲁取趴在地板上，检查自己设下的暗记是否有移动的痕迹。他看得很仔细，却并未发现丝毫异常。他必须去跟库布明的眼线碰面以了解后宫的运行机制，因为他所拼凑起来的一切人物行为正发生于这一机制中，甚至说这一机制诱发了这些行为亦不为过。这是最有价值的信息，然而却与他眼下的危险处境并无关联。

他蹬在椅子上检查窗台。后响的太阳透过窗上糊的防风厚纸，将一束锐利的光线射入房间。他盯着窗棂上剥落的漆片——

这种痕迹极其有用,因为倘若有人撬窗入室,漆片势必会如雪片般剥落,即使高手也无法避免。

仍然没有异常。

太后谨慎地给他划下一条小道:交出察事厅的控制权换取庇护。撰写这样一份奏本不是件轻松差事,要确保措辞和程序上绝对无可挑剔,至少需要花费一整天时间——任何瑕疵都会带来严厉责罚。太后提出了条件,他除了照办别无选择。是否照办并非问题,如何办、何时办才是问题,且还不能拖得太久——他估计自己至多有一天时间,然后太后便会撤回庇护。

纳谋鲁取又检查了半响,最终确认了他的预判——书房暂时还未被人搜检。不过此事迟早会发生,便在这一两天内。倒不是他会在此存放任何要紧物事——毕竟只是间斗室而已,就藏在商税司中一条废弃的小径上。这是禁城中远离禁卫的冷清角落,到最近的禁卫岗亭也要七扭八拐地穿过许多院落。不过当纳谋鲁取需要处理那些如潮水般涨落的侦办公文时,这个地方倒还清静方便。

不过这间书房还有一个更重要的功能,即它是一张探知对手的蛛网。算计他的人往往会先由此下手——由此处入手看来颇为安全。对方必定会空手而归,纳谋鲁取却可以得知黑手已从暗中摸来,知道对方已经狗急跳墙,困兽般急于扳倒自己以逃出生天。

将一切物事仔细归位后,纳谋鲁取已经拿定了主意。他气喘吁吁地坐定,大声唤来一个信使。他摊开一张笺纸,润开笔头。该如何措辞呢?从书证角度考虑,直接碰面显然更为安全。但如今正值残酷清洗,无端地在宫内招摇非明智之举,他会被盯梢的人汇报上去——情势如此，侦办统领纳谋鲁取竟密会某处主事。相比之下，虽然时局非常，宫内各类书简往来依然密集，如同房间中嘈嘈切切的私语，根本无人注意。

于是，纳谋鲁取略加思索，提笔写道：

人证请调函

致中都探捕斥候统领库布明：

　　因婕好习菊命案侦办一事，第四部下属禁城察事厅需勘察证据与询问人证，请即告时间、地点为宜。

　　禁城察事厅统领纳谋鲁取印

纳谋鲁取将便笺递给信使，信使接过后一溜烟跑了。

纳谋鲁取看了看日光入射角度，起码要等一个半时辰才能收到回复。

约见眼线有些关窍。鬼鬼祟祟固然不可，旁人一见便知是密会，进而探究，最终可能被人刨根问底，挖出一切关节，不仅痛苦，往往还会要命。大模大样也不可取，库布明显然在内宫里买通了某人。此类勾当固然危险，众人却也都心知肚明——彼此都有眼线安插。然而后宫之为后宫，又与等闲部门不同，在后宫内刺探更为凶险，对库布明、纳谋鲁取和那眼线都是如此，无论他是何人——或者多半是她。

纳谋鲁取将一颗槟榔丢到嘴里。随着一轮新鲜而猛烈的眩晕快感袭来，他脑中一直捉摸不定的一个念头突然清晰起来。过去的两个时辰里，他感到自己发生了一些变化——奇怪却令他镇定的变化。初次感到这种变化是他在禁城门口得知簿记原委时。那时，这种感觉已开始向全身蔓延。而此刻坐在位于风暴中心的小书房中，他终于理解了这种变化——他已不再是孤军奋战。昨日他还轻如草芥，是伸出手指便可被抹除的一粒灰尘，而现在那手指却攥成了拳头，正如雷霆一般，随意而疯狂地捶击。所有人都身处险境。他已不再是几百人目光的焦点，那些恐惧而恶毒的眼睛已不再盯在他身上，而是转向了彼此。因此现在正是他一展所长的良机：融入背景，顺着对方的恐惧，踩着发现的真相，一步步攀向问题的最终答案。

此刻，就在他的小书房外，皇帝的亲兵正在抓捕第一批官员。这些官员多半是不够机灵或倒霉的，收到簿记抄本后要么未及时应对，要么应对失策——置之不理或是不曾及时呈报圣上。

皇帝的巨手已经长驱直入，直插盘根错节的官场核心。牵连较少的第二批官员现在已能感到那只巨手从头顶拂过，第二轮抓捕就在眼前。

此起彼伏的呼喊声传入书房，遥远却满是惊恐。库布明即便能够回复，至少也要在一个半时辰之后。纳谋鲁取决定静观其变，于是便靠在椅背上静静等了下去。

十五

秘书呈给纳谋鲁取一张纸条。纳谋鲁取打开纸条,只见斥候处一向沿用的薄而脆的青纸上是库布明漫不经心的潦草行书,像是打翻砚台洒上的墨迹。

探捕斥候处权定于即日申正我处探马课就婕妤习菊命案侦办一事询问人证。

纳谋鲁取将纸条原样折叠,考虑是否要烧掉。此次密会的显然是那位后宫眼线——他明确要求的,因此非常凶险。不过反过来说,这纸条亦属往来公文,留着至少合乎规例。

他将纸条塞进了腰间的便囊中。

反间,亦即根除禁城内奸这份差事,需要一种吹毛求疵的细致。纳谋鲁取欣赏这份细致。反间之难,并不在于其辛苦或枯燥,而在于其劳神累心。

这份差事对那些惯于依赖常识和事实的人来说毫无趣味,能在粪堆般的秘密中甘之如饴且收获颇丰的反而是那些执着而精细的发掘者,只有他们才会跟随疑点一路前进,最终穷其究竟。他们筛选出无数令人头晕目眩的细节，并把所得时刻记在心里。唯其如此，才能在诸多看似无关的"马迹"间，连上由假设构成的"蛛丝"，最终勾勒出模糊而丑恶的真相。

现实中，这些发掘者看似能力低下，他们疑神疑鬼，往往钻进牛角尖中不可自拔。但在反间这个行当中，他们正是凭这份专注方能钻透地表，深入到他们如鱼得水的地下世界。

成为反间高手，不在于严谨缜密，而在于穷追不舍，宁枉勿纵，为除一内奸不惜枉杀千人。

每次走过探马课阴暗肮脏的走廊，纳谋鲁取都会感叹此间人员的形象真是契合了其工作本质——阴暗、狭小、局促的房间，烛光如豆，面色苍白的文员埋首在堆积如山的卷宗中，活像正在打洞的鼹鼠。

库布明的书房却是唯一例外。他主管的是探捕行动——他的家人不会让他羁绊在枯燥的文牍中。鼹鼠们在泥土里孜孜不倦地挖掘，他则将挖出来的东西收集起来。他的书房温暖和煦，阳光透过窗纸洒满房间。窗台下的红漆桌子上码了一排酒罐。书桌一尘不染，花瓶里还插了束黄红相间的小花——多半是他自己插的。

库布明坐在那里并未起身，却用笑容迎接纳谋鲁取。

"来喝……喝两杯。"

纳谋鲁取在库布明的椅子上落了座。这把椅子并非宫里配发。精致的木艺上镶嵌了牙饰——家传物件。

"好。"纳谋鲁取道。

库布明给纳谋鲁取斟上高粱酒。

"干……干杯。"

"干杯。"

两人举杯略略一碰。库布明笑了起来。

"两……两个时辰。"

"足矣。"

"你都要问……问啥？"

"后宫规例、排期之类。"

"咱这是……是常例询问，我会记……记成机密证人问……问讯。因此记——记录上有一笔，只是隐……隐去证人名字。"

"她如何来到此处？"纳谋鲁取问道。

"有……有办法避人耳……耳目。她走也一样。咱开……开始？"

"好。只是我一人而已。"

"我偷……偷听你也不……不知道。在我的讯问室里。"

"这个无妨。但你不可露面，以免她隐瞒实情。"

"好办。"

"你要偷听多久？"

纳谋鲁取随库布明走向讯问室，暗中计算着自己暴露了多少行迹。禁城之内，一切事务与反间都脱不开干系——此次讯问完全可以说成例行公事。这也多半是库布明如此安排的用意。不过纳谋鲁取此行自然还要依规例记录在案，讯问事由同样也会写入记录。

纳谋鲁取签了名字，随库布明进入房间。房间中光线昏暗却不阴森，毕竟只是常例讯问。看到坐在房间里的眼线，纳谋鲁取立刻明白了库布明的谨慎——这个眼线竟是一位嫔妃。

二人进门时她正眯眼望着窗子，细看便能注意到她眼角隐隐约约却日渐明显的细纹。纳谋鲁取一向观察入微，自然也在她唇角看到了同样的细纹。如此，她年纪便在三十出头，而头饰流苏的颜色显示她并无子嗣，因此被放逐出后宫的日子就在眼前。

她静静坐着，对二人视若不见。她个子不高，肤色有些发暗，出身应是西部戈壁部落。她体态瘦削，大约是个回纥人。

库布明悄无声息地退出房间。纳谋鲁取坐在对面，等了片刻让她定神，然后便开始讯问。

"你为何来至此处？"纳谋鲁取问道。

"笔录上便有。"

"我不问你为何做眼线，而是问你为何来赴此约。"

"这一问却傻得紧。"

"何以见得？"

"我便胡乱想个理由，你又如何分辨真假？"

"此话不假。"

"既如此，为何多此一问？"

"我看你如何作答，便知你为人如何。"

"只怕未必。"

"总是聊胜于无。"

女人听了这话，嘴角微微向上挑了一下，一丝笑意稍纵即逝。

"你便知我为人，又有何分别？"她问道。

"你之所言，全在于你此行来意。"

"你要知道什么？"

"先请告知来意。"

嫔妃看着纳谋鲁取，目光中有种世故的刻薄。这倒未必说明她便是坏人，只是为人仔细，见惯了复杂局面而已。

"银子。"

"多少？"

"足够多。"

"你要银子何用？"

嫔妃指了指自己身上的衣服："美人，正四品，出身二等猛安部族。"

"为这银子你都要做些什么？"

嫔妃再度投来那种刻薄的目光，随后整了整绣袍："你究竟有何事要问？"

"何人与你交割？"

"银钱？"

"当然。"

"你真个以为我会相告？"

"你若相告，自有助益。"

"助益何人？"

"本人。"

"如何助益？"

"我若是知道银钱从何而来，或许便能猜出他为何要你赴约。"

"你以为他为何要我赴约？"

"此人或欲为我追凶铺路，或欲为我挖坑。"纳谋鲁取道。

"你以为是铺路还是挖坑？"

"倒想请你指点。"

女人没接这话。纳谋鲁取盘算着下面的问题。

"你常与她讲话吗？"纳谋鲁取问道。

"谁？"

"刁菊。"

女人冷笑一声："我不过是四品美人，三品婕妤才不屑屈尊俯就。人家自有一方院子，品阶不相当的人家是不理睬的。可是婕妤最恨的也是婕妤。平日里在厅堂倒也见面，我等都要垂手肃立。"女人露出笑容，"她们走过，就好似香风吹过。"

"排期如何安排？"纳谋鲁取问道。

155

"那是宫闱局都术师之责。"

"提点大太监?"

"正是。"

"病恹恹喝药那人?"

"对。"

"排期究竟如何计算?都有哪些计较?"

"嫔妃的生辰八字、时令季候、圣上的八字、宫内的五行流运、延嗣记录、机变巧智、出身部族,还有些旁的计较,比如特召。"

"何为特召?"

"圣上偶尔会偏宠一人。"

"特召在排期中权重几何?"

"不好一概而论,只能就事论事。"

"就何事而论?"

"就圣上偏宠程度而论。"

"这般说来,圣上特召也未必能够如愿?"

"要看圣上如何特召,也看圣上与太后手段。"

"圣上如何?"

"圣上怎样?"

"圣上常有特召之举?"

"算不得常有。"

"却也曾有过?"

"当然。"

"应召者何人?"

"各不相同。"

"近日可有?"

"近三月可算得近日?"

"当然。"

"徐仙岚、阿尔古·海金、图鲁鲁·胡古路这三个,都是排期外特召的。"

"一共几次?"

"每人一次。"

"为何特召这三人?"

"人家模样稀罕。阿尔古来自西北大漠,图鲁鲁是西部高地部族的。她们既非金人,也非南人。"

"你可曾被圣上特召过?"

"不曾。"

"为何?"

"这便要去问圣上了。"

"这排期究竟如何运算?八字时令这类计较,如何算在一处?"

"这是不传之秘。"

"不传之秘?你是不知,还是知而不传?"

"既不知,自无从传起。"

"何人知道?"

"术师。"

"他又从何而知?"

"这秘法是皇家至宝,他做术师时便传与他。"

"嫔妃生养状况可有人监察?"

"当然。"

"如何监察?"

"查验体温,观密探察。"

"观密?"

"探察下身。"

"这些监察结果术师是否知道？"

"当然。"

"这些计较也要算入排期？"

"推算出吉数的嫔妃，排期便会安排在她们适合生养之时。"

"五妃先于九嫔？"

"对。"

"一品先于二品，以此类推？"

"对。"

"金人先于南人、契丹？"

嫔妃不作声，只是直视纳谋鲁取。

"这般说来，南人婕妤即便合适生养也未必能够侍寝？"纳谋鲁取问道。

"对。"

"美人自然也是如此？"

嫔妃又瞪了纳谋鲁取半晌，才答道："不错。"

"刁菊错过几次生养时间？"

"不知道。"

"根本不知道，还是说不准？"

"说不准。"

"那便大致来说。"

"刁菊排期多不在她生养时间。"

"这是何故？"

"不知道。"

"她可曾设法？"

"她近四月排期曾经变换。"

"如何变换？"

"侍寝排期换在生养时间之内。"

"为何?"

"为何什么?"

"好,暂且不提为何。她如何变换排期?"

"不知道。"

"倘若你来猜,你以为她用了什么办法?"

"她或者设法讨了圣上欢心。"

"倘若她不曾讨得圣上欢心呢?"

"那便是讨了术师欢心。"

"术师好恶也作得数?"

"不然怎样?"

"这般说来,这位婕妤自入宫以来多不在生养时间内侍寝,而四个月前,排期突然变换,四个生养期均得以侍寝?"

"一点不错。"

"被替换者何人?"

"无人。"

"她侍寝这四日,难道不会排挤掉旁人?"

"两人提前一日,一人归宁,还有一人后延一日。"

"这四人作何反应?"

"无甚反应。"

"为何?"

"一日之差并无大碍。"

"一日或无大碍,两日便未必,此后便是三五日、七八日。此例一开,后患无穷。"

"却也有此一说。"

"如此,这些受了排挤的嫔妃想必心怀不满。"

"对。"

"她们如何应对?"

"她们有何对策?"

"正是。"

"她们自然不满,这事众人皆知。因此每有人被挤出生养期,都会让她暂居冷宫,免得争吵惹气。"

"这四人被置于冷宫了?"

"不曾。"

"为何?"

"她们并未被挤出生养期。"

"但也总是被排挤了。"

"不错。"

"因此她们必然不满。"

嫔妃静静地坐在那里,看了看自己的手,又抬起头眯眼望向窗子。

"你大约不明白这些人如何算计。虽然气恼,她们却也害怕。即便受了排挤,尚可在生养期内侍寝,这才是头等大事。一世为人,往后祸福贵贱全在于此。纵然想要报复——当然想,也只得留待他日。"

"都有何人?"

"被排挤的?"

"对。"

"都有案可查,不必问我。"

"你告诉我省事些。"

"许多事情都可省事些。"

"归宁那贤妃呢？"

"婕妤。"

"那婕妤呢？"

"她本就要归宁。"

"变换归宁日期有何理由？"

"没有理由。"

"旁人如何猜度？"

"我岂能代旁人说话？"

"你如何猜度？"

"我以为她只是老了。"

"你喜欢她吗？"

"归宁那婕妤？"

"不，刁菊。"

"不喜欢。"

"为何？"

"所有嫔妃我都不喜欢。"

"你却也并不格外憎恶她。"

这位四品美人想了片刻。

"这女人狡猾得紧。"

"不像旁的嫔妃？"

"她与旁人不同。"

"如何不同？"

"不好说话，不好相处。心机太多，满腹怨气。"

"这般说，旁人也不喜欢她？"

"对。"

"从无例外？"

"对。"

"近日可有变化？"

嫔妃又开始思考。纳谋鲁取仔细观察，断定她并非在回忆自己的见闻，而是在思考要告诉他什么。

"她近日有些不同。"

"如何不同？"

"比平日要和善些。"

"如何和善？"

"她大约是看了旁人如何待人，便学了旁人的态度。不过，她学得像，所以看来倒像真的。"

"与她相与的都有何人？"

"无人与她相与。"

"无人？"

"无人。"

"为何？"

"嫔妃并不相与。"

"我不信。"

"不信又何苦问我？"

"变换四月排期花费几何？"

"以何计算？"

"赤金。"

"四月间侍寝全部排期在生养期内？"

"正是。"

"赤金十二斤。"

"十二斤？"

"大约。"

纳谋鲁取惊呆了。一个百人的村子从生到死吃掉的所有粮食，换成赤金怕也不到十二斤。

"这价钱可曾变化？"

"当然。"

"因何而变？"

"圣上有否子嗣，月份是否利于延嗣，气运凶吉，圣上年庚，嫔妃资历，诸如此类。"

"可有嫔妃终生无法于生养期内侍寝？"

"也属平常。"

"平常却不正常？"

"亦有发生。"

"有过错或不得欢心的嫔妃？"

"对。"

"或即将归宁者？"

女人又望向自己的双手，然后再次抬头望向明亮的窗外。她望着窗外，静坐半晌。

"你想问的也都问过了，到此为止吧。"

"且慢，还有几个问题请教。"

"不必。"

纳谋鲁取等了半晌，终于点点头，站起身来。

"我是否要等你先走？"

"不必。"

"为何？"

"库布明安排我回去。"

"有劳了。"

女人没说话，只是点点头，似乎还在琢磨他的问题究竟所为何事，以及这件事情对自己的影响。

纳谋鲁取站在那里，目光瞥过女人。她依然坐在那里，一动不动地等待着。她处境艰难，韶华老去，却聪明机敏。她赴约显然是为了争取在生养期内侍寝的机会——这也正是刁菊死前所得到的机会，不会是旁的。而且多半是暗中贿赂，请排期之人在解读排期结果时故意曲解，令她此后数月得以在生养期侍寝。因此这女人与其他嫔妃一样，早已在相互倾轧间变得心如铁石。以她的聪明，不难从问题中意识到此次赴约已令她身处险境。纳谋鲁取估计她此刻正在回顾着问话的情形，并根据问题和她刻意隐瞒的情况，推敲着事态如何及自己的危险。

纳谋鲁取转身走出密室，寻思着库布明此刻的想法——他显然一字不漏地偷听了整个讯问过程。

刁菊的排期近期才被重新调整。她在宫内并不得宠，且同这位眼线一样并非金人。因此她必是暗中做了某种交易。对方是何人？倘若是术师，这交易显然关乎排期。若是外人，她得到的便是贿赂术师的金钱。然而她有何奇货可沽？况且是如此高额的一笔金钱！

纳谋鲁取悄悄地向外走去，像一片颤颤巍巍的阴影，扫过灯烛下埋首工作的文员。他出了房间，来到与探马课遥遥相对的院子里。寒风凛冽，吹得他眯起双眼。纳谋鲁取提起袍角，快步从石板路上走过。

十六

纳谋鲁取快步疾行。经过他这番反复揉弄,一团乱麻中终于露出一根细小的线头,却仍然若隐若现,难以理清。转眼间他已来到秘书监文馆。老寇仍旧坐在那里读着卷轴,浑似一尊黑乎乎的雕像。老寇循声回头,背对着烛光,面目一片昏暗。

"又来阅览?"老寇道。

"不错。"

"想是如此。"

"我要看宫闱局纪要。"纳谋鲁取道。

"这个等闲人却轻易不准看的。"

"对。"

"侦办还好?"

"一言难尽。"纳谋鲁取道。

"嗯?"

"东一笔,西一笔,画出来却不像个物件。"

"一向如此。宫闱局哪一宗纪要?"

"侍寝排期与特许通行纪要。"

"没有旁的?"

"估计没有。"

"外面有些闲言。"老寇道。

"最近传闻不少。"

"那是。"

"侦结尚无时日？"

"没有。不过眼下确有些眉目了。"

"哦？几时？"

"这却说不好。"

"文馆阅览的事情也写入呈报了？"

"只是常例，并未多言。"

老寇陷入沉思。纳谋鲁取明白，时间对老寇而言便是最大的危险——还有多久他和文馆就会成为攻击目标？而案子还要多久才能完结？倘若拖得太久，老寇早晚会被卷入其中。老寇拿起烟斗嗫了最后一口，然后在一个装了水的黑陶盆里小心地将烟渣磕净，彻底熄灭，再将烟斗放回满是木瘿的桌面。

"稍候。"

扔下这两个字，老寇拖着脚步步入昏暗的文馆深处。这人也像只鼹鼠，一刻不停地在黑暗中挖掘着秘密。不多时，黑暗中浮现出一摞浅色卷轴，随后才看清抱着卷轴的老寇。老寇将卷轴放在纳谋鲁取面前的书桌上。

"过去三年的排期纪要。变更另册记录，主本上亦有标注。常例及特许出入都在宫闱局安防呈报中。旁的还要什么？"

纳谋鲁取望着桌子上的一堆卷轴，全部展开怕要有二十庹长。后半晌有的忙了。

"先看这些吧。"

老寇点点头，再度融入黑暗。

文字晦涩而冗长，因为纪要本就是用于查阅而非阅读。纳谋鲁取先看排期——嫔妃们孜孜以求的那些决定她们命运的日期。仅从头至尾浏览一遍就花了他足足一个时辰，随后又花费一个时辰来核对补录的变更纪要。

两个时辰巨细无遗地阅览后，纳谋鲁取终于理出了大致头绪。

过去三年来一共有过九次排期变更，且这种变更仅始于七年前。变更者不是二品九嫔便是三品婕妤。从首位变更者到刁菊，变更模式三年来毫无二致：变更者自入宫起，排期便被完全置于生养期外，绝无受孕可能。数月之后排期却突然变化，完全契合其生养期。

每次排期变更还伴随着一个现象。由于纪要主本上只备注了附录的编号，所以这一联系极易被忽视。纳谋鲁取反复比对了一个时辰，才将两者拼合起来。每个嫔妃在排期变更后都会得到通行特许，允许其独自出入内外宫。这些出入的签字记录虽然存在，却被故意列入培训调令等别类记录，甚至极其狡猾地归入其他司局档案，以至于极难找到。

三年来，这些特许出入的签字时间都在侍寝后的五个时辰之内——唯一的例外是第一次，想必是在探路。

纳谋鲁取琢磨着这个谜题。首先，为确保皇室血统纯正，嫔妃侍寝前后的警戒无疑是最为严密的。因为倘若嫔妃在侍寝前后与他人交合受孕，几乎无法探查。

其次，排期变更是滞后的。纳谋鲁取以往曾听说过嫔妃买通守卫出宫与人私通之事。但在那些案例中，嫔妃的目的是偷出宫外，而行贿则是手段。私自出宫极其困难，且败露后会处以极刑，因此尝试者寥寥。然而在本案中私通似乎是排期变更的代价。这是纳谋鲁取能够想到的唯一解释。如此看来，这些嫔妃竟然——纳谋鲁取苦思半晌，想为他的呈报找个合适措辞——成了掮客手中的商品。

"麻烦。"索罗道。

"看来确实如此。"

"出了甚事？"

纳谋鲁取坐在索罗阴暗的书房里，将情况从头解释了一遍。

"谁做的？"索罗问道。

"不知道。"

"你猜想是谁做的？"

"我现下还全无头绪。"

"大麻烦。后面都是坏事。"

"正是。"

"等一下。"索罗突然转向门口的侍从，大喝一声，"你！叫书记来！"书记转眼就跑了过来，在书案上铺好卷轴，持笔待命。

"好。你要什么，纳谋鲁取？"

"我要宫闱局提点大太监沈古格鲁的监视记录。"

书记笔走如飞，记下两人对话。

"不给。这件事情他不可能有干系。"

"大人何以得知？"纳谋鲁取问道。

"沈古格鲁是好人，这件事情他不做。"

"大人所言极是。"

"他没有干系，要他记录作甚？"

"他是宫闱局提点。有人给嫔妃做掮客,自然是宫闱局的人。"

"不是他。"

"不错。"

"那为何还要记录?"

"下官侦办总要有个开始的地方。"

"与他无干也要?"

"正是。"

"与他无干。"

"这是自然。"

"还有谁可以变更排期?"索罗问道。

"三五人。"

"谁?"

"三个后宫术师、后宫防务、太后。或许再有几个。"

"看!去拷问术师便是了。"

"拷问之后如何?"

"之后?或许他便招了。"

"或许。不过大人可曾想过,排期变更有许多缘由,生病、季候,或者就是一时兴起。"

"问主子们。"

"大人以为主子们会如何作答?"

"她们,英明圣上之内命妇,不骗人,只说实情。"

"当然。"

"好了好了,纳谋鲁取,我告诉你一个事情。"

"请大人赐教。"

"这是我看过,是我学到的东西。"

"下官洗耳恭听。"

"能让你清楚为何不是沈古格鲁。"

"为何?"

"他们,这些人,都被钓过鱼。"

"钓过鱼?"

"爬上来,官越来越大。圣上不放心,就钓鱼。二十年,钓鱼很多次,他不上钩。"

"那便怎样?"

"对我圣上也钓鱼。"

"你也遭遇钓鱼?"

"我也不上钩。圣上考试。"

"因此?"

"因此我知道是什么样。"

"怎样?"

"你每天害怕。出了事情,你想,钓鱼还是真的事情?一直害怕。他也想,这是不是钓鱼?他已经爬到这个地方,他一定小心。"

"大人所言极是。"

"因此与他无干。他害怕钓鱼。"

"正是。"

"对。"

"不过下官还是需要记录。"

索罗坐起来靠在椅背上,心中飞快地将刚才的对话默默理了一遍。

"好。你是钦点有司侦办提取记录。你逼我,我给你。"

"正是。"

"好。"索罗转向门口的侍从,"你!去拿监视记录!"

侍从拔腿飞奔而去。两人对坐无语。索罗盯着自己的双手。侍从回来,捧着几个卷轴。

"我给你,因为你逼我!"

回到书房后,纳谋鲁取展开卷轴。其中一卷记录了沈古格鲁近三日的行踪。令他吃惊的是这个卷轴上还记录了命案发生前另外五日的事情。那五日并不连续,彼此相隔约有三个月之久。最后三个日期上面还标注了"应禁城侦查司协请监视记录"。第二个卷轴加了标题"高阶官员安防"。

这就很耐人寻味了——监视本身是一回事,协请内卫司去监视又是一回事。纳谋鲁取怀疑侦查司是否确曾协请监视,一时间他甚至怀疑内卫司搞错了。

记录简明扼要。

命案发生后的两日,沈古格鲁除正常作息外没有任何异动。每天记录只有寥寥数语,描述他从寝处至后宫这一路情形。由于沈古格鲁的寝处就在宫内,监视记录每日只记录了他步行进入内宫,且此后每个时辰都标记了"无事"。

然而命案发生当日沈古格鲁却背离了其日常行动路线,出宫到外城去造访了一家孤儿院。有趣的是,这家孤儿院恰恰设立于三年前。纳谋鲁取又查阅了其他记录,发现此次孤儿院之行也是他数月来两点一线生活的唯一例外。

纳谋鲁取决定穿上正式的官服。软轿贴着墙根穿行在窄巷中,后面四个随行的太监都穿了正式的官服。墙根的水沟边冰面溜滑,而巷子中间又堆了一长溜掏挖出来的污泥。轿夫们在污泥中深一脚浅一脚地前行,官服虽然不便,但这种场合还是穿着为妙。

沈古格鲁早晚会知道此次探访,从而明白纳谋鲁取已派人监视他。这虽并不稀奇,亦未超出纳谋鲁取的职责权限,但沈古格鲁必定会记下这笔账,伺机报复。这官服和随行的太监正是纳谋鲁取为此行设置的掩护,目的是令沈古格鲁报复时有所忌惮。由于穿了官服,又带了随行,此次对孤儿院的探访也会列入后续调查纪要中。

不过即便有了这层保护,纳谋鲁取仍不敢掉以轻心。他还在为此忧心忡忡,软轿却已转过街角,轻轻落了地。纳谋鲁取步出软轿,走过街面,打量着孤儿院漆皮斑驳的破旧院门——没锁。

纳谋鲁取步入一处所在时一向小心,尤其是陌生之处。他推开院门,先向院中扫视一番。院中空空如也,地上的石板多已开裂。院落是南人式样的——房子建在围成一圈的基台上,围成合院,并无明显威胁。他留意着身后动静,迈步进了院子,将随员留在门外。纳谋鲁取走到院子中央站定。对面房门虚掩,门缝中隐约能看到孩子。他没作声,几步迈过台阶登上基台,径直推门进屋,立刻回头查看门后,没人。

房间里有十来个孩子,看孩子的是两个老婆子。老的、小的都肮脏不堪,大眼小眼一齐盯着纳谋鲁取。

纳谋鲁取退出房间,站在基台形成的走廊上,目光扫过二层的窗户看是否有人在看他。左边正对阳光的方位似有人影晃动,却被强光刺得看不真切。

下面,书房?一阵刮擦声传来。纳谋鲁取循声走去,推门进屋。房间是朝北的，阴暗而寒冷。桌前一个年轻南人抬起头来。从他手上的卷轴看来，此人多半识字。其头顶是新刮过的，应试的考生才会费这周章，因为考场要防止夹带。此人瘦削，却并非天生如此，而是饥饿使然。南人那种典型的细长眼睛，使人不易看出其心思。

纳谋鲁取等待着，只见那书生慌忙起身跪倒在地，叩首三次——两次是因为官阶，一次是对金人的恭敬。

"叩见内官大人，请问大人有何吩咐？"

"起来吧，先给本官找张椅子。"

书生慌忙爬起身来给纳谋鲁取搬来椅子，随后又紧张地跪回原处。

"本官现今在侦办一起命案，遇害者乃是宫里的一位娘娘。"纳谋鲁取道。

书生脸上闪过一丝诧异。

"不然你以为本官此来何事？"

"回大人，草民只是听了些传言。"书生小心翼翼地说道。

"有何传言？"

"回大人，并无紧要的言语。近来城里流言四起。"

"既是流言四起，你都听到些什么？"

书生思考着如何作答才不会惹祸上身，半晌才道："回大人的话，有流言说三位娘娘被砍了头。"

"什么缘由？"

"回大人，这缘由却不甚了了。"

"本官现下正在勘察一切内宫要员在案发之日的行止。"

"是。"

"宫闱局提点大人,大太监沈古格鲁,虽非勘察首要,亦属内宫要员。"

"沈古格鲁大人是位德行高尚之人。"

"自然。"纳谋鲁取道。

"他老人家时常垂访鄙园。"

"不错,正如记录所言,这也是本官来意。"

"不知大人有何指教?"

"沈古格鲁大人德行高尚自不必说,你却何以知道他德行高尚?"

"大人明察秋毫,想必已经知道。"

"本官为何会知道?"

"大人既已光临鄙园,想必是都清楚的。"

"本官知道他德行高尚,与他却并不熟稔。他为何要造访这座孤儿院?"

"他老人家乃是……乃是我等恩公。"

"是你自家的恩公,还是这座孤儿院的恩公?"

"是鄙院恩公。草民何德何能,得他老人家垂青!"

"他与贵院恩从何来?"

"草民斗胆请问大人,大太监沈古格鲁他老人家该不会……该不会是凶嫌吧?"

"不是。"

"那么或是有所牵连?"

"沈古格鲁大人并非凶嫌。本官此来无非例行公事而已。"

"大人所言极是,是草民多虑了,还请大人海涵。"

"你所虑何事?"

"草民所虑,是怕惹上麻烦。"

"担心他惹上麻烦？"

"是。"

"你知道何事能让他惹上麻烦？"

书生迟疑半晌，终于咬紧牙关道："草民不知。"

"你害怕他？"

"不——当然，沈古格鲁大人是宫中高官，如何不怕？不……不过大人确是鄹院恩公。"

"这'恩公'二字，究竟以何而论？"

"我等救济孤儿的开销用度，均拜沈古格鲁大人恩泽施舍。"

"全部开销？"

"都拜他老人家安排。"

"院中一应开销，均是沈古格鲁大人一力支持？"

"正是。"

"折算银钱几何？"

"回大人，这数目草民一时说不确切。"

"但你想必知道大概。"

"银钱总计？"

"正是，以一年为度。"

"这数目变化甚大。大人身负皇命勘察，草民自须以确切数目相报。"

"大概多少？"

"事干沈古格鲁大人，草民不敢草率。请大人容草民查验账目，免生是非。"

"你是怕他有是非，还是怕自己惹出是非？"

"但有是非，怕是无人受益。"

"只以今年而论。"

瘦削的书生紧张起来，思索半晌才道："今年我等共耗银钱十二贯。"

"一年总计？"

"尚不满一年，不过现下既是年末，料来整年开销应无太大出入。"

"今年算得是平常年景？"

"是。"

十二贯。这是个少得令人难以置信的数字。对于宫里的高官，不过是零花钱的数目。

"沈古格鲁大人施舍银钱，只与你这座孤儿院？"

"他老人家并不将银钱与我等，只是安排他人周济。"

"他安排周济的孤儿院共有几家？"

"草民知道的有十家。"

纳谋鲁取想了想，这数目仍微不足道。

"这便是你称他德行高尚的缘由了？"

"也不尽然。他老人家仁善亲和，亦是高士所为。"

"仁善亲和？"

"对幼童仁善亲和。"

"如何仁善亲和？"

"他老人家垂访鄙院时一向仁善亲和。"

"他对此处幼童仁善亲和？"

"正是。"

"你以为此举难得？"

"颇为难能可贵。"

"他多久造访一次？"

"每月总有一二回。"

"他每来都做何事？"

"与幼童嬉戏。"

"旁的呢？"

"然后他老人家便离去了。"

"他如何与幼童嬉戏？"

"如何嬉戏？"

"确切做了什么事？"

"便是嬉戏之事。摆弄玩具、挤眉弄眼，诸如此类。"

"并无旁的勾当？"

"大体如此而已。"

"大体之外还有什么？"

"偶尔也会垂询开销。"

"还有？"

"或与我等闲谈。"

"所谈话题？"

"并无定例，只是闲谈而已。季候年景之类。"

纳谋鲁取感觉走进了死胡同。一个强权人物去调查另一个强权人物时，恐惧是常见的情绪。因为被质询者很容易被夹在两个惹不起的人中间。然而此刻面前这个瘦小书生，虽也紧张，却并未惊慌失措，全然没有在两个对立的强权人物间被迫做出选择时的那种惊恐。

"可有旁人向你打听沈古格鲁大人？"

"不曾有过。"

"过去五日中他来过几次？"

"一次。"

"何事？"

"与我等交代下月的银钱安排。"

"仅此而已？"

"是。"

"停留多久？"

"这个草民却记不真切，有几个时辰。"

纳谋鲁取望向院子对面那间陋室中的孩子。

"这些幼童何时离去？"

"他们并不离去，便住在此地。"

"不，本官问的是他们要到几岁会被送走。"

"我等的资金可保他们十岁前衣饭。"

"然后便如何？"

"年龄届满前，伶俐者我等便在城中为他物色工职，鲁钝者便送至乡下务农。"

"除却工农，可有旁的行当？"

"回大人，有是有的。"

"何种行当？"

书生犹豫起来："大人想必有所耳闻。"

"本官有何耳闻？"

"草民……大人是勘察官，想必……"

"有多少人操此营生？"

"幼童多不愿下乡务农，我等亦强迫不得，而且赎金也高，尤其是年幼者。"

"为何?"

"据说年幼者更为讨喜。"

"约有几成操此营生?"

"大约半数。"

"半数幼童?"

"是。"

"男女均有?"

"男童略少。"

"赎金几何?"

"一贯半。"

"这赎金便可敷衍孤儿院开销了。"

"赎金是中人与幼童两下平分,我等分文不取。"

"赎金何以如此之高?"

"幼童讨喜,且兼年幼,气血旺盛。"

"此等交易可有州府监管照准?"

"回大人,是州府都照准了的。"

"既是州府照准的交易,沈古格鲁大人是否居间经营?"

"不曾。"

"不曾?"

"委实不曾。"

"那么在此勾当中,沈古格鲁大人是否有利可图?"

"没有。绝无此事。"

"他可曾狎戏幼童?"

"不,不曾,绝无此事!"

"绝无此事?"

"大人恕罪，草民以为大人知道。"

"本官知道什么？"

"沈古格鲁大人之苦衷。"

"他是太监，这个本官知道。"

"不。旁的苦衷，此处。"

"此处有何苦衷？"

"他老人家想要为幼童绝除这勾当。"

"如何绝除？"

"从宫内绝除。"

"然后？"

"然而现下情形却依然如此。"

"赎买幼童从事贱业之事？"

"他老人家想要根绝此事。他是鄙院的恩公。"

门外突然传来一阵嘈杂声，孩子们从房间中跑了出来。

"禀大人，幼童开伙，草民要去准备饭食。大人还有什么问题吗？"

"暂时便是这些。"

"草民随时在此听候大人垂询，知无不言。"

"如此甚好。"

书生犹豫着，显然心中迟疑不定，终于试探着开了口："草民斗胆，可否请教大人一个问题？"

"你讲。"

"大人是否也为大太监？"

"本官是。"

"大人看来，草民此番作答可还算得诚实敦厚？"

"本官一时还难断言。"

"这是自然。不过大人将来必会知道草民所言之虚实，可是如此？"

"不错。"

"草民若是所言非虚，可当算得为大人效了犬马之劳？"

"不错。"

"如此，草民斗胆请大人保荐。"

"保荐？"

"保荐草民赴考。"

"殿试保荐？"

"正是。"

"殿试近在后日。"

"草民说的乃是两年之后的下一场。"

"这却颇有些时日。"

"保荐事关重大，马虎不得。"

"沈古格鲁大人不曾保荐？"

"他老人家已经保荐了。"

"何以又要本官保荐？"

"每人均需三人保荐方可赴试。"

"三人？"

"正是。"

"为何？"

"三人方可鉴明我等人品操行。大人请看，草民以一己之力，经营此院。大人垂访，又尽心如实作答……"

"且慢，这座孤儿院的账目文书也是你一力经营？"

"都是草民亲为。"
"你那文书志要中，可有沈古格鲁大人的垂访记录？"
"想是有的。"
"你且取来我看。"

志要文字简明，书迹清雅。读书人做事确实便利很多。卷轴上清晰地标记了沈古格鲁的每次来访，还专门用了绿色墨迹来区别宫外的来访者。大略浏览之下，纳谋鲁取在近三年中找到了沈古格鲁的五十四次来访记录。有几日出现了多次记录，不知是他一日内两度造访还是一次造访料理两桩事务。每部志要评述卷首均注明"资金已供"，一并记录着具体数目。数目各不相同，却都不大。

"这个本官要带走。"
"侦办大人请便。"
"很好。"
"不知草民还有何能为大人效力之处？"
"这便可以了。"
"能为大人效力，草民荣幸万分。不知草民的微贱之请大人可否考虑？"
"本官记下了。"

纳谋鲁取思绪万千，由自己想到眼前众生。乡下姑娘，想在宫里谋个伺候人的微贱差事却未能如愿，最终沦为娼妓；穷家子弟，熬过净身之苦却不能在宫内立足，成为沿街乞讨的废人；寒门学子，十年寒窗却始终无缘金榜，只能困守孤儿院。眼前这个瘦小男人，家资耗尽，穷困潦倒，年岁也逐日老去，日复一日做着这份工作，却只为一榻三餐和一张书桌。

他们像粟壳一样在风中四散纷飞，消失在这座城市中。只有万不存一的寥寥几粒卡在缝隙间，成为强权人物。

出了书生那冰窖般寒冷的房间，纳谋鲁取小心避让着幼童，来到院子中间站定，思考着。寒风从领口、袍角乘虚而入，吹在他的脖颈儿和脚踝上，令他气恼。他感觉似乎遗漏了某些关键之处，有如芒刺在背。他继续前行走向院门，看到随员们惊恐的眼神时才终于恍然大悟。他向后转去，大步朝院门对面的那间陋室走去，几步便跨上基台。

纳谋鲁取进了房间。屋里还是那个样子——孩童、四壁、老妇，一切都肮脏不堪。然而这里却有一处不同——多了一样物事，绝不肮脏的物事。这物事其实是一个人，正背对门坐在椅子上，与一个老妇说话。这人穿着宫里崭新的官袍，标志着他令人生畏的身份——大太监。

在沈古格鲁转身之前的片刻时间，纳谋鲁取必须拿出对策。他可以悄悄退出，甚至有机会赶在沈古格鲁转身之前——尽管这老东西已经开始转头朝自己望来。

他也可以站着静观其变。事情就在眼前。老东西已经朝自己望来，只要眨眼工夫便会认出他来。

或者，第三个选择，其实也是唯一选择。因为沈古格鲁已经知道纳谋鲁取就在此地，他此刻出现的唯一原因就是纳谋鲁取的造访。

"宫闱局提点大人，有礼了。"纳谋鲁取招呼道。

沈古格鲁转过身来，看到纳谋鲁取却毫无反应。他沉默半响，思考着，打量了纳谋鲁取一番，又看看纳谋鲁取身后，再看看院子里的孩童，这才终于开口：

"侦办大人。"

"在此得遇大人，幸何如之。"

"大人远道而来，是来看望这些幼童吗？"沈古格鲁问道。

"不是。"

"当然。请入座，侦办大人。"

"大人请。"

纳谋鲁取拣了张软垫坐了下来。孩童们就在他身周不到两度之远的地方玩耍，尖叫着跳来跳去。沈古格鲁盯着孩童看了半晌。

"案子侦办进展如何？"

"案情颇为费解。"

"这等情形大人想必是司空见惯了。"

"案情费解固属平常，此案扑朔迷离，却非比寻常。"

"这便是大人的来意了？"

"正是。提点大人想必知道我等曾派人跟踪大人。"

"当然。"

"这跟踪不是办案规例，更兼现下情形，无人能脱开嫌疑。"

"理应如此。"

"纵观大人行踪，造访此处乃是唯一不合常理之处。"

"果然？"

纳谋鲁取想了想道："不错。"

"为何不合常理？"

"大人一切行踪，均在寝处、禁城及宫闱之间，此处乃唯一例外。"

"因此大人前来一探究竟?"

"正是。"

"言之有理。"

"所以还请赐教,大人究竟来此何干?"

"下官开口之前,先请大人看一看这周遭情形。大人有何所见,不必告诉下官,用心体会即可。"

纳谋鲁取顺着沈古格鲁的视线扫视房间,目之所及是一片污秽,佝偻的老妇和孩童,大半是男童。一个四五岁的男童跑到墙角,掏出家伙便尿。老妇立刻操着难听的方言大骂起来。然而男童却已经尿完了,尿液淌到房间中央。男童幸灾乐祸地大笑着飞奔而去。另外又跑来两个男童,在尿液中跳脚猛踩,尿泥四溅。纳谋鲁取望向沈古格鲁,而沈古格鲁却专注地望着孩童,半晌才转过头来。

"侦办大人,下官有个问题,不知可否赐教?"

"大人请讲。"

"请问大人染恙时是否还会进食?"

"会。"

"那么此时大人是否还能乐于进食?"

"不能。"

"这是何故?"

"染恙时,舌不能尝,鼻不能嗅,无论食物精粗一概味同嚼蜡。"

"进食之乐因此便打了折扣,对吗?"

"不错。"

"但大人仍要进食。"

"当然。"

"这是何故?"

"饥饿而已。"

"饥饿,故而有进食之欲。然而饥饿究竟是什么,大人可否描述一二?"

纳谋鲁取想了想,饥饿确实难以描述,无论如何措辞都无非是毫无意义地重复概念。

"大人言之有理,饥饿确为进食之欲。"

"因此即便生病,大人也要进食?"

"是。"

"然而却味同嚼蜡?"

"味道确实寡淡。"

"正是,寡淡。因为大人一旦染恙,便无法体会美食、享受美味并从中获取乐趣。不过即便如此,大人仍须进食。盖大人被这副躯体驱策,不得已而为之。"

纳谋鲁取静候下文。沈古格鲁沉默半晌,眼见得脸上松垮的皮肤似乎拖得更长了。他端起药罐喝了一口药,皱起眉头。一个幼童从两人间踉跄跑过。

"下官再有一问,侦办大人。"

"请讲。"

"禁城中不少书生出身于穷乡僻壤。"

"此话不假。"

"甚至是与南境接壤之处。"

"不错。"

"大人可曾听说,有些地方竟以糙米为食?"

"确有耳闻。"

"大人可否以糙米为食？"

"不可。"

"何故？"

"不喜其味而已。"

"正是。大人不喜其味。然而习惯成自然，大人可知那南人自幼以糙米为食，即便此后入宫当差无须再食糙米，仍深恋此味。大人是否也曾目睹？"

"确有见过。"

"不过他们食用亦秘不宣人，盖以此为耻也。"

"下官知道确有此事。"

"然而大人作何处置？"

"作何处置？"

"倘若大人知道有人食用糙米，是否会揭发报告？"

"自然不会。"

"大人是否曾前往制止？"

"不曾。"

"为何？"

"此事与我无干，律法亦不禁食糙米，即便有律法禁止，亦非下官职责。"

"正是！此事与宫廷政务全无干系。"

"大人所言极是。"

"其实大人多半会想，食糙米乃他人积习，与我何干，自不必理会。大人甚至以为此事无关紧要，不屑挂心。南人喜食糙米，北人好饮奶酒，口味不同而已。"

"正是。"

"设若大人果然揭发或制止,大人以为后果如何?"

"并无后果。"

"大人讲并无后果,说的是官面还是私心?"

"官面。"

"然而私心如何?"

"他必恼恨于我。"

"圣上与百官呢?"

"大约不屑一顾。"

"正是!此举毫无意义。除了令人恼恨,可谓枉费力气。"

这番话说过不久纳谋鲁取便起身告辞,现已回到书房。他现在全然迷失了方向。倘若真有人为嫔妃充当掮客,沈古格鲁显然是头号嫌犯,因为一切机关尽在他的掌握中。他掌管排期,可以随意变换排期并以此要挟嫔妃就范。倘若纳谋鲁取愿意,他本可上报太后。但太后有可能会令人拷问沈古格鲁,也有可能不会。若是纳谋鲁取确定沈古格鲁就是幕后的掮客,且太后并不知情,事情便简单了。

然而他并不确定。沈古格鲁本就有权变换侍寝排期,且多半也曾变换过多次。但这些变换中大多数,甚至是全部,必然会有合法的理由,或至少从官面上看是名正言顺的。这些变换在纪要上看来并不突兀,那些特许出入也是如此。即便嫔妃在侍寝前后独自出宫,也必有堂而皇之的理由。这只是嫔妃日常生活的琐碎记录而已。仅凭纪要,完全无从证明任何一次通行乃是为了私通。

他眼下无法凭直觉行事,亦无法确知沈古格鲁是否参与此事，关键问题还在于沈古格鲁的动机。正如索罗所言，纳谋鲁取也知道宫闱局提点这类重要职位的人选，无不经历长期考察方可上任。他们必须通过各种明面测试和暗中考验，连家谱也会被翻出来仔细研究。这个漫长的过程往往需要数年之久。因此，倘若某人通过了这些考察并真正坐到这个位置上，往往并非仅仅由于谨慎自律，而更多是由于他们天生对诱惑无动于衷。

常人倘若被人以其心仪之物诱惑，往往难免火中取栗。因此官场的多年磨砺会逐渐淘汰这些常人，而最终所余便是那些与沈古格鲁相似之人，似乎无欲无求的人。

这才是问题的关键。既然无欲无求，为何铤而走险？

这也是纳谋鲁取注意到孤儿院这一异常之处的原因。他本以为此处可能藏着阴暗肮脏、不可告人的昂贵欲望，谁知竟然也是一条死胡同。尽管娈童之癖在太监中并不似外人所想般常见，却也并不稀奇，沈古格鲁远不至于为此犯险——娈童是很便宜的。满足这点癖好根本无须花费巨资，自然也不必胁迫嫔妃卖淫筹资。因此，又是一条死胡同。

纳谋鲁取来到泰坤苑院中，站在铁树下思考着。柯德阁承诺会勘验毒药，此时或许已有结果。同时纳谋鲁取也需要警告他，自己已将他在尸检中的失误告知太后。其实太后正是存放这一秘密的最佳所在——她既不用向任何人泄露此事，亦不用借此事对付柯德阁。虽是如此，柯德阁还是必须知道这个消息，且必须从纳谋鲁取口中得知。

然而柯德阁却不见了。书房里是空的，停尸房中也没有人。他一定躲在某个安全的所在，一个能让他平安躲过后面两天的地方，而且这个地方不能因纳谋鲁取的造访而引人怀疑。柯德阁一向谨慎又老谋深算，因此纳谋鲁取的选择必然是上上之策。纳谋鲁取一动不动地呆立在寒气中。

纳谋鲁取向南人门童通报了名姓。隔着柯德阁府邸紧闭的朱漆大门，他听到门童一路跑远。过了许久，脚步声才又回来。
"请大人稍候。"门童操着南人口音说道。

纳谋鲁取站在大门外的长巷中等着。这府邸本是御赐之物，失势后柯德阁不知用了什么手段居然保留了下来。纳谋鲁取知道，有人正从宅邸中监视自己。对方要确定纳谋鲁取不是来探路的，也要看他身后是否藏了伏兵或被人暗中跟踪。

此番观察颇费了些工夫。院中的监视者正好用这段时间来观察纳谋鲁取的行止——时间够长的话人们的行为往往会露出马脚。

最后，对方虽未完全满意，却也确定纳谋鲁取暂无威胁。于是吱呀一声，大门打开一条缝隙。门童探出脑袋向纳谋鲁取道："大人请。"

不出所料，柯德阁正独坐在几乎空空如也的堂屋内。这座豪宅颇为庞大，住在此处对已经失势的柯德阁来说不亚于匹夫怀璧，是个祸端。一向谨慎的柯德阁便搬空了堂屋内的精美家什，令其符合自己的身份：失势官员家道中落，虽暂时忝居大宅，值钱家当却早已典卖一空，只剩外强中干的一具空壳。

柯德阁现在就坐在一张白蜡木的硬椅上，端着粗瓷茶杯恭候纳谋鲁取，手边放着一只粗陶茶壶。

刚向柯德阁迈出两步，纳谋鲁取便感到了异样。柯德阁周身散发出一种异常，手、眼、腿，四肢百骸似乎都在噼啪作响，仿佛遥远天际云层中的闪电一般。纳谋鲁取不由再次扫视房间，却并未发现旁人。

柯德阁展开笑容。

"冒昧拜访，多有叨扰。"纳谋鲁取道。

"大人垂顾，蓬荜生辉。"

"大人过谦了，这华邸精美绝伦，蔚为壮观。"

"却已大不如前了。"

"将来略加整饬，必定焕然一新。"

"将来之事殊难预料，下官只能勉力做好眼下本分。"

纳谋鲁取落座，呷着柯德阁为他斟上的茶水，想着如何开场。茶水的热气在寒冷的房间中冉冉上升。

"说起眼下本分，却也颇为不易。"纳谋鲁取终于想好了开场白。

"大人说的是。"

"眼下这桩凶案。"

"实是不幸之至。"

"且随侦办深入，许多隐情也被翻了出来。"

又出现了，柯德阁周身那种噼里啪啦的微小闪电，就像一块干燥的火石。

纳谋鲁取开始向目标小心迂回："太后她老人家对宫中的大事小情一直都很上心。"

"她老人家睿智强干，自然能日理万机。"柯德阁答道。

"当然。下官也向她老人家面陈了案件侦办所得，事无巨细。"

"下官明白。"

"自然，她老人家不仅要知道我等查实了何等细节，且垂询我等如何查实这些细节。"

"是。下官明白。"

"正如大人所言，她老人家睿智英明，故而向下官垂询了诸多宫中之事。我等身为奴才，自然懂得以太后之睿智，常能见我等之所未见，为我等指点迷津。因此下官作答自是知无不言，言无不尽。"

"大人所言极是。请稍候片刻。"

柯德阁站起身来，慢吞吞地走到房间角落一个低矮破旧的抽屉柜前，从中取了笔墨纸砚，又回到桌前。

柯德阁道："下官与勘察处也不敢有丝毫松懈，一直在反复查验。"

"理当如此。"

"我等近日又有新发现。"

"大人果然不负众望。"

"下官未能在宫内候驾，令大人屈尊枉顾，实是不该。"

"些微小事不足挂齿。现下既然大人就在眼前，有何发现还请指教。"

柯德阁拿过砚台，残墨却已干了。他倒了些茶水进去调开残墨，润了润笔，随即在纸上写下一行字迹，将纸片推向纳谋鲁取。

奇怪的是，柯德阁写下的是金人文字，是一组中草药名称的金人语音。

柯德阁道："死者便是死于这剂毒药。所幸我等仅做了三轮测试便确定了毒剂，且此剂颇为罕有，城内仅三家药房有售。"

柯德阁又取了一张纸，写下了三家药房的名字。

又是怪异的金文。之所以怪异，是因为这三家药房的名字显然都是汉文，而柯德阁并非不懂汉文。

"这便是三家药房的名字，都在南人区内。"

"柯德阁大人这一发现价值无量，下官感激不尽。"

"大人言重了，都是下官分内之事。"

"下官即刻便去这几处药房查勘。"

"大人请便。"

纳谋鲁取端起茶杯凑在嘴边，盘算着如何带回话头，对柯德阁示警，但他犹豫了一下。柯德阁显然有些不安，因此故意将汉字写成金文，用这种怪异的举动来暗示纳谋鲁取。

于是，就像湖水中的涟漪逐渐散开一样，纳谋鲁取恍然大悟。

纳谋鲁取轻抿一口茶水，放下茶杯："大人公务繁忙，下官叨扰实非得已，还望大人海涵。下官这便告退。"

"大人多礼了，再请少坐片刻。"

"恕下官必须告辞了。"

"如此，下官恭送大人出门。"

纳谋鲁取站起身来，柯德阁也从那张破旧单薄的椅子中拔出沉重的身体。两人走过未铺地毯的石板地面，向门口走去。

"待药房查勘完毕，下官自当再来拜访。"

"侦办大人但有驱策，下官随时恭候大人指示。"

纳谋鲁取走过柯德阁那荒芜的前花园，随后被门童送出大门。他又回到了街上。

软轿穿行在城市熙熙攘攘的人潮中。纳谋鲁取坐在轿中，回想着刚刚的情形。

柯德阁家里有人,藏在暗处的不速之客。谁呢?太后派来的?无论是谁,他们必定会猜想,纳谋鲁取此来何意?他为何不在宫中静候柯德阁?除了侦办统领和勘察首席这重身份,他二人还有什么关系?

倘若来人确是太后所派,两人即使露出一丝欺瞒的迹象也会招致杀身之祸,令纳谋鲁取在时机合适时被太后轻轻拿下。他若据实禀报,太后就会问他为何要背着她四处钻营,去警告他人说太后正在注意他。

因此柯德阁向他发出了警告,用暗号——怪异的金文。

时近正午,太阳已经高过屋脊,照在禁城正门前的广场上。路面上虽然仍然冻着一层厚霜,纳谋鲁取却已感到扑面的和煦阳光,在刺骨的寒冷中更显温暖。思考时有如此阳光为伴,倒也不失为一件乐事。他驻足于城墙下的一片阳光中,放眼望向广场。

守城兵力是平时的四倍。大批矮小结实的凶悍武士身披重甲,扛着寒光闪闪的长矛拱卫着禁城正门,像一群恶狠狠的红色豪猪。每隔一炷香的工夫,便有一队三骑从城门里出发,绕城巡逻。纳谋鲁取心中默算,照此规模,单是巡逻就起码要整整一个营的兵力,而且这些巡骑都是正规的防御战装备,只佩了腰刀而没有旗帜。他们不是用来摆样子或吓唬人的,而是真刀真枪准备杀人的。

广场四近的商贩早已收摊大吉——街上行人稀少,无端逗留等于承认自己是细作。整座城市都已经觉察到禁城内的骚动,知道大祸就在眼前。因此,纳谋鲁取一路行来感觉格外奇怪——整座城市已经与禁城划清了界限,令禁城看似一株被连根拔起的植物,根须上的泥土都被抖落,只余光秃秃的植株。

纳谋鲁取拎起袍角，顶着寒风走上空荡荡的广场，仿佛一只巨大的红蚁慢慢爬过，心中仍在苦思如何才能向柯德阁发出警讯。

距离城门还有一半路程，纳谋鲁取心中猛然一抽，像深秋寒蝉冷不丁的一声哀鸣。他并未理会，继续前行。然而在那一声哀鸣的袅袅余音中，危险的感觉静静地从他意识深处浮现出来。

转眼间，大门前的步兵开始部署。大队人马无声地分散开来，以小队为单位列开战斗阵形，长矛向外。首排单膝跪地，二排弓步站立，都做好了迎击来袭的准备。

顺着长矛手凝望的方向，纳谋鲁取将目光投向通往禁城的主街。

一队殿试考生的软轿，颠簸着行进在扫洒整洁的大街上。考生坐的是白色的四抬软轿，轿夫都是南人，个头不高却长得结实。护卫队列的是腰佩短刀的甲士，都做好了弹压人众的准备，然而路边却清冷无人。

纳谋鲁取又回头望向城头，沿着这段城墙能看到十二个士兵，这就意味着至少还有二十个士兵在他视线之外，每隔一匹马的距离便藏着一个专职观察探子。因此，现在他至少已经暴露在三十人的视线中。

他在此地出现虽不违反禁令，却仍然要冒双重危险。首先，是他此刻的处境。考生入城仪式起码还要继续半个时辰，这期间他只能暴露在外。其次，作为整个广场上除考生和护卫外的闲杂人等，他势必会被探子记入笔录——谁都不想因为遗漏了旁人记下的东西而惹祸上身。

抢在软轿队列前进城也行不通——守卫不仅不会放行，还会将他的请求作为一次违例记录下来。而此刻他也无法退出广场，因为会引起怀疑——这厮为何要溜走？随之而来的便是一场调查。

这种调查一旦开始就没完没了。

这种看似微不足道的小事其实非常凶险，尤其在当下时局。

纳谋鲁取束手无策，只能突兀地站在广场中心，像只冻僵的虫子般一动不动。即便如此，也同样会被录入呈报，随后便会有人质疑他在此地出现的目的，怀疑他故意接近考生队列以便观察。因此，他的上策——虽然远远谈不上妙计，便是亦步亦趋地依规例行事。这样起码不至于被写入记录。

软轿队列以会元排头，引领众考生依次入宫接受殿试。红色的流苏是南人的族裔标识，花边绣饰则对应着农人出身——族裔出身皆属下等。

那会元转过头来，滑落的袍领后现出脖颈儿上的醒目胎记。纳谋鲁取立刻便记起当日情形——大殿中摇曳的灯火下，一个瘦削少年傲立于肆虐的虎狼兵士中间。纳谋鲁取琢磨着这名少年的出现有何深意。他已经冒过奇险并全身而退。但皇帝会忘记他吗？忘记他当日众目睽睽之下对自己的羞辱？纳谋鲁取将问题记在心里。这个问题无关人生，只与龙椅中的少年有关。不过，至少一个问题已有答案，即这名胎记少年的傲气来由。会元的殿试名次通常都在前五，因此他将来注定大权在握，且他自己也清楚。

随后是第二顶软轿，想是会试第二名。流苏颜色是金人族裔标色，还是大旗子弟。第二顶软轿终于过去，纳谋鲁取打量着后面的八顶轿子。

后面的八顶轿子中，既有南人，也有金人，不过身份却只是殿试的应考生员。

队列终于完全通过，消失在城门后。他慢慢挪到城门口，签字入城。

纳谋鲁取的脚步声回荡在四壁朱红的入城甬道中，他又想起了软轿队列和那些应试学子。当年他的族人刚刚征服这片土地时，每两年便有近十万人参加各级考试。叛乱之后科举一度取消，而此后取士之功再次得到认可。朝廷重兴科举后不到十年，参试生员已逾五万。

这些入宫的考生便是大浪淘沙后现出的珠玉。六个月来他们历经多轮考试，三次残酷淘汰，最终成为万中选一的天之骄子。这成就确非常人能及。纳谋鲁取的同朝共事者中不乏科举中的胜出者，他深知这些人无论有着何种缺点，都无不拥有令人畏惧的聪明才智。

当纳谋鲁取走上长廊时，他开始思考另一个问题——这个事实为何总是不断困扰着自己，就像心底的一只小虫不停地扰乱着他的思绪。

十七

纳谋鲁取不想让人注意到他已回宫。他没点灯,摸黑换衣服。他凭手感摸出了朝服。他将一只手臂伸进袖子,开始在身后摸索另外一只衣袖,然而摸了半天都没有找到。

最后他不得已只好打开房门,一道锋利明亮的后晌阳光立刻射进寒冷的房间。那只袖子就在它本该在的位置,奇怪的是他在此处摸索半天却不曾摸到。

穿上朝服,纳谋鲁取迈过门槛来到走廊上,转身锁上了书房的门。

现在像刚才那样低调已不可能。朝服令他看起来更高大、更威严、更有气势,也更为孔武有力,正是贤明君主手下得力重臣的完美形象。朝服并不舒服,却令人望而生畏。

药房中光线阴暗,长方形的房间狭小而凌乱。店面本已局促,仅容一人躺卧,还被积灰的柜台一分为二。阴影中倚柜而立的是一位瘦削苍白的药师,常年炮制药物的双手皮肤斑驳。纳谋鲁取走进药房时,药师没有动;纳谋鲁取朝他走来时,他也没动。

"叨扰。"纳谋鲁取道。

"内侍大人,小人有礼。"

"这药房你是掌柜?"

"回大人,是小人的买卖。"药师的嗓音很低,这是业者特有的嗓音——常年的药物熏蒸抹平了他们的嗓音,只余耳语般的口唇声。

"本官乃是禁城察事厅统领、大太监纳谋鲁取。"

"小人能为内侍大人效劳,幸何如之。"

"尽忠朝廷也是本官荣幸。本官有几个问题要问。"

"小人知无不言。"

纳谋鲁取抽出柯德阁手书的药方递给药师,同时观察着他的表情,而对方脸上却全无表情。不过,纳谋鲁取知道这些药师长年炼制药物,大多经络已麻痹了,因此虽看似镇定,其实却可能是面容麻痹。干瘪药师接过药方,研究起来。

"这个方子你可知道?"纳谋鲁取问道。

"知道。"

"这是什么方子?"

"毒物。"

"为何?"

"为何什么?"药师反问。

"为何是毒物?"

干瘪药师若有所思地点了点头。此人显然是那种以毫厘不差为美德的谨慎之人,不经三思绝不开口。

"此剂乃是毒物,因为一旦服食便会滞留腹内,生出虎狼之毒,水火互攻,导致五行逆转、阴阳错乱,必死无疑。"

"多久？"

"多久作甚？"

"毒杀一人。"

"此剂效验甚缓，且因人而异。"

"大致几时？"

"一个时辰不止。"

"服毒者多久便会觉察？"

"因人而异。"

"大致而言呢？"

"大约六刻。"

"你如何得知？"

"小人以此为业。"

"以沽售毒剂为业？"

"小人并不沽售毒剂。"

"然而你却知道这方毒剂，还知道其中机理。"

"我等习学药理之时，都曾炮制过此剂。"

纳谋鲁取与干瘪药师隔着柜台相对而立，半晌无言。最后纳谋鲁取开口道："宫中差人亲临讯问，被访者常有巨龙在侧之感，因此忐忑不安，唯恐梦中辗转，被巨龙碾作齑粉。"

干瘪药师点点头。

纳谋鲁取继续讲下去："所幸今日这条巨龙却不在梦中，亦不会将你压死。现今朝廷要找出这方毒剂的买主，因此这条巨龙的一双眼睛已盯在你身上，也记下了你的话。本官既为朝廷效力，便要体恤你亦无法可想。"

干瘦老药师细细品咂着纳谋鲁取的话。

"小人虽不曾沽售此剂，却或许知道沽售者为何人。小人以为，大人或许听说过一家叫作'火龙成药'的药店，不知猜得对也不对？"

纳谋鲁取并未回答。

老药师继续讲了下去："沽售这方毒剂的无疑便是此店。"

"何以见得？"纳谋鲁取问道。

"因此剂甚为罕见，却总是此店沽售。"

"你又何以得知？"

"针砭药石一行，业者本就不多。"

"不错。然而你又如何得知，难不成还有人四处张扬说某某卖了杀人的毒剂？"

"大人误会了，并非如此。"

"那是如何？"

"此剂炮制工艺甚为烦琐，先需五十八味药材制剂，再用二十味作引方可制得。小人去药商处囤买货物时，见每味药材存货多寡，又知道何人在小人前面。久而久之，便知何人炮制此剂。"

老药师又向那张字条上瞥了一眼。

"不错，制售这方毒剂者必是那妇人掌柜。"

那妇人——药房的女掌柜，就坐在店面的后面。店面光线明亮，那妇人更是艳光四射。

"本官有些问题要请教。"纳谋鲁取开门见山。

"大人说的可是过去之事？"

纳谋鲁取想了想："正是，过去之事。"

201

"奴家果然料得不错。人们都认得奴家。"

纳谋鲁取又想了一想。

"认得你为何人？"

"何人？"

"人们都如何认得你？"

"记得奴家这个人啦。"

"你是说，人们都认得你？"

"对嘛。"

纳谋鲁取停顿了片刻，琢磨着这个答案。

"如此，你是何许人也？"

"哈哈，大人取笑了。小女子娘家姓蓝，小字小萍。"蓝小萍停了下来，等待纳谋鲁取的回应。纳谋鲁取很早就知道，当受审者在审讯中表示出疑惑时，审讯者最好不做说明。审讯的核心在于他的官袍带来的恐惧，而这种恐惧往往会令受审者急于解释。

"对嘛，奴家就是那个蓝小萍——宫里的舞女。"

"你现下在宫中跳舞？"

"现下不在，过去在。"

"明白了。"

"大人想必也曾见过奴家献艺，所以才认得奴家。"

纳谋鲁取仔细打量着这个女人。她至少有三十五岁，虽然还不算太老，但在宫中跳舞起码也是十五年前的事情了。

"这倒有趣。本官确是未曾听过大名，我既是太监，宫中的歌舞筵宴也少有参加。"

"哦，言之有理。奴家一时失言，大人莫怪。"

"不知者无罪。"纳谋鲁取道,心中却想,在宫里当过差的人谁会不认得这身太监官袍,"本官有几件事情要请教蓝掌柜。"

"那是自然!奴家与宫里一向交情不薄呢。"

"那便再好不过。"纳谋鲁取道,然后抽出那张字条递了过去,"这个贵店是否有售?"

"这是什么?"

"你不知这是什么?"

"噢,药房中东一堆西一堆的,到处都是这些物事,认得这许多又有甚用。生意最要紧的是人情。不是小女子夸口,奴家一向与宫里的采办大人相与。大人可知道,宫里用的大宗药物都是小女子张罗的。"

"这生意听来油水不薄。可否就请掌柜查看一番,这药物可否有售,近日是否曾售出?"

"这个奴家却说不来了。奴家认不得这些劳什子。"

"或许掌柜可以查看账目?"

"哦,对嘛!我等做优伶的女子本来都聪明得紧,只是常与那些呆傻之人厮混,沾染了傻气,也都傻了,哈哈哈。"

说着,那女人抽出一本账目,眯起双眼查看起来,显然是天生花眼,看不清近处物事。

"没有,小店并不曾售出这药物。"

"这店里一直都是掌柜亲自坐镇?"

"可不是,旁人做事奴家可放心不下。"

"这倒有理。不过倘若掌柜离店张罗大宗生意,或许会暂时委与他人照管?"

"这倒是有的,不过近几月来,奴家却偷懒推托了许多生意,因此并不曾离店半步。"

"本官知道了。"

纳谋鲁取嘴上敷衍着,心中却盘算着如何问下去。他发现许多类似的女人都很难盘问。面临盘问时她们通常都会有所隐瞒,而隐瞒之事又往往与案情相干。即便无干案情,却也总归是件事情。然而遇到这类女人,他却不知从何问起。

"此剂乃是毒药。"纳谋鲁取道。

纳谋鲁取盯着女人,视线似乎能够穿透她的肌肤、血肉,看到她将这句话吞进腹内,消化吸收,然后话中精髓便弥散开来,流入她的意识。

"啊,对嘛。奴家想起来了!大人知道,卖药的同行都熟络,平素在城里也都互相帮衬。"

"那是自然。"纳谋鲁取道。

"都是应有之义。"女人道。

"正是。"

"不过奴家既与宫里的官人相与多年,有些事情奴家还是要据实相告。"

"理应如此。"

"不是奴家多嘴,只是宫里官人如此看觑奴家,又照顾奴家这许多大宗生意,因此奴家向大人以实相告,也是应有之义。"

纳谋鲁取等着她的下文。

"大人名单上可有一个叫作张栩文的人,他家店铺叫作'金水生'?"

"这却不便相告。"

"定是听过啦。这人是一等一地精明伶俐,为人又老成,火烧眉毛也不着慌,待人又和气,慢声细语,说话像蚊子叫。"

"然后如何?"

"老张一向与奴家相与,奴家因此得知他售卖此药。奴家告诉大人,是怕张老哥一时糊涂搅进宫中事务。他于宫里事情一窍不通,不像奴家有许多官人看觑。"

"这般说来,蓝掌柜倒是仁义。"

"就知道大人会夸奖奴家!没法子,奴家生来便是这般。不然奴家身为宫内一等一的舞女,谁人不知,又岂能如此谦卑?"

纳谋鲁取停了半晌,思考下面如何行事:继续盘问这个女人多半无用;后面若有必要,他完全可以派人拿这女人和那姓张的回去拷问。

一个是在这个行当里浸淫多年,沉静如水的斫轮老手;另一个却是入行不久的新人。这间药房多半也是某个财主与她一夕欢愉后冲动下的礼物,如今却成了她的生计,而如今纳谋鲁取给她带来了一个除掉竞争对手的机会。纳谋鲁取宁愿把宝押在那个干瘪老头身上。

单子上只剩下一家药房。

此人有个奇大的脑门,且与一般南人不同,刚届中年便早早地谢了顶。遵照圣人之训,他留了一副修剪整齐的长须。纳谋鲁取刚刚迈进店面——清单上最后一家药房,他便瞪着明亮的眼睛望着,眼中满含笑意。

"掌柜,有礼了。"纳谋鲁取道。

"小人有礼了。"山羊胡掌柜乐呵呵地答道。

"本官有几个问题想请教掌柜。"

"好说好说。"山羊胡明亮的眼睛仍然盯着纳谋鲁取。

"这方药剂你可知道？"纳谋鲁取说着将柯德阁写的字条递了过去。

山羊胡拿起字条只瞥了一眼，便放回柜台上。

"这方药剂小店便有。"

"当真？"

"大人可知此剂剧毒？"

"这个本官省得。"纳谋鲁取道。

"人若服用，五内俱焚，一时半刻却又不得便死，颇有一番折磨。"

"掌柜近来可曾售出此剂？"

"有。"

"何时？"

"几日前。"

"你可还记得买主何人？"

"记得。"

"何人？"

眼睛明亮的山羊胡面上绽开笑容，道："大人可知道，那条街下去便是烟花柳巷。做那营生的姑娘大多并不乐意，却没奈何，自家选了这条路以换钱财。大人明白吗，大家出门在外，都是求财。"

"你要多少钱？"

"五十钱。"

"这可不少。"

"大人伺候的主子不缺钱。"

"宫里开的条子你认不认？"

"那敢情好。"

"为何？不怕本官诓骗于你？"

"小人是卖毒药的。"

纳谋鲁取点点头。

"大人只是莫忘了用章。"山羊胡提醒道。

纳谋鲁取写了条子，盖上章。

山羊胡收了条子，立刻转身朝后面吼了一声："小刘子！账本，四天前的！"

片刻工夫，一个十二三岁、蓬头垢面却很伶俐的小姑娘，抱来一沓乱蓬蓬的账本。山羊胡接过去，眨巴着明亮的眼睛查找起来。

"这里，本月初十。拿了货便去了转角那家客栈。"

"你何以得知？"

"小人记在账本上了。"

"账本上记了他去客栈？"

"不曾，只记了所购药剂。"

"那你又何以得知他去往何处？"

"小人跟在他后面看见的。"

"你跟他作甚？"

"因为此人并非来自宫中。"

"那便如何？"

"那宫里便迟早有人来打听此人。小人伺候宫里的官人一向小心。"

"你如何知道宫中会有人来打听？"

"因为这毒剂所费不菲,绝非这些破落户能用得起的。"

"客栈是哪一家?"

"永春,掌柜姓徐。"

"南城门边上那家?"

"正是。"

纳谋鲁取脑子转了一下。

"此人怎生样貌?"

山羊胡又笑了,在账本里翻了翻,抽出一张纸片。

"小人唯恐忘记,一发都记下了。"山羊胡盯着纸片研究半晌,又抬起头来,"五短身材,肤色黝黑,南人。穿戴穷酸,不合体面,不是你我这般识书懂礼之人。期期艾艾,带些西边大漠口音。此人畏畏缩缩,付钱时反复清点,想必并非大人要找之人。"

"这些你都写下了?"

"正是。"

"最后一句,不是本官要找之人,也写下了?"

"正是。"

"为何?"

"因为此人不是。"

"你又如何知道?"

"知道此人并非大人要找之人?"

"对。"

"此人只是个破落户。"

"怎讲?"

"此人只是个帮闲小厮。被那用毒之人雇来做这交割。"

纳谋鲁取沉思半晌。

"你能看出此人并非用毒之人？"

"正是。"

"何以见得？"

"用毒者知道此事非同小可，自然不肯出头，交割都在夤夜。雇来的这些人不知深浅，方在光天白日里大剌剌地出头。他用的是旁人银钱，故而总是专有一袋。小人猜得若是不错，这厮现下多半已被人害了。"

纳谋鲁取想了一想。

"本官再来叨扰。"

"小人随时恭候，只是又要劳大人破费了。"

"好说好说。"

纳谋鲁取拉起袍角刚要离开，瞥见那清秀的小姑娘进来收拾账本。

"掌柜千金？"

山羊胡以手捻须，得意地咧嘴笑了起来，露出一口白牙。

"不是。"

纳谋鲁走出店门，钻进软轿，轿夫们左转朝客栈走去。天上纷纷扬扬下起了雪，雪不大，温柔而静谧，压制了一切声音，将世间万物都化作无形无质的一片白茫茫。围绕在纳谋鲁取身周的许多纠葛便也仿佛一起消失无踪。

纳谋鲁取静静地出了一会儿神，神思仿佛灵魂离体般浮上天际。透过那无声飘落的雪花望向地面，只见一个鲜红的小点，像一滴鲜血，在漫无边际的一片虚无中缓缓滚动。

而掩盖其下的一切恩怨情仇，似乎都已消散。

十八

客栈之行很难有所收获。客栈中人物形形色色，丫头、小二、商旅客人，还有三教九流的人物在此讨生活。真正的购毒者无论是谁，都不会在这人多眼杂之处交接。因此，纳谋鲁取想要探知的一切勾当——雇用破落户，将银钱与他，令他去买毒剂，再带回交接——都不会在此处发生。但不是此处，又是何处呢？

客栈紧邻正对主街的城门。那破落户想必便是由主街随人流入城，像风中草芥般随风飘落。这厮多半还未出城门便已被人相中，成为金蝉用于脱身的蝉蜕。无亲无故的孤身流浪汉，不十分潦倒也已口袋空空——恰是合用的死鬼。于是这金蝉便跟在他身后，伺机以利相诱。何处？自然不是此处，必是个僻静所在。多半是找不到的。然后这蝉蜕便去买了药，回来交与金蝉，交接之处同样无人知晓。此后，甫一进城便得了笔意外之财的蝉蜕便依约出城离去，最后在城外的某处稀里糊涂地交待了性命。

城门。

纳谋鲁取的轿夫绕着街道中间车辙旁的烂泥，上了光耀大道——正对城门的通衢。

纳谋鲁取突然惊觉软轿旁边有人。转过头去掀开帘子，就在他右侧，一双蓝眼睛正死死盯在他的软轿上，棱角分明的面孔摆成一副笑容——内卫司统领索罗。

"纳谋鲁大人！"

"索罗统领。"

纳谋鲁取落轿以示敬意。

"一起走。"索罗道。

"谨遵台命。"

索罗的卫兵跟在后面，纳谋鲁取的随从也亦步亦趋。两人走在前面，拥挤的人群纷纷闪避，仿佛两人身周有个无形的气泡。

"你去何处？"

"城门。"纳谋鲁取答道。

"哪一个城门？"

"便是前面这个。"

"正门？"

"正是。"

"作甚？"

"正门旁那家客栈中曾有一个客人。他在客栈里做了什么不打紧，打紧的是他住店前后的勾当。"

"他住店后做了甚事？"

"逃命。"

"你认为这人死了？"

"不错。不过还要查证。"

索罗带着咄咄逼人的气势，想着下一个问题。

纳谋鲁取主动提醒道："可否请教大人一个问题？"

"哈，什么问题？"

"大人此来有何贵干？"

"此处？"索罗反问。

"不。大人找下官有何贵干？"

"我统领内卫司，你的侦办我要知道，知道何时去拿人。"

"一时半晌间，怕还无人可拿。"

"嗯，"索罗道，"或许。"

纳谋鲁取道："大人可有内情见告？"

"没有。你有内情，你告诉我。"

"就在此处？"

"此处好。"

纳谋鲁取缓缓踏雪而行，心中琢磨着索罗来意。索罗派人跟踪了他，然后本尊现身。索罗想知道的，本可在当日呈报中看到，如此着急说明他必是立即便要知道。

纳谋鲁取问道："不知大人想要知悉何事？"

"谁杀她了？"

"下官还不知道。"

"为何杀？"

"这个下官现下也不清楚。"

"你聪明，你总有想法。"

"正是。"纳谋鲁取道。

"说来我听。"

"下官以为凶手与死者一向熟稔，早在她入宫前便与她相好，杀她只是为了羞辱圣上。"

"圣上岂容羞辱。"

"当然。"

"圣上不容羞辱。"

"言之有理。"

"还有？"

"倘若二人之间确有奸情——现下看来多半是有，这奸情必有记录。且奸夫，或那女子，必会留下踪迹。"

"女子？"

"亦有可能。"

"哈哈，有理。"

索罗一反常态地住了口。二人默默走了半响。这两个高得离奇的身形轻巧地绕过地上的烂泥，鹤立鸡群的身高令他们在人群中显得另类而孤独，仿佛两个脑袋露出水面的凫水者正在沿着街道这条冰冷的人河漂流。最后索罗开了口。

"我知道了。你去侦办，我等你消息拿人。"

"多谢统领挂心。"

"理应如此。"

说完，索罗朝旁边拐去，一直紧随其后的护卫立刻簇拥上去将他的身子挡个严实，只露出一个脑袋，在人河上渐渐漂远。

漫天冰雪中，纳谋鲁取孤身独行。他现在明白，索罗此行只是为了确认自己还在。索罗显然已接到逮捕他的密令，正在尽量拖延，能拖一刻是一刻。倘若他能趁机理出些头绪，或许还能再拖几时，不过总有拖不下去的时候。大约还有一天，甚至只有个把时辰。

城门就在眼前，无论何时看来总是颇为令人敬畏，三人高的门板，嵌在六人高的城墙中。门洞中每日进出人流接近千五百之众，多是短工和商贩。

然而每来此处，纳谋鲁取所感慨的都不是这城门之大，而是其小。褐红色的城墙将皇城从世界中隔离出来，将无垠的外界与中央这摊翻滚的污水划清界限。城墙上针孔般的小洞便成了两个世界的唯一联系，而把守城门的士兵，无非是为了彰显其重要，而装点于小洞周围的花绣而已。一个洞，纳谋鲁取思量着，却如此难以接近，正如案中之洞一般。

守卫兵力已增至平日的三倍，对行人的搜检也更加仔细。纳谋鲁取刚到，便见一个南人商贩被士兵从队列中拖出来一顿拳打脚踢。其他士兵引着纳谋鲁取———一看便知是宫中高官——朝城墙内部的守卫岗房走去。不多时他便来到一个矮小军汉面前。矮小军汉站在一张条案前，两人身高差距过大，而小个子又不肯用力说话，纳谋鲁取不得不微微躬身才能听清对方的话。

"内侍大人光临指教，是卑职的无限荣耀。"小个子军官道。

"我等都是一般效忠圣上。"

"大人说的是，不过守在圣上身边，毕竟雨露恩泽丰富。"

"军爷不必过谦，圣上子民川流不息，全仗军爷调配有度，下官自愧弗如。"

"大人过奖，本分而已。"

"下官现今正在侦办一桩案件。"

"卑职也有耳闻。"

"冒昧叨扰，便是此故。"

"案件与卑职这里有干系？"

"正是。"

"请大人明示。"

"下官并非故弄玄虚,案中内情委实不便见告。"

"大人言之有理。"

"下官此来,是想知道近五日间可否发现无主尸身。"

"大人……是从宫里来的?卑职是说,大人在宫中当差?"

"不错。"

"大人既已到此,何不就便检阅一番,将来机缘合适也好替卑职美言几句?"

"眼下即便检阅?"

"大人来也来了。"

"虽未尝不可,现下却委实不便。"纳谋鲁取道。

"与人方便,自己方便。卑职与大人都是一般效忠朝廷。"

"如此,下官便要查看门岗志要,询问近日情况。"

"那是自然。便请大人移玉,且行且谈?"

此人之固执令纳谋鲁取难以置信。明知自己是宫中的要案侦办,旁人害怕还不及,他竟敢如此要挟。

"军爷若是定要走动一番方可想起近日情形,下官自当奉陪。"

军官从条案后走了出来。他个头虽小,却如许多强干的小个子一般,对自己的身材安之若素。军官在前,引着纳谋鲁取进入蜂巢般的城墙内部。二人穿过一条黑暗冰冷的甬道,终于来到一扇通向外界的小门。纳谋鲁取一时间有些吃惊,原来这小门开处,便在城门洞中。

门洞通道大约可容两人头脚相连横卧其中,可即便如此,也还是拥挤不堪。两人站在小门开处,望着人流穿过,只见人众摩肩接踵,步履维艰地向前挪动。纳谋鲁取默默计数,入城的人虽多，却远比不上出城的人数。旁人或许留意不到，但在他这样的行家看来，出城者大多归期未定——没有包袱，却穿了多层的衣服，腰囊也厚实——这是不动声色的出逃。看如今情势，虽未到倾城逃亡的境地，规模也颇为可观。纳谋鲁取又看到了自己曾多次目睹的那种紧张——浑身紧绷，两脚交替，一步步挪过他们心中的一道道门槛，以及城门、岗亭，然后逃得无影无踪。

"对于通行人众卑职都会详加盘查，"军官道，"譬如此人。"

"出城这人？"

"不，进城这人。"

纳谋鲁取从眼前的逃亡盛况上收回心神，只见军官正指着人丛中的一个皮肤黝黑的矮子。

"这厮是个乞儿头目，手下有两百余号乞儿在城里营生，乞化所得抽水五成。他将这些乞儿四处安插，都在油水富足之处。州府里正也不去理会，都被他打通了关节。卑职但愿朝廷明示，将这等腌臜逐出城外。"

军官停了片刻，又指向另一人。

"这厮是收姑娘的。"

纳谋鲁取顺着他的手指看去，只见一个瘦高的金人汉子正将南人农女拽到一旁。汉子生得有几分俊气，在人流中截住女孩。虽不在近前，纳谋鲁取也能看出这个汉子举止谦恭，带着富贵人家的雍容态度。女孩刚被拦下时还有些惊恐，却被他附在耳边不知轻轻说了几句什么，便一脸娇羞地随他走到一旁。

"这些姑娘被他收来，便要送来此处娼寮。"军官道。

"此处娼寮？"

"正是。娼寮便在左近。外人入城均要从此经过，标致姑娘先被截留此处，别家娼寮只好用此处选过的，自然比不得此处。姑娘平日便住在瓦舍中，客人见此处货色好，也都肯花销。"

"为何？"

"正如卑职所言，此处姑娘都是头一遭选来的，容貌、身段自是最好。"

"有理。"

"还有一层缘由，这城门所在是先朝国师测定的吉位，此处豢养姑娘的瓦舍恰对城门，正是藏风聚气之处。大人久在宫中伺候，自然知道圣上卧房便正对此门。南人尤好此道，阴阳二气涵养在姑娘体内，比那花容月貌还要金贵。"

纳谋鲁取颇吃了一惊。虽说这勾当并不犯法违例，却也绝非城门守将之责。最奇怪的是，他为何毫无来由地将此事告知自己。

"此事全由将军一力经营？"纳谋鲁取问道。

"不，此事并非末将职责。"

"然而军爷却听之任之。"

"不错。"

"为何？"

军官停顿了一下，道："天下人多，天下事多，大家岂非都是听之任之吗？"

明白了，这是一个心怀正义却又懂得保全自己的将军，不满现状却无力改变。纳谋鲁取的到来为他带来了一线机会。至少现在纳谋鲁取知道这些勾当了。

"军爷所言甚是有趣。"纳谋鲁取道。

"正是。"

"发人深省。"

217

"不错。"

"宫中想来也必有人好奇。"

"大人此言当真？"

"当真。"

"那么卑职也算如愿。"

两人望着城门洞中往来翕忽的人流又默立半响。

纳谋鲁取终于开了口："军爷的志要可否赐阅？"

"卑职现下想起来了，近三日内共发现了四具尸体，均已掩埋。如大人需要勘验，发掘亦非难事。"

街上冰冷刺骨，纳谋鲁取却还要回去找那山羊胡。纳谋鲁取寻思山羊胡是否会再敲诈自己一笔认尸的酬劳——他多半不会放过这个机会。然而，纳谋鲁取却想不通自己为何能够容忍这种勒索。原因大约是交易中的开诚布公，纳谋鲁取推想。与充满不公的生活相较而言，恶念和贪婪所催生的斤斤计较，只要双方情愿也公平合理，便更易接受。这也算是个感悟，纳谋鲁取暗忖。

冷。寒风像冰冷的手指从纳谋鲁取脸上划过，然后溜进他的衣衫，钻透他的肌肤，在他的骨头上抓挠。

踩着被风雪打磨得寒光闪闪的硬滑路面，纳谋鲁取走进药房。谢顶的山羊胡还在，连姿势都没变，两只明亮的眼睛满含笑意地看着纳谋鲁取。

"又来叨扰掌柜了。"纳谋鲁取道。

"大人再次光临，小店蓬荜生辉。"

"有劳掌柜指点。"

"大人又有何吩咐？"

"相烦掌柜去认具尸首。"

"理当如此。"

"现下便要动身。"

"那是自然，只是又要大人坏钞了。"

"本官大可令公人押你前去。"

"大人所言极是。"

山羊胡吃准了纳谋鲁取——赶时间，图方便，因此必不会大动干戈召唤公人。

"大人在何处寻得那厮？"

"城门旁。"

"不在客栈？"

"不在。"

"大人已去看过了？"

"不曾。"

"为何？"

"本官看亦无用。"

"大人不愧是宫中侦办。心思缜密，小人自愧弗如。"

"我已吩咐城门守军迎候。你到彼处便随他安排前去认尸，一俟完毕便来我书房报告。"

纳谋鲁取回到宫中时，天上又纷纷扬扬飘起了雪花，虽不甚大，却也挂在他眼眉口唇上，仿如一场新雪将他包裹。

事情依然扑朔迷离。

漫天白雪仿佛一个巨大的蚕茧将纳谋鲁取包裹其中，令他得以默默梳理着已知的事实。有人安排嫔妃出宫卖春。嫖资是何物？不知道，但必定非同小可。后宫主事必定参与其间，否则绝不可行。沈古格鲁诚然嫌疑居首，然而既身居要害职位，早已经历无数考验，为何会甘冒天大风险？这种勾当固然足以令人暴富，然而他又如何神不知鬼不觉地享用这不义之财？作为一名时刻处于监视之下的宫中要员，几乎全无办法。沈古格鲁抚恤孤儿，也会施舍钱财，然而为了些微花销却远远犯不上安排嫔妃卖淫。那家孤儿院看似也不曾有何暗地里的勾当，或许，沈古格鲁只是喜欢孩子而已。

这时，纳谋鲁取脑海中突然闪过一个念头。

十九

太阳就要落山，阳光中的些微暖意正随余晖迅速消散。随着压制寒冷的阳光逐渐被地平线吞噬，纳谋鲁取感到刺骨的寒意正冲破牢笼，渐渐包裹在自己身周。

软轿在窄巷中颠簸。前面注定是个多事之夜。他时间无多。当他赶到山羊胡的药房时，太阳已经彻底沉没。随着最后一缕余晖飞离地面，片刻前世间万物的长影也都融入了地面肮脏的冰雪中，变作灰蒙蒙的一片。

纳谋鲁取进了房间。谢顶山羊胡就坐在那里，明亮的眼睛里依然带着笑意。

"宫闱局提点大太监沈古格鲁吃的药，是何人所售？"纳谋鲁取问道。

"他做了何事？"

"将药卖与他的是谁？"

"大人可有赏赐？"

"当然。"

"烦请大人落字为据。"

纳谋鲁取写了条子。

"他在小店买了一味药材。"

"一味药材？"

"他那方剂炮制颇为繁难，又格外昂贵。"

"那方剂有何效验？"

"小人藏了些古方。依古方所言，此方剂有一样效验。"

"究竟是何效验？"

"大人是为公干驾临，并非小店主顾。小人不敢称此药确有效验，只是古人所言而已。"

"方子拿来我看。"

"遵命。"

山羊胡转身闪到药柜后面，片刻后又露出头来，手中多了一卷古老的卷轴。山羊胡亲手将卷轴在纳谋鲁取面前展开——上面是一长串药材名称，后面分别标注了剂量。最后才是这方剂的效验，写得简明扼要。

"专医宦官？"纳谋鲁取问道。

"正是。"

"年迈及伤残之人？诸如此类？"

"作此方者以为如此。"

"此方只是复其功能，还是助人重生伤残之器？"

"方上并未明言，小人不敢妄断。"

"此方果有效验？"

"小人才疏学浅，不敢妄断。深通药理之名医高士以为确有效验，小人亦愿附议。"

"你既沽售此剂，可曾亲见服者效验？"

"服此方剂者大太监尚属首例。此方千金难购，还是大太监交与小人的,端的是上古秘辛。方中药材也都极其昂贵。"

"要多少银钱?"

"药材兼炮制?"

"对。"

"五万贯。"

纳谋鲁取震惊了。这是四个大村子一整年的口粮。

"这是几服的价钱?"

"一服。"

"这一服够吃许久?"

"三日一服。"

"三日便是五万贯?"

"不错。"

纳谋鲁取默立,眼睛直勾勾地望着那卷轴,上面写道:

阉者服之可复建其能重延子嗣。

沈古格鲁这老贼竟然是想要自己生个孩子。

审问大太监沈古格鲁有何用处?纳谋鲁取暗自思忖。沈古格鲁这份差事究其本质,是将莫大的权力交托给一个谨言慎行之人。沈古格鲁既然得授此职且如鱼得水,说明这职位也确实契合其本性。作为宫闱局提点,他首先掌握着那些低品阶嫔妃的命运。而手握嫔妃未来的他自然能令她们报告与皇帝交谈的内容,细心梳理后便不难料知皇帝的心思。同理,胁迫嫔妃按照自己的意思去向皇帝吹枕边风也非难事。

因此沈古格鲁的能力绝对不可小觑。对纳谋鲁取而言,此刻溜进宫里再次讯问沈古格鲁无疑极度危险。倘若沈古格鲁与命案有关，那么纳谋鲁取探访孤儿院，尤其是二人那番机锋问答，无疑早已打草惊蛇。沈古格鲁会将目光转向纳谋鲁取，瞄准他的后心。即便沈古格鲁与命案无关，纳谋鲁取的调查也会被视为落井下石的冒犯之举——因为旁人也会如此理解，必须还以颜色。所以，无论沈古格鲁与凶案是否有关，他对纳谋鲁取的态度并无不同。

纳谋鲁取在书房中反复思量，最后终于拿定了主意。

纳谋鲁取感觉双膝已经冻结在黑石板上，而身后两根柱子上的巨龙似乎还在向下压迫。太后一动不动地坐在珠帘之后，从容地让他跪伏等待。

"说吧。"太后终于开口了。

"奴才以为，太后亲自质问于他更为妥当。"

"何以见得？"

"因为奴才问不得。"

"为何？"

"此人太过危险。"

"你怕他加害于你？"

"奴才更担心太后安危。"

"哀家出头露面，这干系便在哀家身上，如此要你何用？"

"太后容禀，此事不同等闲。"

太后沉默良久，显然是在掂量，不是掂量她的权力，而是掂量此事的凶险程度。

"如何不同？"

"沈古格鲁执掌宫闱多年，羽翼丰满，手眼通天。奴才讯问无异于打草惊蛇。而太后亲自质问则有敲山震虎之效。"

纳谋鲁取额头贴在地上，静静等候着。

后宫这些年轻姑娘，皮肤下面都有一层柔软娇嫩的脂肪，令肌肤宛如凝脂软玉。纳谋鲁取记得自己也曾一度触摸过这种肌肤，为其美妙而迷醉。然而过了三十五岁——倘若常年忧虑，甚至更早，这层脂肪便会枯竭，令肌肤塌陷而现出颅骨的形状。正如此刻的太后，正透过珠帘用那双四十岁的眼睛望向大殿。

纳谋鲁取微微抬头侧耳倾听。虽然他看不见，但是他知道官员们正在大殿中集结。他屏息凝神，从脚步声中分辨着来人的身份。索罗的硬靴不难分辨，长驱直入，看清形势后又戛然而止。韩宗成虽难分辨，不过纳谋鲁取还是可以辨别——步履匆匆，谨慎却不犹疑，辨明局面后便打定主意，随即就位。柯德阁也好区分——他的鞋子总会因不堪重负而吱吱作响。而机要执事库布明的脚步声则毫不意外地融入了其他人纷乱的踢踏声中。纳谋鲁取发现这番分析对自己的工作倒是个颇值得记取的有益知识。

脚步声终于沉寂下来，大殿中只余寂静。宫闱局提点沈古格鲁没有发出脚步声，因为他正以五体投地的待罪姿势匍匐在大殿中央。

于是纳谋鲁取便从他所处的位置——太后珠帘后的角落中，有生以来头一次见证她提审一名官员。过去一个时辰，他已经与太后商议了审问的每个细节，而现在她要独自来完成这场审问。

太后开始了。

"沈古格鲁，你身为宫闱提点，为何安排后宫嫔妃与人私通且从中牟利？"太后单刀直入。

"太后明鉴，奴才绝无此事。"沈古格鲁声音沙哑，似乎有些睡眠不足。

"你的所作所为哀家已尽数知悉，竟然还敢狡辩。"

"太后容禀，奴才尽忠朝廷，百死不辞，然此事确非奴才所为，必是有人诬陷。奴才斗胆请皇太后明示，究竟何以相信奴才会做出此等大逆不道之事？"

"哀家不用与你对质。三年中嫔妃私通者何人？刁菊遇害之日，私通者又是何人？作速从实招来。"

"恕奴才无从招认。此事本属子虚乌有，老奴更无从安排。"

"那么哀家问你，倘若有人意欲私通嫔妃，此人该是何人？"

"支付资费与嫔妃私通宣淫？绝无此事。"

"嫔妃偷出内宫又是如何安排？"

"此事绝无可能，因此恕老奴无法作答。"

"何以见得？"

"太后容禀。内宫安防乃是老奴职责。天下无不透风之墙，且宫闱之间出入之人均是老奴主子，自当礼数周全，因此百密一疏在所难免。又且常有钻营之人，妄图假手嫔妃干预圣听，时刻侵蚀宫闱安防。老奴虽则驽钝，却有经年见识，纵有一时疏漏，亦能亡羊补牢。如今宫闱虽不敢自诩风雨不透，倘如太后所言，三年间嫔妃违例出入而老奴浑然未觉，几无可能。"

"你说亡羊补牢是指何事？"

"太后问的可是大略情形？"

"不是。哀家要你举例说出，你是如何疏漏，出了何等纰漏，后面又是如何补救的？"

沈古格鲁一时没有作声。纳谋鲁取注意到沈古格鲁的手开始抽动。

"四年前，我等发现四品美人通行廊道有一岔路无人把守。膳房杂役凭令牌可入该岔路。开始时并未发现，盖因该岔路已经查验，与膳房杂役使用之路并不相通。谁知查验之后又逢修缮，无意中打通了两路间隔。外宫某官员趁此疏漏示好嫔妃以谋私利。我等发现之后立即封禁廊道，改换他路。月后膳房改换他途后，方才启用廊道。"

"此事有何恶果？"

"回太后，奴才所举只是亡羊补牢之例。此等疏漏时有发生，我等亦搜检不怠，查缺补漏。"

"为何有嫔妃独自走动而无人陪同？"

"嫔妃每承恩泽，常赴神祠祈愿，有人陪同唯恐不够志诚，故大多独自前往。"

"嫔妃独自走动之事共有几次？"

"嫔妃行动均有记录，恕老奴不能熟记于心。独自祈愿之事已风行多年，人所共知。"

"你收了外人多少银钱？"

"外人为何付与老奴银两？"

"你安排外人与嫔妃私通，所得银两几何？"

"绝无此事，请太后——恕老奴无法作答。"

"那便权当说笑。设若果有此事，与嫔妃春宵一刻，价值几何？"

"恕老奴无从知晓。"

"你是告诉哀家，你执掌宫闱局三十余年，竟从未有人向你许以钱财，求你安排亲近嫔妃？"

寂静。纳谋鲁取从珠帘后瞥向沈古格鲁。他看到沈古格鲁不仅双手抽动，额头也汗出如浆。纳谋鲁取暗自起疑——这抖动与汗水都绝非正常。在太后眼中，这或许是恐惧之相，但纳谋鲁取的审讯经验却告诉他，沈古格鲁毫无半点畏惧。纳谋鲁取隐隐感到一丝不安。

"确有人曾许老奴以钱财，只是未有定数。"

"哀家命你算一算，或随意猜测。"

"依老奴看来，与嫔妃春宵一刻，大约要花费——太后可否赐用纸笔？"

"你要纸笔何用？"

"老奴要写下数目，以免旁人知悉。"

纸笔立即摆在了沈古格鲁面前。沈古格鲁提笔写下几行蝇头小楷，又将笺纸折起。一旁伺候的书记双手捧着纸片递进珠帘。

"如此之巨？"

"老奴也曾见过出价更高者。不过倘若以此为业，这个价钱当可长久。"

"你此前为何不曾呈报此事？"

"老奴确曾呈报，宫闱局志要中亦有记录。"

"这些银钱你收来何用？"

"老奴并不需要这些银钱。"

"仍是权当说笑，你拿这些银钱能有何用？"

"老奴尽忠朝廷，俸禄丰厚，亦无外债。为避嫌疑，一切开支均呈稽核司审计，五日一报。依我朝规例，凡七品以上官职，一切开支均需经稽核司审计。倘若老奴瞒报开支，稽核司亦未揭发，则老奴势必与稽核司勾连。果有此事，其流毒将远甚于命案。"

"你此刻便权当是稽核侦办来勘验你自家开支，哀家要你列明一切开支。"

"老奴在定期呈报中业已多次列明，巨细靡遗。此刻即便勉强开列，亦难免疏漏。"

"你可勉力为之。"

"老奴于城内有宅院一处，乃是老奴寝处。宅院中蓄有奴仆四名，均已典身，无须另支工钱。且老奴置宅典奴亦未借贷。老奴将所得俸禄一分为四，一份作日常开销，一份积蓄，余下的一半资助亲朋故旧，仅此而已。"

"嫔妃私通都是何人安排？"

"嫔妃并未与人私通。偶有与外人交谈，我等一经发现便立刻纠正。"

"倘若嫔妃确与外人私通，何人能够安排？"

"老奴深谙排期之律，兼掌防卫交通，自是安排此事不二人选。因老奴自知并未安排此事，故此事绝无可能。"

"那银钱又如何与你交割？"

"并无所谓银钱。"

"姑且说笑。"

"老奴不曾参与此等勾当，故此不知如何交割不法赃款。"

"外人斥此巨资以求与嫔妃交合，是何所图？"

"老奴亦觉不可理喻。"

"哀家不信。"

"太后不信老奴不知其故？"

"正是。"

"此事从未发生，老奴何敢妄加揣测？"

"姑且以笑谈论之。"

沈古格鲁再次陷入沉默，只听得呼吸中隐约的嘶鸣之声。殿中众人也都注意到这种异常。他嗓音嘶哑，用耳语般几不可闻的声音说道：

"想是外人意欲亲近嫔妃芳泽，别无他法，只能重金以求。或者为求一时之快——以身家性命为注，冒天下之大不韪，与深宫红杏作一夕之欢。舍此而外，老奴便想不出了。以其太过凶险，因此无人为之。为这区区益处担上血海干系，实属不智。故而既无人为之，亦无人安排。"

沈古格鲁被四名侍卫拖着，经一条长廊来到一间昏暗的偏房。纳谋鲁取跟在后面，见沈古格鲁双腿似已瘫痪。昏暗的灯光加重了阴影，令沈古格鲁脸上松弛下垂的皮肤显得更长。最后沈古格鲁终于瘫倒在地。纳谋鲁取挥了挥手，示意侍卫允许他趴在地上。

纳谋鲁取凑近沈古格鲁："我知道此刻外面有人正为搭救你而四处奔忙。"

"咱家清正忠诚，从无不法勾当。如今良人被无端构陷，忠义之士岂不心寒齿冷？故此自然有人替咱家鸣冤。"

"此言差矣，你的所为早已昭然若揭。现下太后已亲自下令将你拘捕，岂能坐视旁人放虎归山？太后知道你四处沽恩市义，能向圣上进言者都曾得你好处，其中自然不乏圣上宠妃。因此今夜便要将你严刑拷问，令你供出嫖客何人，天明之前便即处决。"

沈古格鲁默不作声。纳谋鲁取知道他在合计。

"前面只此一途。"纳谋鲁取道。

"严刑拷问？"

"正是。"

"可有回旋余地？"

"既已将你当众拘捕，已无他法。"

"不错。言之有理。"

"现下且就事论事。你双亲俱在，五服之内亲眷亦多，这些人的生死都在两可之间。太后并非心慈面软之人。"

沈古格鲁喉头的嘶鸣声更响了。纳谋鲁取心中又是一抽。

"我一向不愿虚言恫吓，亦深为不齿，何况当年我也曾身处此境。现在我只是你与太后之间的使者，两面传话而已。我等现下要问的，便是刁菊当日的主顾。"

"大人可否给老奴松绑？"

"不可。此事我做不得主。"

"老奴自知当死，临终一言唯愿留几分体面。"

纳谋鲁取想了想，又望了望旁边的侍卫。

"恕难从命。"

"为何？"

"你这是明知故问了。"

沈古格鲁认命了。他缓了口气再度开口，声音平静：

"人生在世所图者何？父母生养，长大成人，渐渐懂得那风流之事，懂得勾引女人，岂非咄咄怪事？老朽以为，便是男女之欢，也总有缘由。不然何以世人都将那风流之事看得堪比性命之重？盖若无风流，何来子嗣？不过，何以男女之事如此美

231

妙？倘若这勾当只是枯燥乏味，似乎也可有可无。老朽思来想去，倒有几分所得。此事上你我并无不同，都已不必将男女之事挂心，一则你我已无人欲，便有亦无可奈何；二则，他人既知你我不能行人事，因此自不以此事来惹厌。然则除却男女之事，人生所余几何？老朽每思及此莫不倍感惊诧，仿佛天生世人，便是要驱使男女成双，再令牡牝配合，舍此别无所求。故世人为此千方百计，虽死不惜。老朽不必相询，便知大人也必曾于那漫漫寒夜中孤枕难眠，也必曾扪心自问此生何求。因此现下大人告诉老朽死期将至，老朽今日便死，形神俱灭，世间万物却依旧运转不息。老朽死便死了，又有何不同？而后人千秋万代，代代绵延，又有谁人知道老朽一脉在此断绝？！老朽血脉已断。你可知这一脉始自盘古开天，女娲抟土，代代相传，方有今日！千秋万代，列祖列宗，哪一个不曾穷尽心力，或巧言利诱，或威势强求，或两情相悦，总将血脉延续至今。这是何等艰难，几近登天！现下老朽知道血脉即将断于此处，千秋万代不曾中断的血脉，即将终于老朽。老朽便是那亡族之嗣。这也无可奈何。你要老朽供认安排嫔妃私通，问老朽谁人能安排此事，你告诉老朽死期将至。这些零碎事情与老朽的血脉相比，何足道哉！咱家总归是个阉人。你要杀咱家，那太后老蹄子要杀咱家，要拷问咱家如何让那些小蹄子与外人私通，问皇帝家的女人与何人私通？我呸！要死便死！灭族便灭族！留下一个，你便是我养的！"

沈古格鲁一口气说完，一口呕出来，瓷砖地面上立刻糊满了鲜血和胆汁。

纳谋鲁取迅速将事情重新梳理一遍，顷刻便醒悟过来。然而他还未及伸手过去，沈古格鲁的头已经垂了下去。死亡并非突如其来，服毒者从不立刻毙命。沈古格鲁在地板上抽搐着，喉咙中喷着血沫，垂死的眼睛认真而又满含怨毒地扫过房间中的几人，先是那几个侍卫，最后盯在纳谋鲁取脸上。

侍卫们大惊失色，却并未失了方寸——毕竟是大内侍卫。几人手脚麻利地撬开沈古格鲁的牙关，试图令他呕出毒药，却也心知这是徒劳。如今流放已是他们能希冀的最好下场，倘若犯人真的死在自己手里，后果不堪设想。纳谋鲁取看着倒地抽搐的沈古格鲁，心知一切已成定局。事发时自己在现场这点已足够得咎，只怨自己未能提前醒悟。抽动的手、额头的汗、喉间的嘶鸣——这厮定是上殿之前便已服毒，他心知肚明这一去便只有一个结果。

侍卫们仍在拼命按压着沈古格鲁的腹部，其中一人从牙缝中挤出几个字："真是气运背时。"

纳谋鲁取心念电闪，他终于抓住了那根一直在他眼前若隐若现的细线。

二十

柯德阁看着纳谋鲁取,等他开口。他并非依例礼让官阶更高的纳谋鲁取,而是完全出于惊讶。纳谋鲁取真的回来了,显然柯德阁也打定主意坐等他上门。两人在空荡荡的堂屋中落座。柯德阁坚持让纳谋鲁取在当中的交椅上居高落座,自己却搬了张板凳在对面坐下。

"下官此来有一事要同大人商议。"纳谋鲁取道。

"大人请讲。"

"此事虽关本案,却无关大人勘验之职。"

"既与凶案相关,依例下官是不得置喙的。"

"依例确实如此。"

"不过大人若有疑问,下官当以不逾矩为度,尽量解答。"

"禁城之中圣上寝宫一翼,当年乃是大人亲自督造。"

"确由下官设计并督造,此事有据可查。"

"如此,圣上寝宫自然也是大人设计修建。"

"此话不假。"

"依何原则设计修建?"

"宫闱局延嗣处有若干原则,是为设计修建依据。"

"大人可否一一阐释？这些原则如何融会于寝宫格局之中？"

"大人此问恐过于宽泛，恕下官难以切中要害。"

"寝宫之设计用意何在？"

"设计均有诸多用意，难以一言蔽之。"

"但请择要而言。"

柯德阁思忖片刻。

"以何人视之为要？"

"以内宫管理有司视之。"

"安防及延嗣。"

"这些用意可有明文，还是心照不宣？"

"均载以明文。"

"这用意于设计有何影响？"

"非但设计，于修建亦颇有影响。"

"详细说来，于设计修建有何影响？"

柯德阁开始谨慎起来，语速也慢了。

"此等详情，依例是不得随意传播的。"

"规例是如何说的？"

"可知其详情者仅寥寥数人。"

"都有何人？"

"恕下官不能见告。"

"若是下官已经料知何人——"

"那么下官也说不得。"

"下官可否忝列那寥寥数人之中？"

"不可。"

"下官现下却必须知悉详情。"

柯德阁缓缓点了点头,沉思着。

"若无长官书面谕示,下官委实不敢自作主张。"

纳谋鲁取从袍袖中取出盖有太后印鉴的手谕递给柯德阁。柯德阁双手接过,捧在手中仔细看了一番。纳谋鲁取清楚柯德阁能够看懂手谕中的弦外之音——这份手谕赋予了纳谋鲁取颇为可观的权力,然而这种权力的边界却模糊不清。而纳谋鲁取此刻的请求恰恰处在这个权限的外沿,因此柯德阁左右为难。他不敢冒险拒绝,因为纳谋鲁取代表的是太后,或者说是太后的儿子——当今圣上。然而,同时也确有严格规例令柯德阁拒绝其请求——后宫神圣不容亵渎,且纳谋鲁取的圣谕授权毕竟并不明确。因此无论做何选择,最终都难结善果。按照官场规则,他无论拒绝与否均会得咎,只能把宝押在最终结果上,因此进退两难。

"大人可否示下侦办进展,以及为何需要圣上寝宫详情。"

"理所应当。"

纳谋鲁取将前情大略讲述一番,解释了如何顺藤摸瓜来到此处。

"因此,大人以为后宫排期规例有机可乘,而死者便曾乘隙投机以谋私利,或者至少曾参与类似勾当?"

"正是。"

"那便如何?"

"下官不明之处,是这排期规例看来似乎乃是依南人习俗编制。"

"我族的方式更优。"柯德阁道。

"那自不必说,不过他族之法似乎也有些可取之处。"

柯德阁闭上了嘴。纳谋鲁取发现与年轻人交谈,或是审问年轻人时,突然停顿往往会令对方不安。他们似乎心中已将问题答案排好了队，只等一个个将其送至口中发射出去。然而面对老奸巨猾的对手时，情况却反了过来。他们一旦发现自己面临选择或涉入陌生话题，便会停下来思考，毫不在意中止对话。柯德阁眼下便是如此——默然不动，毫无表情地权衡着利弊得失，最后才将目光放回纳谋鲁取身上。

"下官恐无法为大人详述全部要素，不过大人若有问题，下官却可回答。"

"我问你答？"

"正是。"

"修建寝宫之时，都有何等要素纳入考量？"

"要素甚多，不胜枚举。大人这个问题似嫌空泛。"

"健壮龙种之生产，有何要素影响？"

"首要者为禁卫安防，次者气脉流转，再次便是舒适安闲。"

"禁卫安防如何融入？"

"大人提问可否更精准些？"

"入口如何安防？"

"回廊长十五丈，设门三道，门槛皆陷于石墙之内。门锁内置，仅专职内侍持钥匙由内开启。"

"除门之外，可有其他通入路径？"

"通入路径便是门了。"

"除三门之外，可有其他路径通入？"

"有一甬道设于地面上，可直达圣上寝宫。因其别有用途，门锁设在外侧。"

"有何用途？"

"圣上自主定夺作何用途。"

237

"圣上可常用此门？"

"下官所答，仅关乎设计修建。"

"除此而外，是否尚有其他路径进入寝宫？"

"没有。"

"那么离开寝宫是否还有他途？"

"亦无他途。"

"出入门径是否亦有调和气脉之效验？"

"当然。"

"门径之外，还有何等物事用以调和气脉？"

"卧榻方位，寝宫与城门，乃至新月及满月之相对方位。"

"具体相对方位如何？"

"四门连作一线，若是利生男之阳月，则城门处所纳之阳气流通；利生女之阴月则气脉不通。"

"如何便能如此？"

"阴月中，太阴方位偏离城门，故气脉无法流入寝宫。"

"太阴如何正对城门？"

"若从禁城城门望向外城城门，视线末端恰是月落之处。"

"阳月如此？"

"不错。"

"圣上所行之道？"

"正是依此设计，以使其顺应阳气流通。"

"尚能有所增益？"

"不能。"

"还有何等要素？"

"于修建而言便只是这些了。"

"修建以外要素大人可否赐教一二？"

"就下官所知，圣上就寝时间，交合细节，均有颇多考究。其详情则既非下官所知，亦非下官职责。"

"大人可否推测一二？"

"恕下官不敢。"

纳谋鲁取走进刑讯官牙梨哈的门房。牙梨哈手下那烦人的赫兰族年轻后生还在，居然还坐在书房里主事。

"还在辅佐牙梨哈执事？"纳谋鲁取道。

"自然。"艾驰恩道。

"我来拜访牙梨哈执事。"

"大人有何贵干？"

"同上次略同，有宗案件侦办事宜相商。"

"还是那件案子？"

"正是。"

"案子仍无决断？"

"没有。"

"为何？"

纳谋鲁取思忖着如何作答，同时也在考虑是否有必要作答。他已经断定艾驰恩这小猢狲肯定逃不过这轮清洗，就算他家族显赫也没用。

"想必是我愚钝。"纳谋鲁取道。

艾驰恩一时不知如何接下去。

"有劳通报牙梨哈执事，说禁城察事厅统领纳谋鲁取求见。"

艾驰恩跑了，屋里只余纳谋鲁取一人。房间中寂静无声，厚墙完全滤掉了外面刑讯的声音。艾驰恩很快跑了回来，引着纳谋鲁取——此次走了那条安静路线——来到牙梨哈的书房。纳谋鲁取迈步进屋，牙梨哈已候在那里了。

"纳谋鲁大人！"

"牙梨哈执事。"

"究竟闹甚？"

"你说这件案子还是外面？"

"说案子，也说外面。"

"侦办尚算有些进展。外面情形，怕是你比我清楚。"

"你清楚甚了？"牙梨哈问道。

刑讯官毕竟是刑讯官。

"你先说。"纳谋鲁取道。

牙梨哈思忖片刻。

"看过那簿记的都押在此处。"

"哦？"

"这些人算是倒了八辈子霉，什么也说不出，也还要拷问，没什么法子。"

"哦。"

"连带我也担着干系，是不是？都是司局的统领提点，进来便是大刑，先闹上你一个时辰，上面问起也好敷衍。然后我再跑进去，啊呀失礼了，咋闹成这样，都是主子吩咐，没办法，先给你弄个僻静监房将养，再做计较。鸡毛拌韭菜——乱七八糟。再闹上两天，我也活不成了，赶紧闹完吧。"

"我有几个问题。"

"问甚？"

"钦命侦办要问的问题。"

于是客套话到此为止,后面便都是官面事情。牙梨哈坐直了身子。

"奴才牙梨哈效忠吾皇,知无不言,以求早日侦结此案!"

"大人执掌提刑侦办要务,一向功勋卓著。"

"统领过奖,愧不敢当。"

"请问大人,你可知圣上在敦伦之时,如何监视和调节其阳气流转?"

"如何便算作知道?"

"此事已有成规常例。你可知监视和调节圣上阳气之规例?"

"下官并非有司官员。"

"你却曾讯问多名有司官员。"

这便是图穷匕见了。一个选择,端端正正地摆在了牙梨哈面前。

"审讯记录乃绝密文书,下官的讯问内容怕也不易确证。"

"因此才要大人决断。"

牙梨哈陷入沉默,此事能带给他的只有危险。他对官员施加的酷刑迟早反噬——当初拷打本官的便是你这厮!虽说那是奉了圣谕身不由己,且已格外留情,但受刑者却不会忘记酷刑,因其与冲动争斗甚至血亲被杀的仇恨不同——那些或许还有情可原。在纳谋鲁取的经验中,从未有人原谅过加于己身的酷刑。现在牙梨哈的刑房中关满了大小官员,即便这些人确是咎由自取,却也不关牙梨哈的事,甚至其实本非大事,然而奉命去拷问他们的是牙梨哈,他虽可用官场伎俩来推脱责任,搪塞一时,但毕竟刑讯处是他说了算,因此报复迟早会找到他头上。

最后果然不出纳谋鲁取所料。

"审讯记录确是绝密。若说他们不曾交代,那是下官扯谎,只是这等事情依例并不记录。"

"你是说审讯并无笔录?"

"不错。"

"不过交代宫闱内情的审讯由何人主持总有案可查。"

"亦无记录。"

"为何?"

"我等既未录得内情,自亦无从查证内情是由何人拷问出来。"

"不过或许大人还记得。"

"大人是明白人,这等事无人拿来闲谈,尤其现下这种光景。牢房这些人将来少说也有一半会官复原职。"

纳谋鲁取等着下文。

"下官倒是可以大略讲一讲,大人却要确证有上谕授权。"

"如何确证?"

"圣上手谕最好,至少也是宫闱局文书。"

"圣母皇太后有手谕在此。"

"下官可否拜读?"

纳谋鲁取取出手谕给牙梨哈看。

"下官求大人留个抄本。"

"这个许不方便,不过大人不妨找人做个见证,证明下官确实出示了手谕。"

牙梨哈把汉人文书唤了进来。

"倘需对证,南人做证怕不合规例。"纳谋鲁取道。

牙梨哈与手下商议了一番,最后将那赫兰族的艾驰恩召进来做了见证。

"宫闱局却并无片纸在此，"纳谋鲁取道，"大人只好从权。"

牙梨哈点点头。

"大人可知其中规例？"纳谋鲁取回到主题。

"不可靠的南人。"

"说的不是南人，是宫闱局。大人可知道圣上床帏之事中的规例？"

"些许也听些。"

"为何？"

"这份差事便是如此，当听不当听，免不了都要听些。"

"听了便如何？"纳谋鲁取问道。

牙梨哈盯着纳谋鲁取，想了想才道："听便听了，世上没有无用的消息。"

"床帏之事如何安排？"

"下官也只是略知一二。"

"那便只讲一二。"

"说来有趣，下官本不该知道这些勾当。"

"当然。"

"却也都是当差，没奈何。"

"说的是。"

"讯问的本是贪墨案子，这边招认出来，却带出了旁的事情。比方说，他说的本是如何贪墨银钱，却免不得要说明规例中有何漏洞，于是我等便多少听说一些。"

"这个我自然理会得。"

牙梨哈的紧张令纳谋鲁取颇为好奇，他需要考虑一下如何问下去。通常这种谈话总有个转场过程,以环境变化令被问者明确自己的角色——受审者。这种变化会转变对方心态,令他们明白自己是坐在桌子对面接受质询并回答问题的人。然而对于牙梨哈这个惯于坐在桌子另一边的人,却并不容易——这套做法他本就驾轻就熟。不过同理,他也会立即明白纳谋鲁取的用意。

纳谋鲁取整了整袍子,将手上的卷轴放在一旁,眼睛先是向下,随后又抬起来盯在牙梨哈脸上。

"你一共曾审讯过多少后宫之人?"

"哪些便算作后宫之人?"

"凡是后宫来人都算,嫔妃、太监。"

"文书、杂役也算?"

"但与后宫有关。"

"从何时算起?"

"从你执掌刑讯算起。"

"容下官查验记录。"

牙梨哈在隔壁房间里颇翻弄了一番才回来。

"约三十五人。有些并非宫闱局直隶,譬如有些文书只是奉命联络宫闱局,为期一月。不过通常倒是这些人容易搞些勾当。"

"三十五人?"

"许有一两人出入。"

"其中太监几人?"

牙梨哈又跑去查了一番。

"十人。"

"嫔妃?"

"五人。"

"三夫人?"

"没有。"

"为何?"

"不归我管。"

"嫔妃所犯何事?"

"无甚大事。偷窃、不敬。"

"刑责几人?"

"一半。"

"余者都是拷问?"

"对。"

"太监所犯何事?"

"大同小异。"

"文书?"

"大多是笔录讹漏。"

"宫闱局排期推算处?"

"也有。"

"多少?"

"一人而已。"

"刑责?"

"不是,拷问。"

"监管圣上床帏之事目的何在?"

"延续龙种,确保生产健硕之男婴。"

"只是监管交合一事,还是时间、方位等诸多要素都要监管?"

"一切都要监管。"

"如何安排交合？"

"交合须在阳日。"

"如何安排在阳日交合？"

"阳日前约五日间，圣上每日与低品阶嫔妃交合。"

"大约五日，还是正好五日？"

"月份不同，三日至六日不等。"

"低至——"

"三日。"

"似这般有多久了？"

"自从先帝宠幸过南人女子，便开了此例，总有十余年了，只是秘而不宣。"

"若是有人得了这气，必能为人所不能为，成人所不能成，这种说法他们都相信？"

"不错。"

"无人质疑？"

"这是南人说法，不过无人质疑。"

二十一

由于灯烛处的人经历了最后一轮清洗后已十不存一，平日里标记着禁城轮廓的那一圈摇曳的橙光已经换成了稳定的苍白月华。走在月光下明暗分明的禁城中，纳谋鲁取心想，这种变化未尝不是好事。

阴暗的转角处、漆黑的门廊中，视线之外传出几不可闻的窸窣声，那是早被吓得魂不附体的人们在暗中窥看着纳谋鲁取。他从墙边走开，穿过寂静的场院。他已经将朝靴换成了平时在书房中穿的软靴，虽不如朝靴保暖，却安静而安全。

纳谋鲁取来到一扇小门前，月光透过一棵光秃秃的柿子树，将扭曲的枝条投射出光怪陆离的阴影。黯淡模糊的阴影爬过小门，一直钻进门内的黑暗中。纳谋鲁取提起袍角，迈过门槛，踏入门内的黑暗。

虽然伸手不见五指，纳谋鲁取知道这个门廊通向自己左手边的秘书监文馆。他摸索前行，穿过万春溪尽头镶有螺钿的澄湖廊，左转来到凹凸不平的杂役通道。出了通道，便来到漆黑一片的秘书监前厅。他平伸双手，两脚交替在光滑的瓷砖地面上试探前行。二十步，他摸到了门，但沉重的大门却纹丝不动。

他双手在门上摸索了一番，终于找到门缝。门缝旁边是巨大的门钮——门已落锁。

纳谋鲁取在门上轻叩两下。叩门声在瓷砖地面上方的黑暗空间中来回碰撞。他静候片刻，却毫无动静。再叩。他凑近两扇巨门间的缝隙，向里面轻声叫了两声。仍是沉寂。他略微提高音量，再叫两声。他将耳朵贴在门上，试图听到一些呼吸声或是脚步声，却一无所获。

老寇哪去了？他有可能正屏气凝神地躲在门后，猫在黑暗中静静地抽着烟斗。又或许他已被捕，此刻正在冰冷的刑房或牢房中。倘若真被捉了，那多半是刑房。还是已经死了？不太可能。老寇经历过更凶险的境遇，这些年也都活了下来。如此想来，他多半是藏起来了，反锁了文馆的大门躲在里面。大约如此，却又无法求证。

又一道门关上了。

站在冰冷的黑暗中，纳谋鲁取瑟瑟发抖。门后有他要的记录——熟识刁菊的人。锁住记录的不光是这扇门，还有老寇的记忆。

要想活下去必须做到两点：一是小心谨慎，二是对人有用。这个道理老寇明白。文馆藏卷九万，每一卷他都亲自经手。文馆是个庞大的信息宝藏，这便是其威力所在。虽然官场中的明枪暗箭防不胜防——上司派来的主管或是明里暗里的绊子，老寇却始终安然无恙，牢牢地把控着局面。因为他有用。门上的锁用钥匙便可开启，但若是缺了老寇，翻检文献便如大海捞针。

或许也未必全然如此。纳谋鲁取站在伸手不见五指的前厅中，继续推敲着这个问题。这些文件的副本是拿不到的。

"这有何用？"纳谋鲁取问道。

"放在字上，字大了，老人能看。"索罗道。

"可否拿来一试？"

"可以。"

索罗将那只透明的圆球递给纳谋鲁取。球不大，恰好放在掌心，却出奇地沉重，手感仿佛承着黄沙烧制的伪玉，然而又晶莹剔透，全然不像伪玉般污浊。纳谋鲁取将圆球置于书案上的一份文书上，球中立刻现出放大的文字，仿佛字纸被水滴瞬间洇湿时的样子。纳谋鲁取竟然无须将文书置于远处也可阅读——近年来他本已习惯如此。

纳谋鲁取浏览着索罗书房中的各种稀奇物事，多是南人或金人的作品，却也有不少来自异域部落。有些是熟悉物事的异域形制，比如那个漏斗形的家什，虽与本地水钟差别不大，却以透明伪玉容以细沙制成，不似本地水钟以水为质。还有个镌有刻度的黄铜盘，内中安排了无数机巧轮轴，仿佛水车却又小了许多，还印着日月的标志。纳谋鲁取放下了透明圆球。

"老寇不在文馆。"纳谋鲁取道。

"是吗？"

"不知大人是否知其下落？"

"我为何会知其下落？"

"他是否被大人拘拿？"

"你给我什么好处？"

"大人想要什么好处？"

索罗低声咆哮：

249

"我要你侦结这桩凶案!"

"那是当然。"

"我不曾拿他。"

"旁人呢?"

"我想也不曾。"

"大人不知端的。"

"八成。"

这句话从索罗口中说出,便是他确知老寇绝对不曾被抓。

"老寇聪明。"索罗又补了一句。

"我却要看他的文书。"

"那你倒霉。"

"未必见得。"

索罗没说话。

"馆藏文书俱是抄本。若有原件,也是一样。"

"什么文书?"

"选妃时的宗族审查纪要。"

"原件在何处?"

"原籍所属县府。"

"你不知道原籍,如何找县府?"

"宫中个人籍贯、来历,内卫司向有登记。"

"找来需很久。"

"或者可以设法从速。"

"嗯,或者。你有消息?"

又是一笔交易。纳谋鲁取掏出一颗槟榔放进嘴里——纤维纵横的果肉中开始慢慢渗出苦涩的汁水。

"消息总是有的。"

"案件今日如何?"

"大人想必已经听说,宫闱局提点大太监沈古格鲁已被拿下。"

"我在。"

"大人也知道他受审后便畏罪自尽了。"

"他可曾招认?"

"等于是招了。"

"招出凶手?"

"不曾。"

"你咬了个猪尿泡。"

"不过,他在这个勾当中的作用我倒能猜出大概。"

索罗面露笑容,靠在椅背上,眯眼望着纳谋鲁取。索罗这等人,心思如房屋桁架般复杂。纳谋鲁取暗想,消息如砖石、灰浆般填入桁架,其心思日益密实,却没有变大。

"他安排嫔妃去与人交合,却并非等闲卖身。"纳谋鲁取道。

"卖什么?"

"元阳之气。"

索罗想了想,笑道:"他转卖元阳之气?"

"正是。"

"我以为,只有南人相信。"索罗道。

"此一时彼一时。"

"圣上的气放在嫔妃那里,像酒放在瓶子里,要喝便买?"

"正是。"

"聪明。"

"不错。"

索罗沉默半晌，思考这个消息对案子和自己有何意味。

"卖给何人？"

"不知道。"

"为甚？"

"他不曾将名字写下来。"

"你会猜。"

"我会。"

索罗等待着。

"过去四日，"纳谋鲁取道，"元阳之气对何人最有用处？"

纳谋鲁取看着答案在索罗脑中浮现，随后显现在他脸上。这大半还算是个好消息，因为对手并不强大，算不得威胁。然而对手为何人仍旧成谜，其意图亦无从判断。

"你聪明，"索罗道，"现下便去拿人。"

"还须大人扶持。"

"我不聪明。"

"我需要护送。"

索罗向后靠去，揣摩着纳谋鲁取的要求，突然又转了话题。

"要纪要作甚？"

"我要知道她入宫前的相识。"

"纪要没有。"

"虽然如此，却能看出考生中何人与她同乡。"

"未必。"

"虽然未必，大人也知道这差事便是如此。纪要中总有些痕迹。"

索罗点了五名士兵护卫纳谋鲁取去拿纪要，挑选武器时颇费了一番心思。虽然动手的可能性不大，但万一真的兵戎相见，低阶小兵的短刀——专门用来杀人的捅刺工具却远比其他兵刃趁手。不过作为护送，还是以震慑为主，因此索罗又考虑了禁卫军用的长矛。长矛在禁城弹压部队章法分明的阵形中尤为有效，在近战中虽用处不大，却代表着朝廷权威。最后，索罗决定短刀、长矛都带上，并嘱咐士兵一旦动起手来就立即弃矛拔刀。于是，五名士兵扛着长矛——矛头飘着禁军的红色旗帜，短刀插在腰间的刀鞘中，弩弓背在身后，与纳谋鲁取和索罗来到了通向外城门的大道上。

沿街建筑将寒风聚成一股，顺着大道吹来。一片枯萎的黄叶一直飘荡在七人队列前面，最终在三十余人的守城卫队前落地，被一名士兵踩在脚下。

虽然隔得还远，纳谋鲁取也能看出对方并非禁军，而是临时应召的增补力量。若是鄂尔多斯驻军，便都是上过战场的武士，也是某人的亲兵。

纳谋鲁取一行七骑慢慢朝前走去，马蹄声回荡在清冷的空气中。走到守军近前，纳谋鲁取和索罗都下了马，但索罗并未走出五名卫士的防护圈。

"嘿！"索罗吼道，"内卫司护送察事厅统领纳谋鲁取大人出城公干！开门放行！"

守兵头目将一大口鲜红的槟榔汁水吐在深色的石板路面上。纳谋鲁取看着他，显然他正在搜肠刮肚地寻找狠话。他找到了，脸上露出笑意。

"老子在此镇守，玉皇大帝来了也不得出入！"

"为甚？"索罗问道。

"军令在此！"

"何人军令？"

"老子的军令。"

"何人给你军令？"

"啰唆。速速转头，莫等老子拿你！"

索罗想了片刻。

"我是内卫司长官。好朋友，不是对头。你不曾在宫里当差，对吗？"

头目一声令下，守兵纷纷拔刀准备厮杀。索罗的手下也都抽刀在手，彼此散开一臂距离。

索罗仍是不紧不慢。

"我常年在此当差，每个人都认得我。我不认得你，你是新来的。新来的要学规矩。闪开，不然杀了你。"

"就你？五个兵？"头目笑了。

"发禁令是何司局？"索罗问道。

"关你何事。"

"我问，便关我的事。"

"呸！"

索罗笑了。

"仔细看我的眼睛。"

索罗大步向前，腰刀出鞘。

暴力对某些人只是日常生活的延伸。纳谋鲁取已多次见证这一事实。虽然不少男人自诩天生暴力，事实却未必如此。头目见索罗拔刀，冷笑一声表示轻蔑。然而索罗随即便挥刀斩下了他的脑袋。其余守兵呆若木鸡，都被这突如其来的变故所震撼,不知如何是好。

"我姑且不杀你等。"索罗道,"我官阶高过这厮,他以下犯上。你等现在便将这门打开,不然也是犯上。"

没人犯上。守城卫兵静静地目送纳谋鲁取、索罗与五名卫士出了城门,心中暗暗盘算自己会因此事受到惩罚还是获得奖励。纳谋鲁取看着他们,最后得出了同样的结论——奖罚全然取决于此刻的谨慎、沉默,还有运气。

城门关闭,城门前的广场上只余七骑——方圆百丈的空旷中唯有月光,而四周的房屋全部融入夜色,脚下这石墁的广场仿佛无边无际。

耀武扬威有震慑之功,于是索罗的士兵们点起了火把。

七人策马走上广场,大约走到一半的时候,索罗自顾自地说道:"不必担心。圣上的人都在外面锁门。他们防人进城,不防人出城。"

库布家的亲兵卫队长官迎出宅院,穿过五名卫兵来到纳谋鲁取面前,示意纳谋鲁取下马。纳谋鲁取下了马,与长官一起走到墙边暗处,避开其他卫兵。

"大人可独自进入。"

"可否让索罗将军带两名护卫同去?"

"索罗将军自可入内,护卫不可。"

"那便如此。"

"须除下兵刃。"

"我无兵刃在身。索罗将军只有佩刀和短剑。"

"兵刃不可入内。将军可将刀剑寄存此处。"

"将军兵器从不离身。"

"那便留下佩刀,只带短剑入内。"

"好。"

进了库布家大院,纳谋鲁取与索罗被让进堂屋落座。房中陈设豪华,几可媲美皇宫。光可鉴人的地板上铺着大漠以西出产的厚毯,墙上是精巧的纱帐。蜡烛闪烁着淡黄色的火光,照得人影轻轻摇曳。

纳谋鲁取清楚,起码有二十多名库布家的亲兵此刻正赤足屏息藏在一墙之隔的院内,密切监视着自己。索罗自然也心知肚明。但既已深入虎穴,也只好见招拆招了。看来索罗确是急于找出凶手,不然他绝不会陪着纳谋鲁取以身犯险。

库布明来了。一个老太监陪他走到门口,深鞠一躬,又躬身向索罗和纳谋鲁取见礼,便退了出去。

库布明大马金刀地坐下。

"纳谋鲁大人大……大驾光临,有失远迎。不知大人有……有何贵干?"

"你知道我们抓了宫闱局提点大太监沈古格鲁吗?"

"听……听说了。万……万幸我不曾在宫中。腌……腌臜勾当。"

"他安排嫔妃与人私通。"

"腌臜勾……勾当。"

"倒是获利颇丰。"

"卖的是元阳之气?"

"不错。"

"想来如此。"

"你知道他卖与何人？"纳谋鲁取问道。

"这却不……不知。"

"姑且胡乱一猜。"

库布明停了片刻。

"哦。"库布明恍然大悟。

"所见略同。"

"嗯。"

"他们的动向你等可曾监视？"纳谋鲁取问道。

"那是自……自然。"

"始自何时？"

"一入邻县便……便有耳目监视。到达时间不一，早晚相差三……三五日。"

"纪要在何处？"

"事关安……安防，恕难见告。"

"及第者可曾加派耳目？"

"自然。"

"有何发现？"

"大人知道，下官称家中有事，已向朝……朝廷告假，这纪……纪要断不敢拿……拿给大人。"

纳谋鲁取默默坐了片刻。这种谈话早晚会遭遇这个时刻。

"如此可好，"纳谋鲁取道，"现下情势微妙，查看纪要确有诸多不便。不过下官适才奉告之事或与大人职责相关。大人若要与家人商议，我等便在此处恭候，但望大人能够因事从权。"

"大人言……言之有理，只是现下这个时辰议事怕是有些麻烦。大人且……且请少坐，我尽力而为。"

库布明赔着笑，起身出了房间。

纳谋鲁取盘算着自己这步棋走得是否正确。此举会得罪库布明，多半已经得罪了他。后面他大约会伺机报复，不过估计顶多使些小绊子。库布明此刻正与其父兄商议，这才是眼下最要紧的事。而纳谋鲁取和索罗只能在一群亲兵的严密监视下在此静候。

库布明回来了。

"事情议……议过了。大人案件侦办事……事关重大，我们也愿……愿助一臂之力。"

"下官感激不尽。"

"不过，纪要却也非……非同小可。因此案件有何动向，大人须先知会我等，不可后……后于旁人。"

"下官必先禀报圣母皇太后，此后便立即知会贵府，如此可否？"

库布明转头望向门外黑洞洞的走廊，等待着外面的回应。半晌回过头来。

"那是当然。这便是我等之意。先禀报皇……皇太后，随后便是我等。但与案……案情相关，事无巨细，均须知……知会我等。"

"自当如此。"纳谋鲁取道。

火把的光芒在漆黑空旷的大路上摇曳，纳谋鲁取骑在马上，盘算着此番到库布家"逼宫"的利害得失。

这是一步险棋，不过风险不大。库布明既已依纳谋鲁取所言将刺客移交太后，便算是立场已定，很难临阵反水。两个实权部门的掌门贪夜登门，库布明的父亲自然能掂出斤两，甚至可能已提前预料到这场"逼宫"。库布明毕竟年轻，也算教他学个乖。无论怎样，此行总算没有白跑——纪要已拿到手中。

纳谋鲁取坐在书房中，瘦削的两腮正用力碾压一颗新槟榔。汁水带来的刺激正逐渐蔓延全身，令他面皮发热，喉头发堵。他缓缓展开第一卷纪要，其中详细地记录了为参加这场决定命运的殿试，于六日前到达皇城的四百八十八名考生的一举一动。

二十二

纳谋鲁取展卷阅读。

冬月初一,四百八十八名殿试考生于禁城正门处集合。是日为案发前六日,清晨严寒。据纪要所载,两名考生晕厥送医,将于两年后复试。对余者而言,此次集合便是他们最后一次非仪式性的集体活动了。

寅初时分,城门开启,考生由吏部卫队护送至崇文院,按生源省份分组。

鉴于分组中考生首次有机会脱离防控,因此监视严密。分组完成后,考生立即被送回各自寝庐。

每间寝庐配备三名守卫——不仅为监视考生,也为相互监督,以免守卫与考生勾连舞弊。考生休整小憩一个时辰,此后便是一连串的安全检查:搜身、讯问,甚至还有人谎称有门路舞弊诱考生上钩。考生大多顺利通过,仅三人被黜:一位腿上有反写小抄,考试时可拓印纸上;其余两名则均被诱骗上当。

然后便是一堂大课,教的是宫中的品阶尊卑和规例礼数。尽管绝大多数考生很快会被淘汰出宫,但只要在宫里一刻,就要遵守宫中礼法,规矩不可马虎。

首日纪要并无任何脱离监控的行为。

次日凌晨,监考太监于丑初时分来到寝庐唤醒考生。

考生被带离寝庐后,太监们立刻展开搜查。此轮又有两名考生因违规被取消考籍——寝庐内藏有作弊小抄,未能逃过太监们的火眼金睛。两人立即被当众押解出宫,手腕内侧还被烙上印记,终生不得参试。纪要附录中还详细剖析了作弊手法,但纳谋鲁取并未阅读。

两轮清洗后剩余的考生,被分组送至考场,并且根据各省呈报的体貌特征逐一核验正身。

从考生入宫到第二日清晨,时间已涵盖刁菊遇害时刻。

另一堆卷轴是第二日的计划——殿试期间的安防监控方案。纳谋鲁取展卷阅读。

当日上午晚些时间,考官会从事先封存的木匣中取出笔墨纸砚分发给考生。考生拿了文具,便会被送至考场的单人号舍,关进宽深各一度的正方隔间。隔间与走道相通,后有一条窄板为凳;前有一条宽板,既是考生写字的条案,也是将考生隔离的挡板。

考生全部就位后,考官将试题发入隔间。考生遂在隔间中作答,直至次日破晓。

放题后的十七个时辰中,整个考区均置于考官监视下,无人可接触考生。主考官寸步不离考场,但身后亦有人监视,考生亦如此。因此即便考官与考生勾连,亦难有作弊机会。

本卷纪要后亦有补遗,对更为恶劣也更为隐蔽的评卷偏袒作了详细剖析。纳谋鲁取找到了这段补遗。

补遗内容冗长且数字繁多,但总不外考生身份保密之法。

倘若考生勾连考官，使其在阅卷时加以偏袒，必须设法沟通，考官才能认出需偏袒之卷。有人以藏头法将姓名嵌入答案，有人在试卷的特定位置点上墨污。此类方法都不难识破。而真正作弊的考生大多采用暗码将特定文字嵌入答案。这固需巧思，却也难不倒一路过关斩将进入殿试的考生。破译部门以为完全肃清暗码几无可能。虽可以文字出现频率筛分，文章篇幅亦足够采样，但暗码仅需二至四字，对全局影响微乎其微，几乎无法确证某篇文章涉及舞弊。此外还有笔迹分辨等法，但法无万全，总有漏网之鱼。补遗的结论是舞弊虽可防可控，却无法根除。

纳谋鲁取又回到安防计划。破晓时分收卷，倘无违规情况，考生交卷后将被送回寝庐。于此，监控须兵分两路，一路监控考生，一路追踪试卷。不过考生既已完试，监控可略微放松。而试卷的评审则在完试后立即开始。

考生回到寝庐后可歇息至午餐时分。倘无异常，他们中午将会被送至餐厅从容用餐。餐后有人送至寝庐，换上宫中特为他们置办的新装。按照规例，对考生的监控到此为止。

纳谋鲁取卡住了。纪要不但解释了针对考生的安防措施——可谓尽善尽美，亦详述了殿试期间的执行情况——同样无懈可击。

纳谋鲁取只得回过头来重读。他反复读了足足三遍，方才找到关键。

考生进宫后需要参加一连串的分组授课，内容多为礼仪规范细则，以免考生在宫内期间言行失范。授课总计约两个时辰，课前考生会有小段时间自行更衣，随后分入各组听课，每组约五十人。

当日即将结束时，考生监管权将由考试部门移交至考生规范处。阅读纪要时，此处并无悖理之处，两个部门名称混杂在众多令人头疼的省部司局名称中也毫不惹眼。然而第三遍读至此处时，纳谋鲁取注意到接管监管权的处室竟然并非负责考前监管的考生规范处。再比对宫内机构名单查验时，发现这个处室确实存在，而负责考前监管的考生规范处竟然不在名单上。

监管权首次移交之后，戌时中，考生要参加一场庆丰分果仪式与另外一场礼仪课，而此时有两份时间重叠的安防监管报告。礼部纪要显示考生被送往宫廷御膳房参加庆丰分果仪式，然而按御膳房纪要，考生此时应在学习礼仪。两份纪要是分别呈报的。考生监管权直至一个时辰后才移交给考试部门。

纳谋鲁取靠着椅背仔细思考。显然，考生对监管权的移交并无意识。而现实中移交手续如何完成？或许有个签收手续——两人签署文件移交监管权，但可能性不大。相比之下，移交更可能仅为事后认定的事实。由于首次移交的处室根本不在名录中，自然也无法找到有司人员询问。眼下参与此次考试的人大多已无法找到，监管也是一团乱麻。因此，在整整一个时辰的时间内，考生事实上无人监管。因为无论当时是何人负责，其痕迹均已被掩盖在这一本乱账的纪要中。

纳谋鲁取核对了刁菊离开内宫及逃回前厅的时间——戌时，恰与这段时间重合。

倘若某人身在殿试主管之位，便可以策划此事。整个殿试都由此人一手操办，每个考生都攥在他的手心。而偏偏在刁菊遇害的这个时辰中，所有考生的行踪都无法确定。然而偏偏正是此人，纳谋鲁取根本无法触动。

那便只有求助太后。

为避人耳目,纳谋鲁取走了杂役通道。这条通道贯穿禁城,今夜必定极其清静。他来到转角处,停步倾听。没有动静,至少动静不大——喊冤喊得凶的大多已被下狱。他回头望去,只能看见墙上黑乎乎的挂毯。转过拐角,果然没人。到这里便正式进了杂役通道,光秃秃的白墙上没有挂毯。他转头望向另一端,也不见人影,于是快步走上通道。

不多时,纳谋鲁取已来到太后寝宫外的大院。

大院是纳谋鲁取整条路线上失去掩蔽的唯一地方,方圆数丈之内毫无遮掩。因此,纳谋鲁取并不乐意从此经过。他望向院子对面。卫士都泥塑木雕般站得笔直,似乎受了惊吓。卫士的恐惧虽合乎情理,但纳谋鲁取还是想弄清他们究竟所惧何事。是无力控制未知凶险的无端恐惧,还是事出有因的畏惧,或者担心因守卫疏漏而被处决?如果这班岗已有一段时间,那么他们多半是畏惧疏漏。纳谋鲁取藏在阴影中思考着,并不急于露面。

然而他最终还是迈入了大院。

袭击瞬间发动,眨眼间他已被人从左侧扑倒,嘴里塞了麻团,双手也被扭到背后反绑起来。脑袋被黑布蒙上前的一瞬间,纳谋鲁取透过四周纷乱的脚步,看到静立于院子一角的索罗。

通过地道吹入的寒风将地牢变得冰冷彻骨。地道中极其黑暗,但倘若纳谋鲁取转过头,便会看到索罗正远远地跟在后面,并与一个亲随低声商议。倘若抓捕自己是索罗的主意,无论纳谋鲁取如何劝说都无法令他改变心意,至少无法在到达地牢前说服他。而倘若索罗只是奉命行事，劝说更是不智之举。即便索罗有心放他，纳谋鲁取擅自行动也只会添乱而非帮忙。

于是黑暗的石砌地道中便只有寂静。一行人来到铁门前，士兵打开门将纳谋鲁取扔了进去。纳谋鲁取倒地时未能调整好姿势，手臂摔得既痛且麻。门咣当一声关上，随后脚步声便渐渐远去，地牢中只剩纳谋鲁取一人。他只有等待。依现下情势，等待便是上策。纳谋鲁取决定趁机睡一觉，便和衣昏昏睡去。

醒了。外面似乎有些动静。什么动静？他眨眨眼。地牢中伸手不见五指，睁眼闭眼全无分别。他凝神细听，却一片寂静，自己的呼吸反而成了最响的声音。他屏住呼吸，依然全无声息。他在小床上慢慢坐起，担心会在这个陌生所在撞到头。再听，依然没有动静。他摸索着站起身，然后将双臂向前慢慢伸出。

他最担心的是刺客。他们虽已抓他在手，也随时可以将他处决，但不如令他自杀来得方便。

纳谋鲁取从身后的小床上将薄毯摸在手中。万一动手薄毯便是一条绞索。他弓身贴墙向前摸去，目标是牢门。这样一旦有人侵入，对方一进门便会背对自己。他屏住呼吸，又向前挪动几步，再侧耳倾听，还是没有动静。心脏开始怦怦乱跳起来。黑暗绝非虚空，而是充满了恐惧，各种邪恶都在黑暗中伸出冰冷的手指。他继续摸着墙边前进。

挪动几步后他又伸出手去，摸索着牢门。这次摸到了光滑的铁条——然而角度不对。牢门是打开的。

因此，必定是刺客了。

纳谋鲁取将身子缩成一团，一动不动，放缓了呼吸。一切都凝成绝对静默。在完全变成一尊雕像前,他将毯子举到面前。倘若有人进来,纳谋鲁取便会立刻用毯子勒住对方脖子,然后倒向后方,一直不松手,直到对方眼珠子暴出来。

他像牡蛎般将自己牢牢地吸附在墙上,静静地等待着出击的机会。幸而此处不热,不然汗水便会令他鼻孔发痒或是双眼刺痛。不过寒冷迟早也会消耗掉他的生命力,尤其是这种静止不动的情况下。

刺客是何人所派?他心中快速闪过一串人名,却并无新人,亦无从判定。不过刚刚抓捕了他,此刻又迫不及待派人来灭口,说明他离真相不远了。

不久他便开始感到僵硬,他的身体已经无法继续保持静止。不过他深入黑暗的双耳却开始质疑他最初的判断。他的经验告诉他应该继续等待,因为人大多不肯等或不能等。反过来说,派高手来解决一个睡梦中的囚犯似也不合情理——杀鸡何须牛刀。因此,或者对手是个高手——几无可能,或者根本没有刺客。

即便如此,纳谋鲁取还是又坚持了半个时辰才终于支撑不住。他浑身绷紧,故意发声诱敌,随后闪到一旁准备截击。还是没人。

纳谋鲁取站起身来,摸着墙壁挪到门口。门开着,他伸手出去在外面摸了摸。寒冷已夺去他对身体的控制,使他浑身抖成一团。不只是牙齿相击,而是浑身都在痉挛,一条条的肌肉波浪般踊跃抽动,努力制造热量令他暖和起来。他扶着门转到牢房外面。虽然眼前一片漆黑,却还能在心中看见那条地道——两面粗糙的墙壁夹着一条狭窄的通道,守卫在左手边。走过这条地道,外面便是守备部队营门。

纳谋鲁取弯下腰。地上是湿的。一股腥气袭来——血。守卫定是被人杀了。纳谋鲁取在地道中摸索前行，脚步踩在冰冷的石板地面上，不敢发出一丝声响。大约百步开外有些微光，他钻出地道，发现这里是个马圈。马圈不大，有个供囚车出入的斜坡通道深入地牢。马圈里停着匹马，鞍镫齐备，鞍上还搭了一件皮袍。纳谋鲁取穿上皮袍，裹紧，又独自抖了半晌才渐渐暖和起来。

他把眼前的出路权衡了一遍，除去行不通的，只有三条路可走。

他可以掉头回到地牢中。这并非无益之举。虽然他不知道现在的准确时刻，但考试多半已经开始。眼下局势乱作一团，牢房中其实倒比外面安全。况且无论他因何罪名被捕，待在牢中总还有望被判定为无罪。但这就好像希冀好天气一样，完全无从预料。

第二条路也简单，回家。同理，大考期间全城戒严，闭门不出更容易。逮捕令既已发出并执行，此事便算告一段落。后面无论再有何事都将另有部门负责，且这个部门必定会因被额外抓差而不满。因此他们既无时间、精力，也绝无动力去将他追捕并押回牢房，至多会呈文协请逮捕执行部门代为抓捕，而这份呈文自然会被丢到大堆待办事项的最底层。所以纳谋鲁取可以溜回小宅静候风暴平息。这条路不但诱人，也是于今之计中的上策。只是将来倘若遭到问责，便难免有些尴尬：你为何不曾继续侦办？你既已从非法拘禁中脱身，为何不履职继续追查？这照例又是一个取决于后果的问题。以纳谋鲁取的天性，他并不喜欢寄希望于无法掌控的局势，入宫多年的经验也证实了遵从天性是最佳选择。

第三条路便是太后。太后树大根深，也曾为纳谋鲁取遮风挡雨。她也需要一个人来帮她弄清此事真相。等闲命案随便抓个替罪羊杀掉便可敷衍过去，但而今皇帝身边出了命案，自然不能如此掩耳盗铃。对于这点太后绝不妥协——事关生死存亡。然而她到底能做到什么程度？纳谋鲁取既已被捕，说明太后或已收回保护，或被蒙蔽，甚至也已被拘禁。这第三条路，看来也毫无保证。

望着鞍镫齐全的马匹和皮袍，纳谋鲁取心中思忖，或许并非守卫疏忽。

第四条路……

纳谋鲁取来到城门近前。此处日间还是车水马龙，入夜之后虽仍是个洞，却显得漆黑深邃。城门还开着，出城的南人源源不断，个个噤若寒蝉。增设的守卫警惕地盯着无声的人流，却并非监视人众出入，而是搜寻暴乱苗头。纳谋鲁取有了答案——他被困地牢的时间比他推算的更久。开考已有一段时间，考生们都进了号舍。场外的人们则正等待着攀附高中者并抛弃落榜者。充满压抑和警惕的寂静笼罩了整座城市。

纳谋鲁取策马向前，进入那砖石拱抱的森森黑洞。蹄声回荡中，他已来到出口，验过腰牌。转眼间城墙已在身后，而脚下是城外寂静的土地。

一人一骑便这样闯入黑夜。

习惯于烛光的人置身月光之下常会感到怪异。视野开阔处，月色下颇可看到不少景物。仿佛日光的反转，月光同样覆盖万物，投射出锐利的阴影，然而却黯淡无色，虽能同样映照出每处细节，终不如日光立竿见影。月色下的物事如不凝神细看，便会消解在朦胧之中。

破晓时分，纳谋鲁取禁不住寒冷，下马吃了些早饭。身周一连片都是灰蒙蒙的农田，只有一条尘土飞扬的道路逶迤而过，消失在远处地势隆起之处。劲风吹弯的杨树纵横排列成巨大的井格，将农田切成小块。纳谋鲁取嚼着炊饼，估算着路程，怕还要两个时辰。他策马前行，不时回望，昏黑寂静中空无一物。这一夜赶路并未遇到麻烦，因此暂时尚无危险。

纳谋鲁取又盘算起自己的出路与未及完成的工作。拷问刺客？彻底将侦办上交太后？追踪买毒那人？而今这些大道均已关闭，眼前只剩一条羊肠小路或许能引他走出死局。

临近正午，纳谋鲁取来到镇上，或者说镇郊。城镇周边总会有一层过渡——先是农田中散布些窝棚，而后农田渐小渐远，而窝棚渐多渐密，分不清究竟算村子还是杂居地。好在两里地开外的缓坡下面，纳谋鲁取终于看见沿河而立的大片建筑，足有两百多间房屋，甚至还有两层的。这想必便是那座镇子了。纳谋鲁取勒马停步，此刻必定已有人看见了他，而他穿着官服，看见他的人必定要去汇报。

纳谋鲁取放松缰绳，顺着缓坡朝镇里走去。

灰褐两色——颜色上的匮乏，便是乡下的标志。衣服非灰既褐，建筑皆是褐色泥墙，地面铺满灰泥。而标志着城市的那抹艳丽，无论是真实的华丽还是造作的鲜艳，此处均无迹可寻。有人以这种匮乏为诗意，发些"褪不实之华，存质朴之本，万物均以其用而存世"之类的高论。纳谋鲁取却认为纯属一派胡言。这些乡人用着世代相传的物事，得过且过，从无革新，不单对一切都了无兴致，更是愚昧守旧，抗拒改变。

乡人并非生来如此，然而乡下日子实在是种磨难。整日无休的辛苦劳作，无处取暖的漫长严冬，一切都丑陋不堪、枯燥单调，又毫无隐私。城里人若被流放至此，自尽只是早晚之事。但凡有些长处的人早已自寻门路——俊俏的嫁到邻市；聪明的到州府谋生；倘若既俊俏又聪明，还胸怀大志，自会到天子脚下去谋个出身。于是留在此处的便只有老幼病残。然而纳谋鲁取并不安全——但有风吹草动便会有人报官。纳谋鲁取还在一里以外，便已被人看到——有个宫里的大太监孤身一人来了。而他的时间自此便开始分秒流逝。他们多半会先商议对策，如此他便有一日时间。然后或许又有一日时间——他们要将此事报告衙门。运气好还能再有一日——衙门派人赴皇城汇报。这之后，皇城自然就会来人。

因此，时间很紧张。

他策马前行，脚下是一条自然形成的土路，如今却已是这个镇子中的通衢。沿路是乡人眼神发直的注目。这并不稀奇，此地临近皇城，乡人对官服所表示的品阶并不陌生，因此知道他是位大员，宫中的大太监。这等高官出行排场从不马虎——至少五人的卫队，或乘辇或坐轿，通告照例是头天下发，令乡人们依礼法肃立致敬。而今突然有位大人莅临，却又不见靴子踩下，这些早对凌虐习以为常的乡人便会察觉事有蹊跷。他来此作甚？窝藏他是何下场，忤怒他又有何祸患？因此乡人便都站在那里，眼睛盯着他，心中打着算盘。

纳谋鲁取沿着风沙侵蚀的街道朝衙门行进。他原来曾到过此处,因这个镇子正坐落于通往省府的官道上。无论城镇何等贫困荒瘠,官府衙门都必定宽敞气派。

纳谋鲁取策马进了衙门大院。

衙门是个公事书房围成的大院,贴着墙壁而建的烟囱中飘出煤烟。两个文书从一间书房走出,正要穿过院子到对面书房,却突然看见纳谋鲁取。两人呆立片刻,辨认着他的官服品阶,随后便一脸惶恐地跑过来,扑倒在地叩头见礼。

"大人在上,奴才是羊牢镇衙门孔目,迎接来迟,乞望恕罪。敢问大人从禁城远来有何要事?"

纳谋鲁取不吭声,让他们在冰冷的地面上跪着——这种倨傲的态度能为他多争取几个时辰。

"本官专为查验纪要而来。清单稍后示下,几个时辰后本官便要将此事办妥。"

"奴才遵命!请问奴才可否起身领取清单?"

"慢,本官还有话说。"

"是,大人,奴才该死。"

"本官在此停驻六日查验案卷,需要精舍一间,其间饮食亦由你等妥为照应。饮食条目稍后示下。"

"是,大人。"

"精舍旁当另有书房,作阅卷之用。书房采暖,均由你等照应。"

"奴才遵命。"

"冬衣也要预备,此处冰寒刺骨。"

"一切谨遵大人盼咐。奴才该死。"

"你二人起来吧。"

两人从地上爬了起来。

"退下。"

两人得了大赦般跑了开去。纳谋鲁取独自待在冰冷的大院中，终于有了几个时辰的喘息时间。该去拜访苦主了。

刁菊的母亲坐在堂屋中，居高临下地打量着纳谋鲁取。她看来正是纳谋鲁取想象中的样子——一个女儿争气的母亲，自鸣得意，略微发福，一身珠翠，正如这个房间，奢华而庸俗。

眼下头一个问题：她是否已得知女儿遇害？按规例无须通报家人。侦办活动也是直至今日才随纳谋鲁取的莅临正式到达这个小镇的。通报消息首要考虑的必是政事，以免影响此地粮产。

权衡之后纳谋鲁取大致确信她此刻尚不知情，因为得知女儿遇害的母亲无论如何也无法装作若无其事。那么她对这个消息便可能会有几种不同反应，最有可能的便是拒绝相信。倘若她幼稚无知，便会认定这个消息是误传；倘若她够老练，便会怀疑这是纳谋鲁取骗取消息的圈套。况且她自从女儿入宫后，多半已见识过类似骗局。而倘若她相信了这个噩耗，至少一日之内纳谋鲁取休想从她口中问出任何有用的东西。她会在这个双重打击下彻底崩溃——同时痛失至爱与高人一等的地位。于她而言，天下不幸之最莫过于此。她能在一日内恢复理智已属奢望。于是，他只得撒谎。

"娘娘有喜了。"

纳谋鲁取静候她的反应。

"我早说过，菊儿进了宫必定得宠，皇上咋能不喜欢我家菊儿？"

"正是如此。"

"就是嘛，咱家姑娘就是讨喜。不怕大人笑话，当初入宫时我便说，圣上这龙子必是着落在咱家姑娘身上。"

"正是。"

"现下有多久了？"

"太医是三日前呈报的，因此娘娘想必已有孕三月了。"

"这可是大喜之事。只是不知这贺仪如何安排？我等是否要到京城观礼？"

"贺仪安排本官尚不清楚。"

"哦？"

"本官并非礼部公干。"

"哦，那个，大人是哪个衙门来的？"

"本官供职宫闱局，专事皇族血脉传承。"

"哦。"

女人停住了话头。

"本官职责乃是确保嫔妃所怀确为龙种。"

"宫中不是早有规例确保此事吗？"

"规例确有，本官此行便是依规例履行最末一项查验。其实娘娘前几项查验均好，此行不过例行公事而已。"

"我就说，咱家姑娘一向清白的。"

"当然。不过这项查验还是不可免去。"

"是，是，大人言之有理。"

"且我等查验一向尽职彻底。"

"大人如何查验？"

"我等在此驻留一月，巡视村镇民风并询问娘娘相与之人。"

"她无甚相与，不过都是家人！"

"即便如此，娘娘每年均有归宁假期。上次归宁乃五月之前。

因太医所断仅为大致，无法确证娘娘并非于归宁期间结胎，因此本官才须依例查验。本官自会尽量避免叨扰娘娘家人，无须过虑。若有冒犯处，亦请海涵。事关圣上龙嗣，我等也只是奉命行事。"

"大人说的是，咱们都是明事理的人。若是需要咱们出人出力，但请吩咐。"

谈话很快便告结束，纳谋鲁取告辞出门。现在他必须等到天黑。

纳谋鲁取藏在暗处，将自己嵌在两间鱼铺檐下的阴影中，恰好可以同时监视刁宅的正门和侧门。他预计要颇等些工夫，便穿了厚重的冬衣。初来乍到的大人物在这种小地方势必会引人注目，因此他早已除了官服缩进角落中。除非凑近细看，否则没人会注意到他。这个地方选得不错。

纳谋鲁取在角落中坐了大半夜，双眼一直紧盯着那两扇门，好在并未被人看到。到了后半夜，破晓前约两个时辰时，刁母终于露出头来。她从下人用的侧门中闪身出来，用一条深色围巾将自己裹了个严实，显是怕人认出。她沿街张望了一番，却并不仔细，也没看对地方。最大的问题是，她尚未迈步便开始张望——显然不是惯常偷鸡摸狗之人。但即便如此，由于街道上全无行人，她又一步三回头，想要跟踪却也不易。

纳谋鲁取缩在缝隙中望着那女人沿街走到路口，又回头查看一番后才转过街角。纳谋鲁取估计跟踪约有五成胜算。他悄无声息地钻出角落，迅速跑到那个街角，将身体伏到小腿高度探头张望，只见那女人大步流星，走得正快。

女人迅速转头回望,然而视线却在一人高度,并未看见从低处探出头来的纳谋鲁取。

女人来到下一处街角,照例回头张望一番后便匆匆转了过去。纳谋鲁取跟了上去。如是几番之后,女人来到一处高墙大宅院门前。女人隔门与里面的人低声交谈几句,不时回头查看,见无人跟踪才闪身进门。纳谋鲁取候在暗处,琢磨着此番要等多久。他认为不会太久。果然,破晓前那女人便出来了,与来时一样,一路东张西望,最终消失在街角处。纳谋鲁取原想跟踪,转念一想,决定还是继续守在此处。

等了一阵不见有人出来,纳谋鲁取便悄悄地藏进街边的阴影中,然后沿着阴冷的街道回到住处。大太监官服叠得整整齐齐放在床上,用意是让衙门里的人去验看身份。纳谋鲁取换上了官服。

一个时辰后天已大亮,纳谋鲁取到门口叫衙门里来人伺候。来的正是他在院子里遇到的其中一人,生得瘦小枯干。

"此处北边那个马圈到水井间有条道路,叫作什么名字?"纳谋鲁取问道。

"回大人,此路唤作光谐路。"小瘦子瓮声瓮气地答道,仿佛鼻子不通。这毛病也够恼人,纳谋鲁取想。

"由此路行去,在药店处右转,半里后再右转,那条窄巷叫作什么名字?"

"请问大人说的窄巷,是石墁的,还是夯土的?"

"石墁的。"

"那便是八杰巷了。巷中住的都是本地的体面人家。"

"巷子中间有座宅院,朱红大门,龟纹石阶,你可知道?"

"奴才知道。"

"那是谁家？"

"徐家。"

"说。"

"大人要奴才说什么？"

"徐家。"

"回大人，徐家做的是种酿酒高粱的营生。"

"酿陈年老酒的高粱？"

"正是。"

"钱财？"

"也是有的，家大业大，田里种的都是高粱。"

"他打了高粱，都卖与何人？"

"这个——"

"卖与粮商，还是卖至皇城官家？"

"想是卖与皇城官家。"

"徐家儿女几人？"

"两个。"

"是儿子，还是女儿？"

"两个都是儿子。"

"他两个儿子现下做甚营生？"

"都在为举业课读。"

"何时赴试？"

"或者便是下次大考，两年之后，这是他家次子。"

"为何不是长子？"

"长子夭折了。"

"如此说来,他家现下只有一子。"

"大人恕罪,奴才方才不曾讲清。他家原有三子,夭亡的是长子。"

"何时夭亡?"

"三年之前。"

"死于何因?"

"溺毙。"

"如何溺毙?"

"戏水而溺。"

"意外溺水?"

"是。"

"你如何得知?"

"众人都说是意外。"

"事关人命,可曾勘验侦办?"

"有的。"

"何人主持?"

"本地衙门。"

"本地衙门,那便是你了?"

"奴才只是做些分内之事而已,不足挂齿。"

"那便如何?"

"众人说他到河中戏水,恰遇一处水深流急,便一去不回。"

"尸首何时发现?"

"尸首?"

"多久发现尸首?何人发现?"

"不曾发现。"

"尸首无人发现？"

"无人。"

"既无尸首，你等又何以断定此人已死？"

"那河中水深流急，他又一去不回。"

"镇上有人亡故，你等可有纪要？"

"这个自然是有的。"

"此人亡故亦在纪要中了？"

"是。"

"死因？"

"溺毙。"

"我的意思是，你等是否记录了死因？"

"记录。"

"这些纪要是否知会邻镇？"

"依户部规例，皇城周边郡县人丁每两年查勘一次，其余郡县六年一次。"

"这有何干？"

"因此本镇人丁生死婚丧，我等都会录入纪要。"

"这些纪要现下还在？"

"只是本镇而已。"

"邻镇人丁不在纪要？"

"那便不是我等之责了。"

"似这等纪要，邻镇可有？"

"依例应当是有的，不过奴才说了却不作准。"

"有还是没有？"

"奴才想来，多半是有的。"

"此处方圆六十里内共有多少镇子？"

小瘦子停了下来，转着眼睛思考着。

"这却难说。"

"这有何难？"

"奴才说来怕有出入。"

"只消大略便可。"

"约略十五个。"

"这些镇子六年间的姻亲血脉纪要，都呈来与本官过目。"

"这……奴才怕要几日方能办妥。衙门一向人手短缺，在天子脚下本来公务繁忙，帑费偏又捉襟见肘，实是局促得紧。"

"若需加派人手，帑费之事本官自去理会，纪要须在日内呈来。"

"这帑费数目不小。"

"本官自有道理，除一应人事外，此事你措置得好，本官另有赏赐。"

"衙门现下正是忙时。"

"本官都理会得。"

纳谋鲁取取了张纸片，写了个极大的数字在上面。

"令大人如此破费，何敢克当？"

"这你无须多虑，只管腾挪时间做事便可。你等为朝廷大考效劳，略有赏赐亦属应有之义。"

"如此，奴才却之不恭。"

二十三

纳谋鲁取困了。昨夜蹲守跟踪刁菊母亲时,他因寒冷才勉强保持清醒。而此刻回到房中,火炕静静地散发出阵阵暖意,他感到倦意笼罩全身。他强打精神,核对着一笔笔人丁纪要,只觉困意更浓。枯燥无味的事实记录令人麻木,同时又混乱不堪,因为每个镇子的孔目都自创了一套体例。纳谋鲁取便开始走神,竟然想到应将这些体例比对一番,择优立为范式,再将这些纪要统一起来。如此,纪要内容便一目了然,查找自会便捷许多。

纳谋鲁取勉力收摄心神专心阅卷,紧迫的情势暂时压制了倦意。

据纪要,过去十年间方圆六十里内,共有一百一十七名男子于十五至二十五岁间亡故。死因亦多有详述。纳谋鲁取花了几个时辰才一一读完,最后只筛出三宗不同寻常的案件。一宗为凶案,一宗死因不明,而第三宗则最耐人寻味,据记载为亡故误报。事发处为距此地二十里外的村镇,某稻米田庄主人报称家中二十二岁的儿子由屋顶坠亡。而此后这笔记录又被勾销了。

就在散乱的字里行间,纳谋鲁取终于看到了他一直找寻的东西。他推断,刁菊入宫前就已与相好私通交媾,得知此事后两家自然吓得魂飞魄散,便合力将那相好男子藏匿起来。而这名与她熟识多年且对她了如指掌的男子,如今便在数里之外。

纳谋鲁取开始收拾包袱,准备一趟三日之行。

镇子就在前面。如今这次始于宫内那狭小前厅的旅程终于临近终点。镇子尚未看到,纳谋鲁取已闻其声——锣鼓、唢呐与鞭炮声混在一起,回荡在高粱田地上方。他策马翻过小坡,只见缓降的小道直通沿溪而建的小镇。镇中人声鼎沸,一众乡人舞龙挂彩,正在通衢游行。横幅上写着大字,远在此处都能辨认:三羊镇乡亲同贺吴家公子高中进士。

入镇时务必让乡人看到,这才是头等要务。纳谋鲁取身穿全套官服,马后还跟着两个衙门公人。因此,他刚刚穿过山脚下标志着镇子边界的一排白杨,便有两个乡人迎面跑来,气喘吁吁地跪倒在地,叩头如仪。

"察事厅统领大人恕罪,奴才迎接来迟,罪该万死!"

"传话下去,察事厅统领纳谋鲁取到此。"

"是,大人!奴才们能起来吗?"

"嗯,退下吧。"

两人爬起身来,一路小跑奔向半里地外的镇子。纳谋鲁取虽已故意放缓了马匹步伐,很快也进了镇子。那一片泥坯小屋与他所料别无二致,不过却也有几处体面宅院,散落在灰土飞扬的村道上。

今日显然非比寻常,村道上四处挂满条幅,写着那进士的姓名、籍贯。

正所谓"一人得道,鸡犬升天",高中的进士既已厕身于皇城的权力中心,这个小镇将来至少五十年内便有了靠山。纳谋鲁取沿街望去,见乡人早将那进士家的宅门围得水泄不通,人们都迫不及待要向这新晋的头号大户纳礼效忠。

先前见过纳谋鲁取的那两个乡汉从人丛挤了出来。二人来到挤在门口的人群后面,奋力敲起锣来。开始人们并未在意,但随即便有人回头并看到纳谋鲁取。一阵惊呼立即像涟漪般传遍人群——宫里的大太监到咱镇子上来了!世道如今不同了!这便是咱的指望!咱在宫里也有相与的大人了!

两个衙门跟班伺候纳谋鲁取下了马。纳谋鲁取将缰绳抛给跟班,迈步走在前面。乡人立刻分开一条道路。经过这几日,皇城凶案的消息,或至少是语焉不详的谣言必定已传至此地,此刻多半也已传至刁母耳中。幸而此刻乡人已被进士高中的喜讯冲昏了头脑。纳谋鲁取大步迈入进士家大院,院中早已跪满男女老幼。两个乡汉在前面卖力地敲着锣,在跪伏的人群中开出一条路来。于是,纳谋鲁取在众目睽睽之下走过大院,踏上台阶,迈入进士家堂屋。

进士的养父母在堂屋中正襟危坐。这本是他们接受八方礼敬的大喜之日,而此刻门外的动静却令二老只得起身,去查看人们为何突然转移了注意力。

见纳谋鲁取进屋,二人忙堆起笑容深躬施礼,心中却疑惧交加地猜度着他的来意。进士的养父是个矮胖子,真丝锦袍映亮的圆脸在如此寒冬竟也汗水纵横。养父开了口。

"钦差大人大驾光临,有失远迎,恕罪恕罪!"

"免礼。你便是新科进士的父亲?"

"正是小人。寒舍简陋,不知大人屈尊降临,实在惶恐。"

"你这宅邸颇为体面,恰与府上公子的进士身份相得益彰。"

进士的养父母又是一番点头哈腰,等着纳谋鲁取说明来意。

"本官有要事相告,请让闲人回避。"

进士养父抬起头来,满脸惊恐。今日直至纳谋鲁取进门,都还是他此生最得意的一天。

"可是大人——"

"令众人退下。本官奉圣谕有事相告。"

养父迟疑着望向两个衙门跟班,想从二人脸上找到答案,却发现对方同样不知所措。于是他只好示意仆人送客。不多时,厅堂中的乡人都被引至外面的院子中,堂屋中只余纳谋鲁取、主人夫妇和双方仆役。

"众人都要退下,只余尊驾一人。"纳谋鲁取强调。

养母惊恐地望着丈夫,却被丈夫严厉的眼神逐出堂屋。仆役们随后出了门,掩上大门,随即又争先恐后地将耳朵贴在门板上。

纳谋鲁取走到堂屋正中的两把交椅前,示意进士养父坐下,自己也随后落座。此刻虽已到了揭谜的时刻,真相却同样无法言说。

"殿试中出了些纰漏。"纳谋鲁取道。

"大人说笑了,小人不敢相信。"

"并非说笑。"

"不是吧。"

"纰漏早已有之,此次亦非首例。"

"朝廷想必是有补救之法了?"

"纰漏必当补救。不过本官来此,却是因为此事于府上公子有些影响。"

"这却怎好？"

"若非评卷纰漏，公子当非进士。"

"此话当真？"

"本官并非评卷长官，只是代传其言而已。"

"可现下考也考了，榜也放了，总要作数的吧？"

"正是。确是要作数。"

"如此，须是有人安排方可。"

"这便是本官此行道理。本官须与公子密谈，方可面授试卷正解。"

"大人要在此地面授？"

"正是。"

"可是小儿尚在宫中。"

"不在。"

"不在宫中，又在何处？"

纳谋鲁取不作声，只是静静等着。

小屋中极其昏暗。没有窗子，因此室内情形外人根本无法得知。虽然隔着厚墙，纳谋鲁取仍可感到乡人的紧张与惊恐。整个镇子都在震动——宫里来人了！是个大太监！就在咱镇上！不过现下纳谋鲁取还不算危险——乡人多半会演绎出一厢情愿的解释。这样想着，门外便传来了渐近的脚步声，细听之下是两个人。脚步声在门外停下。门开了，那书生走了进来。

终于见面了。

书生年约二十，像纳谋鲁取一般瘦削，个子却矮了许多。

他站在门口,将纳谋鲁取上下打量一番,便走进房间,在纳谋鲁取对面铺了软垫的炕上坐下。书生嘴巴很小,单眼皮,眼睛眯成一条线。脖子很细,身子更是形销骨立。此人善于思考,却如许多长于心机者一般相貌平平。何况还有那一道醒目的胎记,如一只干枯颤抖的手爪般紧扼他的颈项。

即使书生心中紧张,纳谋鲁取也完全看不出来。他虽不说阅人如神,至少对眼下这种情境并不陌生——首次与凶手当面对质。而他所遭遇过的凶手无不极度不安,个别无动于衷者也是素有心疾,天生便心如铁石。这个书生却不同,他是早已料到了这一步。

书生对纳谋鲁取展颜一笑。

"大人驾临,寒舍蓬荜生辉。"书生道。

"得履进士府邸,幸何如之。"

"进士不假,却只是近日之荣。"

"大人多礼了。"

纳谋鲁取点了点头。

"大人想必已经知道学生名姓,我还需要请教大人如何称呼。"

"下官名叫纳谋鲁取。"

"大人是殿试有司公干?"

"非也。"

"那便是了。家父称大人乃是殿试有司,我却以为不然。"

"何以见得?"

"学生以为大人当是来自旁的衙门。"

"愿闻其详。"

"大人明知故问，岂有不知自己从何而来之理？"

"阁下须同下官回宫。"

"大人有此愿望自是常情，却不知这番周折，于大人有何益处？"

"只是循例而已，案件侦办一向如此。阁下须随下官入宫，觐见圣上及圣母皇太后供认罪行。"

"倘若学生不肯随行，大人将如何？"

"下官无可奈何。"

"不过大人却会带着有办法的人一道回来。"

"那是自然。"

"家父说大人定是孤身而来。"

"令尊所言不差。"

"因此，家父私以为大人现下似乎已失了朝廷荫庇，且这侦办亦令大人不见容于宫内。鄙镇虽偏居一隅，却也听到一些城内消息。"

"阁下又作何想？"

"家父虽一厢情愿，所料却也有八分确切。不过说到底，大人境遇如何与我等并不相干。大人此刻虽孤身一人，身后却有百万雄兵。大人在此，便是朝廷在此，大人不过是风暴来临前的一颗沙粒。"

"这话倒也贴切。"

"家父本欲取大人性命，却又不敢下手。"

"阁下意欲如何？"

"学生意欲如何无关紧要。"书生笑道。

两人静坐片刻。

"不过学生倒有一事请教，这谜题大人是如何勘破的？"

"这便说来话长。下官本不应耗费这许多时日。"

"学生愚昧，百思不得其解。大人可否示下，学生是在何处露了行迹？学生本以为此事谋划得当，万无一失——虽然明知天下并无万无一失之事。因此，还请大人赐教。"

"显而易见，凶手无论何人，必对死者了如指掌且一往情深。"

"当真？何以见得？"

"请阁下用心去想。"

书生显然是个从谏如流之人，对旁人点拨虚怀若谷。他默默思考半晌，这才开口：

"我已料到她定能设法回到内宫，至少至其左近。"

"你所料不错。"

"大人可知她这决心从何而来？"

"倒要请教。"

"她天性好学，课读全然无须威压，凡事都要穷其究竟。她与学生同窗课读，学问与学生一般无二。入宫前她便已久历人事，故此方才决意入宫。其实她本可托词不去，却决意要去。非是对学生无情，只是天性使然，定要知其究竟。所谓'吾生也有涯，而知也无涯'，她不过要穷其究竟，看人生几何，看那宫内生计如何而已。选秀替她开了宫门，她便趁机而入。因此，我便知道她定能设法回到内宫。大人所料不错，我确是知道。"

书生沉默半晌，又道："话虽如此，学生亦相信大人不难将学生带离这个镇子，只是到皇城还颇有些路途，便是平安入了皇城，还要入宫。学生却以为大人未必能平安入宫，毕竟宫中有人未必愿意见到大人生还。"

"何以见得？"

"如大人所言，晚生入宫必被严刑拷掠。凡人血肉之躯如何能熬住大刑？学生手无缚鸡之力，更该有自知之明，早早招供。"

"你将作何招供？"

"学生所知，自是知无不言。"

"你都知道什么？"

"自然是大人尚不清楚的，譬如学生在宫中的内应。"

"是助你行凶的内应，还是安排你私通的内应？"

"这又有何分别？"

"当然大有分别。一是行凶害命，一是旁的。"

"这是以德行而论？"

"律法同样分别。"纳谋鲁取道。

"此人安排了私通，却未助我行凶。倘若他知我用意，怕是吓也吓死了。"

"我已知道何人助你私通。"纳谋鲁取小心切入。

"当真？"

"当真。"

"宫闱局大太监沈古格鲁。"书生平静地观望着纳谋鲁取的反应。

"不错，正是此人。"

"此事属实。"书生道，此刻纳谋鲁取终于再也无法避开他从见到尸体那一刻便一直在回避的问题，"然而大人却不知牵线者何人。"

"你可曾与此人交谈？"

"大人是说密谋私事，还是殿试间在宫中正常交谈？"

"正常交谈。"

"那是有的。"

"密谋？"

"那便不曾。"

"那么，你又如何得知此人便是安排私通之人？"

"学生自会推断。钻研推断一向是学生所长。"

"此事你也会招供？"

"不会。"

"不会？"

"绝不。"

如今纳谋鲁取面前的最后一个问题，并非他所知何事，而是旁人以为他将如何利用他所知之事。年少轻狂的吴姓书生谋害了婕妤刁菊，宫闱局提点大太监沈古格鲁则是这对冤家的捐客。然而书生要找对沈古格鲁的门路，还必须有个实权人物牵线。宫中有这等实权者只有四人，因此其中一人必然正在宫中守株待兔。

由于纳谋鲁取的格外谨慎，又过了两日他才潜回宫中。

地道入口离城墙约二里，正在一座铁塔的阴影之下。入口藏在一个灰暗的猪栏中，前面挡着一排食槽。地上的稀泥都已冻得结实，好在无须担心留下足迹。纳谋鲁取却担心此处已被人监视，而冻硬的地面上又全无痕迹可供判断。于是他便缩在一排白杨树后慢慢思忖，除此而外也无法可想。他本可继续观望，不过最终还是决定冒险在盯梢者下手抓住自己前潜入地道。

于是他起身朝坡下跑去，翻过矮栏，又跑过冻硬的泥地，来到石槽旁。他将石槽踹到一旁，用鞋跟猛跺石槽下的冰泥。冰泥裂开，现出一只铁环。纳谋鲁取抓紧铁环，用力掀开暗门。斜射的后响阳光下，一架木梯斜斜通向地下。

地道中或已藏了埋伏，不过八成是安全的——这个地道看守一向严密，即便在如今这多事之秋亦不曾松懈。当然，天下无万全之事。纳谋鲁取爬进洞口合上双目——以便迅速适应黑暗。他回头将暗门复位。随着暗门关闭的响声，纳谋鲁取在突如其来的黑暗的掩护下纵身跳下。刚落地，他便张开双臂向前连跳了两大步。第二步落地后他就势扑倒，屏住呼吸，侧耳静听。

他听了许久，地道中毫无动静，这才起身向前走去。他时而停步，时而飞奔，间或踯躅，总不让人预料他的行动。似这般行至地道末端，他才确定并无埋伏。纳谋鲁取向前摸去，摸到一架摇摇欲坠的木梯。他踩着木梯在上方的暗门上轻敲两下，然后立即退回躲入黑暗。片刻后暗门开启，洞口一个太监眯着眼向黑暗中张望。

"上来吧。"

"你先下来。"

"纳谋鲁大人？"

"对。"

"上面并无旁人。"

"那也下来。"

纳谋鲁取见那太监站直身体，叹着气爬下楼梯朝地道深处走来。走到一半时纳谋鲁取起身跟在太监身后，二人一同向上走去。这是个心照不宣的威胁——倘若上面有埋伏，先死的必是开门这个太监。对方心知肚明，既肯当先领路，上面必无埋伏。

两人先后进了房间。室内布置奢华，暖意盎然，却十分昏暗。太监退了下去，帮纳谋鲁取安排饭食和换洗衣服。

纳谋鲁取知道那太监也是个经年的细作，寡言少语，行事一板一眼,曾在大宋朝内潜伏二十年之久。心细如发、守口如瓶,又耐得住性子,正是看守密道的上佳人选。这份差事的实质在于等候,却又要时刻警惕,随机应变——尽管需要应变的情形极少出现。

此次也不例外。那太监片刻便回到房间,酒饭、热水和干净衣服都已准备妥当。纳谋鲁取脱下官服,扎成一卷收进包袱。

纳谋鲁取收拾停当,小心步出房间。从这都城边缘的屋檐下,他看到暮光余晖正如潮水般退去。围绕在他身边的是巍峨的高墙与僻静的窄巷。在这片寒冷与黑暗中他毫无掩蔽。他加快了步伐。

纳谋鲁取用力在柯德阁宅院大门上拍了两掌。没动静。拍门声回荡在身后悠长的暗巷中。他又拍了两掌,随后又不停歇地连拍半晌,终于将人拍了出来。一个老态龙钟的仆役将大门打开一指宽的狭缝,一双眼袋低垂的血红眼睛瞪着纳谋鲁取。

"何人拍门?有甚事情?"

纳谋鲁取知道这套路,压低声音直接向老仆人身后说道:"柯德阁大人,让我进去,有要事相商。"

纳谋鲁取等着,几乎能听到柯德阁刻意压低的喘息声。他知道此刻柯德阁正弯腰弓背,盘算着该如何措置。门终于开了,纳谋鲁取立刻闪身进去。

暗巷沉寂了足有一个时辰,随后一个仆人溜出来跑进黑暗中。又过了一个时辰,纳谋鲁取又出现了。

纳谋鲁取选了个藏身的好去处。他蜷伏在一座少见的三层楼的房檐下,头上垂下的挡水檐和芦席将他的身形遮了个严实,而他却可以一览无余地俯瞰通向禁城的道路,路口两侧也尽收眼底。街道狭窄弯曲,街边房屋如一排被风吹弯的大树,冰冷坚硬的裸墙在月光下投射出大片阴影。街上空无一人——除了死人。纳谋鲁取目力所及之处,起码有二十具尸体倒伏在街道上,冻硬的血迹像瘦长的黑色手指般在他们身下四处蔓延。看装束都是南人,早已气绝多时。他们被寒冷、黑暗和恐惧逐回城中,却又丢了性命。大清洗已经全面扩散开来。死气沉沉的街道只有一样好处,无论来者何人,纳谋鲁取都会提前知道。

果然,他们并非来自宫中。纳谋鲁取先见右侧街道火光闪动。这是火把,因此来人必是匆忙出发的。这样也好,或许更为安全。他眯起眼睛尽力朝火光方向望去,很快便看到来人。有三个骑马的,余者都是步兵。有些人扛着长矛,却不见弓弩,总共约四十之众。士兵们都披了甲,却不是战斗阵形。腰刀还在鞘中,手却都按着刀柄。一队人马看来并不紧张,却如巡逻队般保持着战备状态。虽看不真切,不过他们似乎还押有人犯,不是庄户人而是城里人、南人,用绳索绑作一串。

纳谋鲁取小心观望着。火把明亮,火光后的士兵很难看得真切。纳谋鲁取手卷圆筒,用指缝滤掉炫光。他看到了内卫司的官服,面孔却仍看不清。这一队人马慢慢地行进在街道上,不时停下查看两侧门户,或是绕过地下的死尸,最终来到纳谋鲁取下方的路口。纳谋鲁取继续等待。士兵四下散开,守住四面来路。纳谋鲁取再次透过指缝望去,终于看清前面骑马的正是索罗,虬髯在明亮的火把下投出剪影。

纳谋鲁取从藏身处爬了出去,走楼梯出了楼房,来到距路口有二十余丈的街道。他绕过两具南人尸体朝士兵走去,见地上冻硬的鲜血在月光下闪着光芒。他走到士兵话语可闻之处，一个士兵终于看到了他。

"站住！"

"禁城要案侦办统领纳谋鲁取，要与索罗统领讲话。"

那士兵显然有人交代过，并未多言便引着纳谋鲁取穿过黑暗的街道，来到火把照亮的路口。索罗下马将缰绳交给士兵，朝手下做了个手势。士兵会意，各自退到四面路口岗位上，路口只余索罗与纳谋鲁取两人。

纳谋鲁取眼看着索罗在自己面前换上了另一副面孔。这种变化他曾在审讯中见过，虽不常见却也时有发生。索罗仿佛瞬间变作另一种生物，更为冰冷、镇定与安静，如凝结般停下了一切动作，而两只怪异的深邃蓝眼则大睁着，像两个无底深潭般饥渴地吸取着信息。

"你不在地牢。"

"不在。"

"为何不在？如何出来？"

"有人放我出来。"

"谁？"

"不知道。"

"有人开门放你，你不知道是谁？"

"来人杀了守卫便走掉了。我怕有人来害我性命，在牢里忍了多时方才出来。"

"这也有些道理。那你又来作甚？要我再拿你一回？"

"我已知道凶手为何人。"

"好！谁？"

纳谋鲁取将事情备细说了一番。

"一个考生？"

"不错。"

"那进士便是？"

"正是。"

"他如何行凶？"

"方才已向大人讲述过了。"

"我问谁帮他，谁送钱，谁告诉他可以私通宫里女人。你却只是装傻。"

"这些我却不知。"

"你为何不知？"

"我不曾问。"

"你把那进士给我。"

"不可。"

"为何？"

"大人明知故问。"

"他在我手里，没人害他。"

"在何人手中都不稳妥，在我手中也是一般。"

"现下坏人有了，大家都稳妥。"

"下官须大人护送。"

"你这狗东西总是须大人护送。"

"偶尔而已。"

"你已交差。侦办事情交差。回家睡觉，不须护送。"

"侦办交差，呈报尚未交差。"

"你不给我进士，我为何要护送你这狗东西？"

"不然，大人便看不到此案侦结。"

本就比众人高出一头的纳谋鲁取故意穿上了宣示皇权官威的全套官服，在二十名甲士的护卫下甩开长腿，大步流星地走在回廊上。甲士们步伐沉重，纳谋鲁取却落足无声。对那些蜷缩在阴影中或躲藏在门缝后面偷窥的人来说，纳谋鲁取仿佛一只披着皇家皮肤的恶魔邪灵，正携着洞察一切的恐怖魔力飘荡在回廊上。一行人一路畅通无阻，不多时便来到了刑讯处。护卫们先进了门，两个把在门口，两个盯住文书，两个守在纳谋鲁取左右，余者在院中散开。

纳谋鲁取进了书房。赫兰族的艾驰恩和两个卫兵立刻站起身来，都被眼前的阵仗吓得不轻。纳谋鲁取轻轻招手，示意过来个人答话。

一度倨傲的艾驰恩连忙跑来。情势变了。

"牙梨哈大人何在？"

被吓坏的艾驰恩老老实实地领命而去，不多时便见牙梨哈从屏风后探出头来，招手示意纳谋鲁取随他进去。在不绝于耳的惨叫声中，两人穿过那条排满刑房的走道，来到地下刑房。此处声息又与上面不同，不唯痛苦，更如屠场中牲畜的悠长哀号，带着无边苦痛与腐朽气息。两人停在号叫声最响亮的一间牢房外，牙梨哈现出笑容。

"你说句实话，今日究竟为何而来？"

"要问便问，跑来此处作甚？"

"此处也无妨。"

"人犯拿到了。"

"哪个人犯?"

"还有哪个?"

"好啊!现下如何措置?"

"自然是押至禁城,请圣上和太后发落。"

"知会我作甚?"

"如若讯问,此凶须经你手。"

"不错。"

"但这侦办呈报又须从速。"

"那便如何?"

"因此,你或可请旨将此凶押至此处讯问。"

"似无不可。"

纳谋鲁取不作声,只是嚼着槟榔静候。萦绕身边的哀号声和啜泣声抑扬顿挫,听久了竟似刻意演奏的乐曲,却又毫不协调。纳谋鲁取不想妥协,最后牙梨哈沉不住气了。

"虽无不可,现下关于这份抄本的审讯委实已耗尽了人手。"

"簿记?"

"正是。"

"进展如何?"纳谋鲁取问道。

"可想而知。"

"有何发现?"

"若说发现,那便太多了。"

"可有发现与凶案相干?"

"自然没有。"

纳谋鲁取又开始等待,在一波波哀号的冲刷下缓缓嚼着槟榔。

"实话说来,我对他人之事本无兴致。"

"你做这份差事,这话让人如何相信?"

"绝非虚言。讯问说到底不过是门手艺。兴致在人之私密者,这份差事反而做不长久。我能胜任此职,关窍便在此处。事情在人心中,不过是让人将这事情如实说出而已,因此操心的不过是如何让他说出,这儿有现成的一套家什办法。可是倘若是个对人私密有兴致的人,就好比那些经手抄本的司局头目,现今都是何等下场?这号哭的便是。"

"倘若不曾看那抄本,本可不必受这番折磨。"

"说的是!那东西本就不该打开,他们却不晓事!寻常无心之过而已。这些苦虫,多是无心之过。"

"也是运数使然。"

"运数使然、痰迷心窍,或是心术不正,到了此处也无其分别。"

"却是你心无旁骛、尽忠职守的明证。"

"大人过奖。大人倘能在呈报中述及,下官感激不尽。"

纳谋鲁取站在皇城司前院里,心中忐忑,担心自己的护送士兵不够。士兵们都站在大院边缘的石阶上,与对面皇城司的守卫对峙。两边兵士算在一起足有百人之众,动起手来势必是一场血战,过去三日内的那些小摩擦相形见绌。

纳谋鲁取足足等了近一个时辰,里面才传话允许他带着护卫进去。甲士们行动起来动静不小,一队人马铿锵作响地跟在纳谋鲁取身后,回音在空旷的院落中回旋撞击。

进了内院,纳谋鲁取又等了近一个时辰方才得到召见。韩宗成坐在椅子上,手边是一张精美的螺钿茶案。墙上悬着名家手笔的先祖画像,栩栩如生。纳谋鲁取来到另一张交椅前,那椅子按南人风格向外摆放,因此他转身落座,一眼便望见外面。巨大的内院中场面宏大,屋外石阶一路向下,连接着广阔的石墁平场。内院对面是纳谋鲁取的护送士兵,个个身披重甲,手按刀柄静立观望。韩宗成手下亲兵则更为分散,却都虎视眈眈地盯着纳谋鲁取的人。

纳谋鲁取小心翼翼地缓缓落座。

"侦办大人果然雷厉风行。"

"大人过奖。"

"非也。此话并非褒奖之辞。雷厉风行不过是行事风格而已,无关优劣。你被捕,下狱,获救,失踪三日后又回宫。如此而已。"

纳谋鲁取等着下文。

"你既甘冒奇险来到此地,想必是有所求而来。你要什么?"

"下官现下身处险境?"

"多半如此。"

纳谋鲁取思考着韩宗成为何挑明这点:"敢问大人,是确知下官身处险境,还是仅为疑虑?"

"确知与疑虑,你如何分别?"

"确知者,大人已有确切消息;疑虑者,则只是大人揣度而已。"

"侦办大人,本官过去也曾作此分别,而今却不然。年少时看这两者似泾渭分明、非黑即白,不过倘若你在本官这个位置上待上几十年,自然便会知道,感觉如此便是确知如此。"

"谢大人赐教。下官将会向圣上和太后呈报侦办结论,至此下官便已履责完毕。依规例及大人要求,下官须向大人详述侦办情况,以便大人事先得知呈报内容。"

"也好。便请教侦办大人,几日奔忙都有何发现?"

"下官已查明凶手为何人。"

"何人？"

纳谋鲁取便详述一遍。

"这进士现在何处？"韩宗成问道。

"下官已经妥为安置。"

"此言何意？"

"下官是说，此人已藏在无人所知之处。唯其如此，方可保其性命，亦是为保下官性命。"

"这便又是何故？"

"此人在宫中有内应。"

"这是凶手所言？"

"正是。不过即便凶手否认，此事亦显而易见。"

"不错，内应便是内宫太监沈古格鲁。"

"此话不假。"

"然而你却以为另有旁人？"

"正是。"

"这一节凶手可曾招认？"

"不曾。"

"凶手可曾指认他人？"

"也不曾。凶手意欲隐瞒此人身份。"

"你可曾盘问？"

"不曾。"

"为何不曾？"

纳谋鲁取放缓了语速。这番话他已练习多次，但还需小心方可万无一失。

"凶手行凶之时，本在大人监管之下。"

"不错。"

"大人是否为此担忧？"

"纳谋鲁大人以为本官是否担忧？"

"太后或许会以为此人既能如此来去自由，唯有一途。"

"岂止或许以为，必定早已想到。"

"然而大人却仍在参与案件侦办。"

"此话不假。"

"且大考期间考生寝庐乃至考场均由大人把控。"

"正是。你有何想法？"

"下官以为，凶手谋害婕妤刁菊得逞，大人无论是疏于职守，还是暗中相助，似乎都难辞其咎。先前或许尚有遁词，现下凶手到案便再无回旋余地。"

"此话言之有理。"

"情势便是如此。"

"不错。情势便是如此。"

"大人、索罗统领和下官，我等三人应回宫内，共同将此案细节及侦办结论呈报圣上与太后。"

"何谓侦办结论？"

"后宫太监为谋私利安排婕妤刁菊与人私通，却被其旧日情人因妒刺杀。"

"侦办大人，凶案侦结，凶手身份水落石出，大人侦破此案功不可没。不过本官以为，圣上与太后及禁城安防有司必会追问其他问题，如：贿赂银钱如何交割？何人交割？何人为凶手开门引路，令其在宫内自由行走？沈古格鲁与进士是何人牵线？"

"大人所言极是。"

"那么你将如何作答？"

"下官只好敬谢不敏。"

"为何？"

"这本非下官职责。"

"你职责所在何处？"

"侦办凶案，确定真凶。"

"然而这些事情看来并非全不相干。"

"虽确有干系，于本案无非旁枝末节，却是其他部司职责所在。"

"以你看来，是哪些部司职责？"

"大体乃是安防与稽核有司。稽核有司追踪银钱输送脉络，安防有司则查验安防漏洞。现下凶手身份已明，而查明其行凶时如何突防，并非下官所长。"

"倘若此事交由有司调查，你以为自己便可以抽身不顾？"

"如需下官建言，自然责无旁贷。不过细究起来，后续侦办已非凶案，下官自然不合在其中主事。"

"那么你在这次侦办中应充任何职？又能有何建树？"

"下官以为，主事侦办应由凶手家族谱系入手。银钱交割必有经手之人，此人只要在世便必能找到。这笔银钱数目庞大，若为实物交割，必有巨额金银流入皇城的记录，无法隐瞒。而凶手如何筹措如此巨资？必有大宗财物、田产交易，亦有记录可循。金银如何转移，从何处经何人运往何处？这些问题早晚均会水落石出。倘若以债券文书交割，则仅有三家票号可经纪如此大额交易。有司侦办凭圣谕前去，票号莫敢不从实招来。

无论这些银钱如何交割，追查下去必将找到幕后之人。此人想必会从中渔利，且数目不小，因此亦可用上述办法追查。倘若有司咨询下官，这便是下官所献之策。不过圣上英明，想必会酌定得力之人主持侦办，无须下官越俎代庖。"

"倘若圣上认为有侦办必要。"

"正是。"

"倘若圣上认为除沈古格鲁之外，凶手另有内应。"

"正是。这便说到另一桩事情，也要请教大人。"

"何事？"

"眼前这次侦办，并非由下官主持之侦办。"

"亦即这次侦办与你无关。"

"下官虽不主持，或可参议。"

"自然。"

"如此，下官便可稍微清净些。"

"这个本官亦有同感。"

"正是。如此下官便可脱身此事。表面看来，下官确已尽责。不过倘若深思此案，对世间万物之大道亦有所揭示。"

"愿闻其详。"

"世人均知万物运行有序，一旦秩序失衡，凶祸往往接踵而至。其实人世间万众运行亦是同理，宫中亦不例外，而这凶案即是明证。大人乃南人族裔，万物法则自然了然于胸。下官及我大金族裔受教良多。"

纳谋鲁取顿了顿，缓下语速，将自己在小镇归来路上反复斟酌的话慢慢道出。

"万物运行有序，阴阳平衡间的些微涨落本属常事。然而倘若某物、某人不复存在,其所在之处必然留下一处虚空。天之道,损有余而补不足,而填补这虚空亦必生出祸患。下官奉上谕侦办此案,现今业已侦结,无意为细枝末节打破万物秩序。"

"本官身受皇恩,效忠朝廷,自当力劝大人深入侦办,务求巨细无遗,方得始终。"

"大人尽忠职守,谆谆教导,下官感激涕零。以下官职责而论,现凶手已明,下官使命已成,故当谨守鄙处之职责。除非圣上重新分派各部司职责,下官不敢擅自染指他部事务。"

"侦办大人前者尽忠职守,功成后又不居功自傲,这笔功绩当录入吏部考绩记录。"

"大人过奖,食君俸禄,这些都是下官本分。"

"何时上朝面圣?"

"子正时分。"

"只有两个时辰了。"

"确实如此。"

"时间紧迫,其他事情只好留待他日再议。"

"大人所言甚是,下官随时候命。"

纳谋鲁取轻手轻脚地独自走在灯烛照耀的长廊内。护送甲士都留在了外面的场院中,冻得瑟瑟发抖,连甲胄也发出铿锵的金属摩擦声。最后这次密会他只能独自前来。

他口中呼出的白气飘在身后,反射着灯烛的光芒,正如他的恐惧一般。

终于来到那两扇朱红大门前。纳谋鲁取静立等候,知道正有人暗中审视着自己。他的心跳逐渐放缓,口中的白气也渐渐消散。大门左右分开，纳谋鲁取迈步走了进去。

"有何消息？"
"禀太后，奴才有要情禀报。"
"讲。"
昏暗空旷的大殿中，墙上的火炬静静地燃烧着，太后一声不响地坐在珠帘后。纳谋鲁取花了近一个时辰才沿着自己侦办的足迹将全部事项讲述一遍，没有半分遗漏。讲完，太后沉默了半晌。
"统领与察事厅果然名不虚传。"
"蒙圣上与太后荣宠，将此重任托付奴才，奴才怎敢不肝脑涂地以报。只是天性愚钝，未能早日侦结，奴才愧对皇恩。"
"你侦办有功，尽忠职守，哀家自有赏赐。"
"奴才谢太后赏赐。"
纳谋鲁取等着太后发话，然而她却不作声了。
纳谋鲁取知道，人生中偶尔会遇到一些决定未来轨迹的时刻。而当站在这样的岔路口时，人们却往往意识不到自己正在选择未来的道路。不过也有例外，此刻纳谋鲁取就明白自己正站在岔路口上。
他看到自己跪在大殿中。五天来的侦办仿佛正凝结成有形有质的物质，迅速汇入这座大殿，充塞每一处空间，随后又渐渐凝固成一个庞然巨物，侦办中的每一处细节都在其中纤毫毕现。这巨物头重脚轻，岌岌可危地立在大殿中，随时都会被纳谋鲁取所知之事倾覆。但他必须说出来。
"凶手行此大逆不道之事，或许是为了向朝廷力证其歪理邪说。"
纳谋鲁取有生以来头一次见到太后真容——她竟拨开珠帘探出身来。灯烛照在她的脸上，而她则专注地审视着纳谋鲁取，目光严峻。半响,她才开口。

"哀家问你,当今圣上可是真龙天子?"

"当然。"

"真龙天子可是凡夫俗子?"

"自然不是。"

"天子之言是否便是法度?"

"当然。"

"天子是否应拘泥于世俗礼法?"

"自然不应。"

"龙行天地之间,又是否在意蝼蚁的想法?"

"当然不会。"

"圣上眼中,可曾有这些蝼蚁?"

"自然没有。"

"那么你便已有了答案。"

太后的手缩了回去,珠帘重又合拢,轻轻地抖动着。

纳谋鲁取静待太后下文,却只听到烛火声响,跳动的火光投在珠帘上,将太后完全遮住。地板的刺骨寒意开始慢慢爬遍全身。大殿中依然寂静。

然后他便听到太后起身,轻微的窸窣声渐行渐远。

如今他真的没时间了。

二十四

纳谋鲁取再次置身于那间局促的前厅内,一切肇始之处。当然他并非为怀旧而来,只是由于此处是面君前的候驾之处。如今前厅已一尘不染,安静宁谧。那块染血的地毯早已被换掉,然而新地毯的光鲜色调却与旁边的旧毯格格不入。除此而外,一切都与平时无异,了无痕迹。

纳谋鲁取琢磨着圣上是否有意安排他在此候驾,估计只是文员例行公事的无心之失。索罗带着贴身侍卫来了,却并未多言。不久韩宗成也到了。三人寒暄后便默然静候。

三人寒暄间,一个新来的擦地宫女正在擦洗地板。她擦得很仔细,一方面固然是为了把差事做好,同时也是怕惹人注意。她的前任已被处决。见大人们进来,她立刻悄声退了出去,快步走到回廊上,远远地避开那间屋子。回到下处的路上她又见到两具尸体,几乎没有血迹。近日尸体见得多了,她知道严冬中尸体大多流血不多。

回到寝处,她低声告诉同屋宫女有大人去面圣,似已有了定论。一个宫女悄悄退了出去,点了一盏纱灯爬上高处,似乎漫不经意地挥动了几下,随即便消失在黑暗中。灯光穿过空城,越过被鸦雀啄食的尸体，以及手执火把的甲士与他们的扭曲身影。月光下的街道横平竖直，仿佛铁笼的格子。

紧闭的窗棂下，闩牢的大门后，暗黑的阴影中，无数人正翘首期盼着这束灯光。这灯光多少令他们安心一些，虽然并不意味着浩劫结束，却说明至暗之时已尽。

穿过弥漫街道的死亡气息，掠过泥泞角落的惊恐儿童，越过辐聚城门的铁甲军士，沿着寂静深宫的空旷廊道，穿过层层紧锁的重重门户，狭小前厅赫然又回到眼前。三位大人还在静候宣召：不动声色的太监纳谋鲁取、老谋深算的南人韩宗成，还有那相貌怪异的番人索罗。

这时小太监来了，三人鱼贯而出，前去面君。

纳谋鲁取偷眼观察——从举手投足、行走立坐，一直看到他心中的喜怒忧惧。

龙椅高高在上。皇帝一动不动地坐着，望着殿中群臣。

然而皇帝的安静却绝非出于稳如泰山的镇定，而是呆若木鸡的僵直。他此刻已怒不可遏。

他身后的珠帘同样一动不动，即使纳谋鲁取竭尽全力望去，也无法看到任何动静。如此看来，皇帝竟是孤身一人，独自面对这登基以来数一数二的重要时刻。五天前凶案乍现时，他曾一度好奇、兴奋，将其视为一场引人入胜又痛快淋漓的消遣。他以为盼望已久的真实世界终于向自己敞开大门，并为此兴奋痴迷。然而此刻，他已经得知这桩凶案的意义，却发现这一切并不好玩。

因此他坐在龙椅上，气得两手发抖，却又不得不强压怒火，装作镇定。

纳谋鲁取偷眼四顾。还有谁看到了？索罗双眼紧盯地面，黑色虬髯几乎钻进地板中。他必定看到了。而韩宗成，此刻膝盖多半已开始发抖，应无余力再去偷看，何况这个老狐狸进门前便已经猜到了七八分。柯德阁是老油条了，不过对新皇帝还不算了解。牙梨哈官职低微，排在大殿后面，多半看不清。同样纳谋鲁取也看不到他，无从判断。

最后一批官员叩首已毕，现在唯有等待。估计皇帝要调息一番，方能开口讲话——他不能在臣子面前声嘶力竭或是气息奄奄。这番调息颇耗了些工夫，大殿中鸦雀无声，只有墙上的火炬毕剥作响。宝座之下是一片黑色长袍的海洋，百官口中喷出团团白气，此起彼伏，在冰冷的房间中稍纵即逝。远远望去，仿佛渔火在水面上映出的粼粼波光。

皇帝终于开口了，嗓音紧张，声调虽比平时高了些，也还算收放有度。

"朕今日宣召你等来呈报婕好刁菊遇害一案的侦办结果。侦办统领纳谋鲁取，你上前来。"

纳谋鲁取匍匐向前。他跪伏已久，已将此处地板焐热，而此刻爬出行列，冰冷再次袭来。多年跪伏早已起了厚茧的膝盖尚可支持，双手却如同针刺。纳谋鲁取在石板上叩首三次，然后等候。

"朕命你呈递证据。"

纳谋鲁取遵命照办，同时偷眼观察着皇帝作何反应。他小心翼翼、条理分明地回顾侦办过程，解释如何意识到案发现场并非前厅，叙述令案情豁然开朗的灵光闪现，直至顺藤摸瓜找到进士所在的村庄。

"奴才一俟返回皇城，便立即拜见柯德阁大人。鉴于此犯罪大恶极，须妥为看押以俟讯问、处罚，且勘察处乃规例所指七处人犯看押司处之一，奴才便将此犯移交柯德阁大人在其宅邸内拘押。"

"可有人犯交割文书？"

"回皇上，奴才有。"

"呈上来。"

一个书记爬到纳谋鲁取面前。纳谋鲁取从袍袖中取出一个小卷轴交了过去。

皇帝眯眼看着卷轴。

"此刻人犯仍在柯德阁处看押？"

"回皇上，人犯一旦移交，奴才便无权探知关押位置及人犯状况。因此奴才不知。"

皇帝放下卷轴。

"朕且问你，侦办呈报是否备好？"

"回皇上，奴才业已备好。"

"呈上来。"

纳谋鲁取摸出一个更大的卷轴，交给书记。

"内卫司索罗统领和皇城司韩宗成统领可曾用印？"

"回皇上，两位大人均已用印。"

皇帝半响没开口，仔细地阅读着卷轴——毒药、追踪、气脉、沈古格鲁、镇子、书生。群臣鸦雀无声地等候着。纳谋鲁取则五体投地跪伏于皇帝面前。

"朕宣布，婕妤刁菊遇害一案业已侦结。侦办统领纳谋鲁取功绩卓著,不辱使命。"

"奴才谢皇上恩典,愧不敢当,都是托圣上洪福方可立此奇功。"

"纳谋鲁取,你可退下。"

纳谋鲁取匍匐着退了下去,却并未回到上奏班列中,而是退到了距皇帝最远的大殿角落列席区。到得后排,他倚墙缩作一团,慢慢调匀呼吸。马上就要过去了。

"勘察官柯德阁何在?"

柯德阁向前爬去——更像蠕动,因为他的肚子始终不曾离开地板。柯德阁叩了头。

"吾皇万岁,文治武功,天下归心,奴才柯德阁恭请圣安。"

"朕问你,凶手是否在你处看押?"

"回禀圣上,凶手现由奴才统领之勘察处看押。"

"此犯现在何处?"

"回禀圣上,此犯现在勘察处内牢房拘押。"

"侦办纳谋鲁取所述是否与你勘验证据吻合?"

"回禀圣上,证据吻合。"

"倘若又有旁的物证又如何?"

"回禀圣上,奴才及勘察处所勘验的全部物证,均与侦办大人纳谋鲁取所述情形吻合。"

"这是自然。这书生显然是个寡廉鲜耻的鸡鸣狗盗之徒。"

"圣上英明。"

"此人妄图捏造事实,以凶案污蔑于朕,真是蚍蜉撼树,螳臂当车!"

"圣上所言极是,此犯痴心妄想。"

"将此犯押来,朕要让这狂徒从实招来。"

"回禀圣上，奴才不能将此犯押来。"

大殿中一片寂静。皇帝半晌才回过神来。

"为何不能？"

"回禀圣上，此事万万不可。"

大殿内再次陷入寂静，更长，更静。

"柯德阁，这是朕的旨意。"

"请圣上容奴才解释此犯为何不可押来此处。"

"抗旨不遵乃是死罪。莫非你与此犯沆瀣一气？朕命你将此犯押来！"

"奴才知道凶手意欲污蔑圣上，此乃大逆不道之罪，凌迟车裂，碎尸万段，亦不能惩其万一。然而依奴才愚见，圣上要降罪于此犯，无须令其当堂招供。"

"朕要令他在此认罪伏法，令他哀求朕慈悲为怀，免他酷刑加身。"皇帝的声音逐渐尖利起来，"他要在朕面前招认，自己淫邪入骨，方会犯下如此恶行。"

"圣上英明，奴才以为此犯淫邪入骨，已全然不可救药，因此恐难令其认罪伏法。"

"你是将此犯押来，还是与他同受那五十二日生不如死的大辟之刑？！"

皇帝此刻声音已经失控，尖厉的声音还在不断盘旋上升。

"圣上万万不可啊！老奴甘受大刑，纵粉身碎骨，也不可让此人流毒玷污圣上之尊！"

皇帝挥手示意侍卫将柯德阁拖下去。寻常侍卫对高官动手通常会略微犹豫，御前侍卫却毫不迟疑。几名侍卫如猛虎下山般扑向柯德阁，转瞬间便将他扭翻拖入大殿角落，死死地按在地板上，后背用膝盖顶牢。柯德阁默默承受，伏在地上静静等候。他也算交差了。

"勘察处中还有何人附议柯德阁？！"皇帝咆哮道。

寂静。勘察处的二当家犹豫不决，他明知柯德阁此番犯颜死谏必有其故，却又猜不透其中奥妙。在短暂的沉默中，变故已生。

声音来自大殿一角。

"圣上，奴才乃赫兰族裔，愿为我主效劳，在此讯问那大逆不道之贼。奴才保证令那逆贼生不如死，从实招来，如若不成，全族老小任凭圣上发落。"

纳谋鲁取循声望去，寻找那说话之人。这声音听来耳熟，想是在某处听过，却又并不很熟。他的目光在跳动的烛光下扫过黑袍的海洋，尽力望向对面。

"朕命你上前说话。"

一个年轻后生，快速匍匐向前。似乎有些眼熟，纳谋鲁取眼前飞速闪过一串面孔。

"你在刑讯处当差？"

"圣上英明，奴才忝在牙梨哈执事手下伺候圣上。"

纳谋鲁取望向牙梨哈，却见牙梨哈已经僵住，嘴巴半张着似乎有话要说，却惊惧得张口结舌。前面那年轻后生还在侃侃而谈："奴才是来自左旗三营的赫兰族的艾驰恩。奴才为我主分忧，无限荣耀。奴才师从牙梨哈执事，现已精通刑讯之术。牙梨哈执事乃是刑讯一行之泰山北斗！"

果然是那个猢狲，牙梨哈手下那不知深浅的猢狲。纳谋鲁取终于对上号了。当时纳谋鲁取还估计他能有一半的机会在宫中活下来。

"朕现命你押解此犯，刑讯处人等由你调度。"

纳谋鲁取猜想牙梨哈此刻心中肯定飞快地闪现着一个又一个的主意，只见恐惧吸干了他的血色，面皮一片煞白。纳谋鲁取在宫中当差二十余年，从未见过高官当众失色。私下虽偶有发生，但在大殿内百官面前如此失魂落魄却是首次。然而牙梨哈今日的恐慌确是藏不住了。

不到一刻钟，奉命而去的甲士们便将那个书生押入大殿。

行刑官一拥而上，将书生重重地推倒在皇帝面前的石板地上。书生额头已经见血。赫兰族小崽子退后跪倒，再次叩头。整个大殿一片寂静。远在大殿角落的柯德阁被两名侍卫按在地上，面无表情。那书生此刻挣扎着抬起头来，露出颈上胎记。而皇帝则现出胜者残忍的微笑。

"行凶逆贼，还不从实招来！"

书生用了片刻时间定神，随即便开了口，声音一如平日在家，平静安详。话是说给众人听的。

"学生乃是大汉后裔。上自三皇五帝、春秋战国，乃至魏晋唐宋，我族皇帝数千年治下，先祖圣贤皓首穷经，将至理大道世代相传，直至学生。学生怀千古之经典，仰先祖之智慧，死亦何憾！至于尔等，亦曾有所作为，为人所不能。尔等见我中原文化博大精深，窃我天朝先制大兴科举，学生从而以胸中千年积淀之才学，智压同侪，脱颖而出。科举成制于先贤，经百代而不衰，天下学子本应感激涕零，以此为莫大荣宠。"

纳谋鲁取再将身子伏低些。

"然而正如我南朝大将岳飞将军所言，君命天授，德者居之。

你贼喊捉贼令人侦办在先，故弄玄虚假称行刺在后，明知凶手子虚乌有，却装神弄鬼掩人耳目，不过是怕天下人知道你本是个不能行人事的黄口小儿！此后你又诿过于宫内术师。如此种种，只因你便是那杀人凶手！只因刁菊笑你不能行人事，你便恼羞成怒杀她泄愤！你道我何以得知你委顿不举，不能行人事？因为我与刁菊翻云覆雨之时，她尽数告知于我！"

皇帝从龙椅上站了起来，脸上带着诡异的平静。他走下台阶来到书生面前，猛地抽出书生身边甲士的腰刀，挥了下去。

佩刀斩在书生肩头，刀锋陷入骨肉足有一揸深浅。然而书生的双眼却仍然盯在皇帝脸上。皇帝上前凶狠地再补一刀。书生瘫倒下去，目光终于涣散。余怒未消的皇帝手起刀落，艾驰恩闷声倒地。

龙椅后珠帘微颤，几乎无法察觉。

纳谋鲁取仍旧伏在地上，额头紧贴冰冷的石板，嘴唇也几乎碰到地板。他的气息在石板上凝成一小片温暖的水迹。他就着这些微的暖意静静等候，将思绪代入皇帝的龙体，用他的双眼扫视一张张面孔，观望帝国的无数臣民，知道他们都已相信关于自己的丑闻，相信自己并非完整的堂堂男儿，都在背后孤立、讥笑自己，且无可挽回。

尽管经历了这一切，也深知自己与皇帝间的天渊之别，纳谋鲁取此刻还是对这个男孩生出一丝同情。皇帝终其一生都无法摆脱成为他人的笑料的诅咒。当然不会有人明目张胆地当面嘲笑，皇帝也永远不会听到，但他已经被打上了无能的烙印。

纳谋鲁取交差了。这番临终致辞足以确保书生以逆贼凶手被问罪。何况纳谋鲁取也可以肯定他名副其实，并无冤屈。但归根究底，谁来办此案并无本质区别。索罗得到了警告，牙梨哈最终被保下，韩宗成明晰了可行的边界，太后重新获得了她对儿子的控制权。所有的人都因纳谋鲁取寻回的秩序而获得了平静。所有的人都期冀这危如累卵的平静能够维持，让百年来皇宫里涌动的暗流得以继续流淌。

于是案子便正式侦结了。

终于，纳谋鲁取可以暂时不去理会周围的入骨仇恨。他躲进自己那一小片黑暗的温暖，享受稍纵即逝的太平。

图书在版编目（CIP）数据

金宫案 /（美）曹操（Jonathan Kos-Read）著；冯未译. -- 成都：天地出版社，2023.7
ISBN 978-7-5455-7182-0

Ⅰ.①金… Ⅱ.①曹… ②冯… Ⅲ.①侦探小说—美国—现代 Ⅳ.①I712.45

中国版本图书馆CIP数据核字（2023）第067888号

JINGONG AN
金宫案

出品人	陈小雨　杨　政
作　者	[美]曹　操
译　者	冯　未
责任编辑	王继娟
责任校对	杨金原
封面设计	今亮後聲 HOPESOUND 2580590616@qq.com · 张张玉　白今
责任印制	王学锋

出版发行	天地出版社
	（成都市锦江区三色路238号　邮政编码：610023）
	（北京市方庄芳群园3区3号　邮政编码：100078）
网　址	http://www.tiandiph.com
电子邮箱	tianditg@163.com
经　销	新华文轩出版传媒股份有限公司

印　刷	玖龙（天津）印刷有限公司
版　次	2023年7月第1版
印　次	2023年7月第2次印刷
开　本	880mm×1230mm 1/32
印　张	10.25
字　数	230千字
定　价	56.00元
书　号	ISBN 978-7-5455-7182-0

版权所有◆违者必究

咨询电话：(028) 86361282（总编室）
购书热线：(010) 67693207（营销中心）

如有印装错误，请与本社联系调换

天喜文化策划出品

离奇命案引各方势力入局
宫廷斗争与朝堂权谋轮番上演

《金宫案》同名有声书即将上线,敬请期待!

内容简介

  一位婕妤在深宫中死于非命,出事的前厅两道门的门口都有侍卫把守,没人知道这位婕妤究竟是怎么死的。朝廷上下惶惶不可终日。

  纳谋鲁取奉命调查真相,他意识到这个婕妤的死另有隐情,任何失误都会让他丧命。

  当他小心翼翼地穿过后宫的纷争、朝堂的勾心斗角和宫墙外的喧嚣后,他在最后关头犯了难,等待他的是明朗的真相,还是愈加复杂的情势,一切都不得而知……

欢迎收听更多精彩有声作品

《天下刀宗》
百万人日夜追更的武侠故事

《进击的律师》
一部硬核的法律题材长篇小说

《必须犯罪的游戏·重启》
危机四伏的逃生游戏再次开启